새만금 사람들 이야기

파도는
잠들지 않는다

파도는 잠들지 않는다

초판 1쇄 발행/2003년 10월 10일
초판 2쇄 발행/2005년 1월 25일

지은이/조헌용
펴낸이/고세현
편집/김정혜 문경미 안병률 최은숙
펴낸곳/(주)창비
등록/1986년 8월 5일 제85호
주소/우편번호 413-832 경기도 파주시 교하읍 문발리 513-11
전화/031-955-3333
팩시밀리/영업 031-955-3399 · 편집 031-955-3400
홈페이지/www.changbi.com
전자우편/literat@changbi.com

ⓒ 조헌용 2003
ISBN 89-364-3673-2 03810

새만금 사람들 이야기

파도는 잠들지 않는다

조 헌 용 소 설 집

창비
Changbi Publishers

차 례

작가의 말

　막 소설가라는 이름을 얻었을 때, 당선소감을 밝히는 어느 자리에서 나는 거북이가 되겠노라고 했다. 현실이라면 결코 이길 수 없는 토끼를 그러나 이야기 속에서나마 이길 수 있었던 거북이의 걸음걸이로 이 땅과 이 땅을 살아가는 사람들의 이야기를 쓰겠노라고 나는 다짐했다.

　너무 건방진 다짐이었나? 너무 어려운 다짐이었나?

　그로부터 얼마간의 세월이 지나 서툴기만 한 소설들을 묶으며 어느새 그때의 다짐들을 까맣게 잊고 있는 나를 본다.

　앞에 달려가는 사람들을 괜스레 질투했고, 뒤에서 쫓아오는 사람들을 보며 나는 까닭도 없이 조급했다. 때론 무명의 설움을 탓하며, 때론 생활의 어려움을 탓하며 절망하기도 했다. 그리하여 다짐을 잊어버린 나의 걸음걸이는 어느새 토끼를 닮아 있었다. 부끄럽고 부끄러워라. 그러나 또 가만히 생각하니, 혹은 질투이거나 혹은 절망뿐인 것들로 내가 소설을 쓰고 또 이만큼 걸어왔다는 생각에 눈시울이 뜨겁다. 눈시울이 뜨거워 한숨 한번 크게 내쉬다가 나는 문득 토끼를 이긴 거북이가 되겠노라는 다짐이 얼마나 엄청난 것이었는지를 깨닫는다. 거북이로 따진다면 그때 나는 막 알에서 깨어난 어리디어린 새끼거북이일 뿐이었다.

바다거북은 백 개에서 삼백 개의 알을 바닷가의 모래 속에 낳는다고 한다. 그 가운데서 무사히 바다에 닿는 새끼는 한두 마리뿐, 그것도 부화에 성공했을 때의 이야기다. 대부분의 알이 깨어나기도 전에 포식자에게 먹히고 만다고 하니, 수천 수만 개의 알 가운데 겨우 몇개만이 거북이라는 이름을 얻는 셈이다.

그래, 막 소설가가 되었을 때 나는 알에서 깨어난 운 좋은 거북이 한 마리에 지나지 않았을 터이다. 그런 어린 거북이가 토끼와의 시합을 이야기했다니…… 아, 나의 다짐은 얼마나 지나친 욕망이었나. 뒤를 돌아보니 걸어온 길은 짧기만 하고 가야 할 길은 아득하기만 하다.

바다에는 또 얼마나 많은 위험들이 도사리고 있을는지……

이제는 나, 어쭙잖은 다짐은 하지 않으려고 한다. 다만, 내 안에 오래 살아 이미 내가 되어버린 것들을 탓하지도 버리지도 않을 생각이다. 좀더 절망하고 좀더 질투하고 좀더 욕심을 부려야겠다.

쓰고 발표한 소설들 가운데 새만금 간척사업과 관련된 것들만을 가려 묶었다.

무슨 커다란 뜻이 있는 것은 아니었고, 자란 곳이 그곳이다 보니 그렇게 되었다고 하는 편이 옳을 것이다. 그런데도 굳이 새만금에 관한 소설들을 써온 것은 그곳을 사는 사람들 때문이었다.

몇푼 보상을 받고 노름에 빠지거나 주색에 빠진 사람들, 차를 사거나 멀쩡한 가전제품을 바꾸며 보상으로 받은 돈을 흔전만전 다 까먹고 빈털터리가 된 사람들, 아등바등 그래도 겨우 집이나 하나 장만하거나, 혹은 그나마 사기를 당한 사람들……

간척사업이 시작되기 전에는 그들 모두 한 마을에서 오순도순 정답게 어울려 살던 순하고 착한 사람들이었다. 바다를 닮았던 힘차고 풋풋한 그들의 삶은 새만금 앞에서 너무 쉽게 변해갔다. 나는 그들을, 막연한 미래가 아닌 당장의 삶이 되어버린 새만금을 살아가는 사람들을 이야기하고 싶었다. 환경과 개발이라는 거대담론이 미처 담아내지 못하는 새만금의 오늘을 이야기하고 싶었다.

그들의 분노로, 그들의 절망으로, 그들의 흐느낌으로, 그리고 그들의 한숨과 견딤으로 소설들은 씌어졌다. 그러기에 이 책에 실린 소설들은 나의 것이 아니고 그들 것인지도 모르겠다.

바람이 있다면, 썩어가는 바다를 아직 버리지 못하고 묵묵히 살아가는 사람들의 힘겨움과 고단함에 이 책이 조금이나마 위안이 되었으면 하는 마음이다.

아무리 깊은 밤일지라도 파도는 결코 잠들지 않으리라.

이 책의 처음이며 끝인 아버지, 어머니, 두 분께 감히 올린다.

2003년 9월
조헌용

어머니는
어느 강을 흐르고 있을까

노인이 갑작스레 탕수육이 먹고 싶다고 했을 때 나는 좀 멀뚱한 눈을 들어 그이를 바라봤을 게다. 그랬을 게다. 평소 무엇 하나 따로 먹고 싶다고 말한 적 없던 노인은 노망이 나면서부터는 아예 곡기를 끊고 죽기를 작정한 사람처럼 아내가 떠주는 미음말고는 물 한모금 입에 대지 않는 괴팍스러움을 보이기도 했다.

그때껏 노인이 즐겨찾는 먹거리는 아무래도 햇볕처럼만 여겨졌다. 갈봄은 물론이고 더운 여름날이나 삭풍이 몰아치는 매서운 겨울날에도 노인은 알몸을 하고 아파트 베란다에 나가 깡마른 몸을 햇볕에 맡기기를 좋아했다. 그때마다 아내는 한바탕 소동을 피우며 노인을 달래어 옷을 입혀놓았지만 아내가 잠깐 한눈을 파는 사이 노인은 다시 옷을 벗은 채 베란다에 나가 있곤 했다.

노인의 그런 이상스러운 노망기가 더이상 부끄럽지도 않을 만큼 벌써 여러 해가 흐르도록 노인은 그렇게 내 어머니로서의 삶을 끝마치고 그저 한 그루의 나무처럼 해바라기에만 이상한 집착을 보이며 살고 있었다.

그런 노인에게서 느닷없이, 그러나 정색을 하고 무엇이 먹고 싶다는 말을 듣는 것은 틀림없이 생경스러운 일이었다.

"애비야, 내일도 회사에를 나가니?"

아내가 학원 간 딸아이를 데려오겠다며 문을 열고 나간 바로 뒤에, 기다리기라도 한 것처럼 노인이 슬며시 내게 다가와 말했다. 나는 건성건성 보고 있던 신문을 접으며 노인의 다음 말을 기다렸다.

"탕수육이 먹고 싶구나. 내일 시간 되면 우리 같이 그것 좀 먹으러 갔으면 해서……"

말꼬리를 감추며 꾸중 듣는 아이처럼 고개를 약간 숙이고 있는 노인의 그 부끄러운 듯한 모습에서 어떤 확고한 다짐 같은 것을 읽을 수 있었다.

그러나 그뿐, 나는 노인의 그런 은근한 눈길도 잊은 채로 한가로울 것도 없는 일요일 오후를 기원에 앉아 보내고 있었다. 아내의 전화가 아니었다면 나는 다른 날처럼 또 그렇게 저물도록 그곳에 앉아 있었을 것이다.

"여보! 빨리 좀 와봐요. 당신, 어머니하고 무슨 약속 했다면서…… 노친네가 이제 정말 가실 때가 되었나. 오늘은 고집도 안 부리고, 아까부터 당신만 기다린다니까요."

전화를 끊고 집으로 가면서 아무래도 나의 마음은 교무실에 불려가는 말썽쟁이 학생의 그것이었다. 어쩌면 노인에게서 탕수육이 먹고 싶다는 말을 들었을 때부터 어떤 이상한 낌새를 눈치채고 있었는지도 모를 일이었다. 다만 생각이 부러 마음을 모른 척했을 터였다.

노인은 보자기에 싸놓고 가끔 들여다보기나 할 뿐 여간해서 입지 않던 한복을 꺼내 입고 살포시 화장까지 하고는 나를 기다리고 있었다. 노인의 그런 고운 모습을 다시 보게 되리라고는 생각지도 못했던 나는 햇볕에 노출된 빈혈 환자처럼 아주 잠깐동안 심한 어지럼증에 휘청거려야 했다. 까닭도 없이 조급해진 마음을 달래려 면도를 하고 아이들을 불러모으고 괜한 부산을 떨었지만 아무 소용이 없었다.

기어이 탕수육을 시켜달라던 노인은 그러나 무슨 변덕인지 탕수육은 한 조각도 입에 대지 않고 해바라기의 그 모습 그 표정으로 나와 아내 그리고 아이들을 번갈아 바라보기만 했다. 나는 애써 노인의 눈길을 피하며 싸디싼 이과두주를 목젖이 얼얼하도록 털어넣었다. 어느새 내게는 가혹한 기억의 고문이 하나둘 시작되고 있었다. 피하려고 하면 할수록 더욱 강력하게 다가오는 기억의 편린들. 노인은 당신이 머무르고 있는 그 기억의 피안으로 나를 끌어들이고 있는 것이다. 그러나 노인에게 피안인 그곳이 내게는 번뇌도 될 수 없는 상처의 시작일 뿐이었다.

허벅지를 꼬집는 아내의 손길을 느끼며 이과두주를 다시 한잔 털어넣었다. 그때 기억처럼 어머니의 목소리가 노인의 입을 지나 내게 다가왔다.

"아가, 많이 먹나이. 어여 어여 먹으랑께."

나는 반사적으로 노인을 바라보았다. 노인의 눈에서 흐린 눈물이 살짝 엿보이는 듯했다. 나와 눈이 마주친 노인이 이번에는 먼저 나의 눈길을 피해 먼 곳을 바라보았다. 아이들을 향해 뱉어놓은 말일 수도 있을 터인데도 어쩐지 그 말이 나에게 던지는 질책처럼 느껴졌다. 아무래도 이과두주는 쓰지 않았다.

어떻게 집으로 돌아왔는지 모르게 엉망으로 취했으면서도 노인의 손에 들려 있던 만원짜리 몇장이 또렷이 떠올랐다. 당신이 직접 음식 값을 내야 한다며 속옷 깊숙이서 꺼낸 꼬깃꼬깃한 지폐. 실랑이를 벌이던 아내를 내가 막았던가? 기억나지 않는다. 다만 음식값을 지불하던 노인의 얼굴이 봄 햇살 속에 막 피어오른 목련꽃처럼 맑게 기억될 뿐이었다. 그리고 며칠 뒤 노인이 죽었다. 아파트 베란다에서 작고 늙은 알몸을 잔뜩 웅크린 채 햇살을 받으며 노인은 죽어 있었다. 영화가 끝나고 자막이 올라가기를 기다리는 사람처럼 나는 아무렇지도 않았다. 노인이 그토록 즐기던 햇살에 아주 잠깐 눈을 찡그릴 뿐이었다. 해바라기를 즐기던 노인에게 늦겨울 햇살은 어떤 느낌이었을까?

조용히 장례를 치르고 평소에 노인이 소원하던 대로 화장을 하고 나는 노인의 뼛가루를 안고 베란다에 나가 해바라기를 해보았다. 그렇게 햇살에 잠이 들고…… 몰려드는 추위에 잠이 깨고 나서야 나는 선산에 노인을 묻지 않은 것을 후회하기 시작했다. 그곳에 이미 아버지와 큰어머니가 나란히 묻혀 있다고 해도, 배다른 형제들과의 격한 싸움 정도는 각오를 하고서라도 나는 노인을 선산에 모셔야만 했다. 노인의 원대로 화장을 해서 무엇을 한단 말인가? 그건 바로 내가 그토록 마다하던 노인의 피안으로 들어가는 일이 아니던가?

애비야, 나 죽거든 괜히 날 니 아버지 옆에 묻겠다고 애쓰지 말고 그냥 화장이나 허서 내 고향 바다에다나 뿌려주거라, 알겠지야?

그러나 나는 쉬 뼛가루를 들고 고향에 내려가지 못했다. 차라리 납골묘를 하나 마련해 그곳에 두고두고 우리 가족을 묻을 생각까지 해보았다.

"그러지 말고 다녀와요. 회사에는 며칠 휴가 내면 되잖아. 나하고 애들은 염려 말고. 이러다 당신까지 무슨 병이라도 나면 어떻게 해……"

몇주가 지났다. 토요일이나 일요일 햇살이 잘 드는 오후가 되면 아파트 베란다에 나가 노인의 뼛가루를 안고 잠드는 날이 내게 많아졌다. 노인을 향하던 손가락들이 나를 향하고 있다는 것을 잘 알고 있었다. 그러나 무슨 최면처럼 나는 베란다에 쪼그리고 앉아 해바라기를 즐기게 되었다. 아무 생각이 들지 않아 좋았다. 그저 멍하니 시간을 보낼 수 있다는 것이 더없이 좋았다. 노인의 피안도, 상처의 시작도 없이 따스한 햇살…… 아내만 걱정이 커진 모양이었다.

고향은 낯설다, 아니 낯익다. 오래된 기억들이 낯선 길을 안내한다.

멀리 고향마을이 보이고 나는 알 수 없는 두근거림에 잠시 차를 멈추고 창문을 열었다. 바람에 묻어 있던 짠내가 달려들고, 노인의 웃음소리가 들리는 듯했다. 아무 소용이 없다는 것을 잘 알면서도 고향을 등진 것이 노인 탓이기라도 한 듯 나는 자꾸만 노인이 원망스러웠다.

삼십여 년이 더 지난 마을은 참 많이도 변했을 터였다. 더는 갈 데도 없는 작은 바닷가 마을 입구에 주유소가 들어서 있는 것이 조금 생뚱스럽고 반가웠다. 아직은 주유할 때가 아닌데도 기름을 넣고, 차에서 내려 담배도 한대 피우고, 자판기에서 커피도 한잔 뽑아 마셨다. 그러나 마음은 조금도 진정되지 않았다. 내친걸음만 아니었다면 다시 돌아가고 싶은 마음을 달래지 못했을 것이다. 그래 내친걸음이었다. 이깟 마을이야 노인의 소원이 아니었다면 결코 다시 찾지 않았을 터였다. 노인의 뼛가루나 바다에 뿌리고 다시 아무런 미련 없이 돌아가면 그뿐이 아니던가.

마을로 들어가는 마지막 작은 언덕, 바다가 한눈에 들어왔다. 만조였다. 햇살들이, 바다에 까치놀을 그리며 놀던 햇살들이 순식간에 나에게로 몰려들었다. 불길에라도 닿은 것처럼 몸이 화들짝 움츠러들었다. 갑작스런 급제동에 놀랐는지 뒤따라오던 차에서 쏟아지는 경적이 수만 마리의 말벌이 되어 내 귓속을 파고들었다.

나는 서둘러 마을을 빠져나왔다. 언덕 옆 수문에 숨어들어 밤바다에 타오르는 불길을 하염없이 바라보았다. 불이야, 사람 살려를 외치는 소리가 불길 속을 날아다녔다. 그리고 곧이어 두 사람의 모습이 축제의 제물처럼 아직 불길이 미치지 않은 선실 위로 나타났다. 속옷만 겨우 걸친 두 사람의 모습은 충분히 희극적이었다. 키득키득 웃음이 나오면서도 눈물이 멈추지 않았다.

마을사람들이 너나없이 몰려들었지만 불길은 쉽사리 누그러들지 않았다. 배에 있던 기름을 몽땅 뿌리고도 양이 차지 않아 옆배에 있던 기름까지 훔쳐다 뿌린 뒤였다.

잠깐만요, 저기 장식이 아버지. 이게 무슨 냄새래요?

냄새는 무슨 냄새가 난다고 그려…… 아따 참말로 거시기 시간도 별라 없구만, 괜히 그러지 말고 언능 이리 오기나 하란께.

아닌디…… 기름냄새가 유독 심하당게요.

아따, 그 사람도. 배에서 기름냄새 나는 거이 뭐가 이상허다구……

영덕이 어머니는 아무래도 마음이 놓이지 않는 듯 자꾸만 코를 벌름거리며 두리번거렸지만 아버지는 서둘러 좁은 선실 안으로 그녀를 잡아끌었다. 선실 안에 들어간 두 사람의 소곤거림이 잦아들면서 숨소리는 점점 커져만 갔다. 그리고 여자의 입에서 쏟아지는 흐느낌이 말벌처럼 내 귓속을 쑤시고 다니기 시작했다.

나는 옆집 영덕이 어머니를 훔쳐보곤 했다. 사춘기였던 내게 바다에서 남편을 잃은 그녀는 더없이 젊었고 아름다웠다. 다시 술을 마시고 노름을 하고 어머니를 때리는 아버지보다, 어쩌면 영덕이 어머니와 통정하는 아버지에게 복수를 하고 싶었는지도 모를 일이었다. 가슴이 두근거렸다. 다시 한번 아버지를 때려눕히고 여자와 흘레붙는 상상을 하며 조심스럽게 배에 불을 붙이기 시작했다. 배들을 묶어놓은 줄을 풀어 두 사람이 타고 있는 배를 바다에 띄워 보낸 뒤 수문에 숨어들었다.

사람들이 겨우겨우 불길을 잡는 것을 보고 언덕 아래 강둑길을 따라 마을을 벗어났다. 그때까지도 팽팽하던 아랫도리는 수그러들지 않았다.

곧장 마을로 들어가지 못하고 나는 차를 돌려야 했다. 마지막으로 노인을 아버지에게 뵈드려야 할 것 같았다. 아버지는 얼마나 떠돌다가 이 작은 마을까지 흘러들었을까? 제천, 그 산골에서 서해안 작은 바닷가로 몇십년을 떠돌아다니다가 흘러들었다던 아버지의 오랜 길이 내게는 겨우 몇 시간의 거리에 지나지 않았다.

산골의 저녁은 일찍 찾아들었다. 나는 밤이 이슥토록 기다렸다가 산에 오르기 시작했다. 발걸음에 놀란 새들이 푸드득 날아올랐다. 어둠속에서 아버지의 무덤을 찾는 일은 쉽지 않았다. 바짓자락에 밤이슬을 축축이 묻히고 나서야 나는 겨우 아버지의 무덤을 찾을 수 있었다. 오래도록 해보지 않아 어색한 큰절을 올리고, 평소에 좋아하던 막걸리를 먼저 아버지께 한잔 따라드리고 큰어머니께도 한잔 따라드린 뒤 나도 몇잔 홀짝거렸다. 빈속에 마신 막걸리가 금세 나를 취하게 했다.

풀벌레 소리들 사이로 소쩍소쩍 소쩍새 소리가 드문드문 날아다녔고, 별똥별 하나 산 너머의 어둠속으로 머리를 숨기는 게 눈에 잡혔다. 문득, 마음속에 숨겨놓은 말들이 술기운을 타고 이리저리 흘러다녔다.

아버지 저 왔어요…… 걱정 마세요. 제가 아무리 후레자식이래도 무덤에까지 불이야 지르겠어요…… 노인이 그만 턱하니 죽었지 뭐예요. 알고 계시죠. 지미럴, 요새 좀 이상하다 했지만 그렇게 빨리 갈 줄이야 누가 알았어야죠. 큰어머니에게는 미안하지만 마지막으로 두 노친네 회포라도 한번 푸시라고 이렇게 저 왔다구요, 지미럴.

나는 노인을 싸고 있던 보자기를 풀어 큰어머니의 무덤 위에 덮고 그 위에 돌멩이를 몇개 주워다 얹어놓았다. 그리고 아버지 무덤 곁에 분통을 살짝 열어놓았다.

목을 태우는 활활한 겻불내에 잠을 깼을 때는 벌써 차 안 가득 햇살이 몰려든 뒤였다. 마음이 바빠졌다. 남은 막걸리를 들고 내려와 차 안에서 홀짝홀짝 마시며 날이 새기를 기다린다는 것이 깜빡 잠이 들었던 모양이었다. 노인의 뼛가루를 그대로 산 위에 두고 왔던 터였다. 타는 목을 달랠 겨를도 없이 서둘러 산 위로 오르려다가 나는 차 보닛에 올려진 노인의 분통을 발견했다. 큰어머니의 무덤을 덮었던 보자기에 다시 곱게 싸여진 노인의 뼛가루. 주위를 둘러보았지만 아무도 보이지 않았다. 큰집 식구가 다녀간 모양이어서 큰집에 한번 들를까 하다가 아무래도 새삼스러워 마음을 고쳐먹고 차에 올랐다. 올랐다가 다시 내려 노인의 뼛가루를 한줌 바람에 날려보냈다.

노인의 뼛가루는 그러나 바람에 실려 날아가지 못하고 내 발 아래 더 많이 내려앉았다. 아버지의 무덤 쪽을 향해 다시 큰절을 올리고 나서 차를 몰았다. 자꾸만 뒤통수가 간지러웠다.

고향으로 향하는 마음이 조금, 아주 조금 가벼웠다.

중학교를 졸업하던 해 그렇게 떠난 고향이었다. 배를 잃고 다시 술과 노름에 절어 살던 아버지가 어쩌다 오른 남의 배에서 떨어져 마침내 세상을 떴다는 풍문을 전해들었을 때 나는 무엇이 그리도 무섭고 두려워 고향 언저리까지 왔던 길을 돌려야 했을까? 고향을 떠날 때 다시는 돌아오지 않으리라던 마음속 다짐만 다시 한번 못질처럼 가슴에 새겨넣었다.

노인이 아니었다면 그 다짐을 지킬 수 있었을까?

어른들의 눈길을 피해 춘화를 즐기는 아이처럼 나는 느리게 마을을 산책했다. 간혹 별명까지 선명히 떠오르는 얼굴이 눈에 들어왔지만 내 쪽에서 먼저 알은체를 건네지 않으면 열대여섯에 떠난 나를 알아보는 사람은 없을 터여서 어슬렁어슬렁 돌아다니기에는 그만이었다.

마을 입구에 서 있는 왕림슈퍼 앞에서 나는 한동안 고개를 갸웃거렸다. 기억의 어느 끄트머리에 저 이름이 있는 듯한데도 쉽사리 떠오르지 않다가 그네를 타듯 고개를 흔들며 졸고 있는 사람을 보고 나서 불현듯 입안에 침이 가득 차올랐다. 그리고 뻣뻣하게 저려오는 팔. 일원에 한개짜리 젤리를 훔치다 걸린 동무와 나를 한동안 벌 세운 뒤 보내며 주머니 가득 젤리를 넣어주던 순하고 착한, 이제는 늙어버린 아저씨의 모습에서 나는 잊었던 젤리맛을 떠올렸다. 젊었던 아저씨가 늙어가는 동안 구멍가게였던 왕림상회가 크기를 키우고 왕림슈퍼라는 이름을 단 것처럼, 마음에 담긴 많은 것들이 조금씩 그 이름을 키우며 가슴속에 가만히 숨어 있다는 것을 알게 되었다.

믿음밧데리도 그 자리에 그대로였고 허술한 공판장도 그대로였다.

부두라고 딱히 부를 것도 없는 바닷가에는 여전히 많은 배들이 즐비하게 서로 어깨를 맞대고 묶여 있다. 다른 게 있다면 배들의 덩치가 좀 커지고 그저 조개무지였던 부두가 콘크리트를 쌓아올린 작은 둑으로 바뀐 정도였는데, 어쩐지 그 작은 둑이 벼랑처럼 아득하게만 느껴져 휘청거리는 걸음을 멈추고 나는 담배를 피워물어야 했다.

고향은 그렇게 생각처럼 많이 변하지 않았으면서 그러나 생각보다 훨씬 많이 변해 있었다.

길이 좀 넓어지고 건물들이 또 그렇게 좀 커졌을 뿐 어쩔 수 없이 작은 갯마을. 그런데도 고향이 생각보다 한결 많이 변했다고 느껴지는 까닭이 소리 때문이라는 것을 나는 오래 걸은 뒤에야 비로소 깨달을 수 있었다. 언제나 시끌벅적하던 소리들, 이를테면 어느 갯마을에서나 들려야 마땅한 물건 내리는 소리, 경매하는 소리, 그물 깁는 소리, 바다에서 막 배로 올려진 이런저런 싱싱한 물고기처럼 파닥거리는 소리들이 도무지 들려오지 않았다.

소리를 잃은 마을은 쓸쓸했으며, 밀물인데도 바다로 향하는 배들이 몇척 되지 않는 바다는 썰렁했고, 빈 공판장에 불어오는 바람은 무료하기 그지없었다.

이맘때쯤이면 마을은 여기저기 온통 시끌벅적이었다. 바닷물까지 얼리던 추위가 녹아내리면 사람들은 너도나도 공판장에 어구를 펴고 앉아 봄 어장을 준비했고, 손이 빠른 사람들은 벌써 한두번 정도는 그물을 바다에 던졌을 때였다. 그리고 무엇보다 이즈음 바쁜 사람들은 배를 지어내리는 사람들이었다. 겨우내 화톳불에 언 손을 녹이며 나무를 다듬고 못질을 하고 기계를 얹고 페인트를 칠하고 그렇게 조금씩 배가 제 모습을 찾아갈 때면 사람들은 봄꽃보다 더 화창한 희망을 가슴에 피우곤 했다.

그 겨울은 하나도 춥지 않았다. 아버지도 어머니도 나도 밤이면 모두들 손발에 된장을 찍어바르곤 했지만 동상이 우리의 행복과 희망을 막을 수는 없었다. 우리는 봄이 되기도 전에 배 한가득 조개를 잡아 돌아오는 아버지를 꿈꾸곤 했다. 중학교 일학년이었던 나는 그때 처음으로 아버지란 사람에 대해서 생각했다. 그 전까지 아버지는 내게 공포의 대상일 뿐이었다. 노름 좋아하고 술 좋아하는 아버지는 술만 마시면 어머니를 두들겨패곤 했다. 그럴 때마다 나는 작은방 구석에 웅크리고 앉아 어서 빨리 아버지가 제풀에 쓰러져 잠들기만을 바랐다. 그런 다음날이면 아버지는 어머니에게 그렇게 잘할 수가 없었다. 부러 시내에 나가 옷을 사다주기도 하고 그때 막 유행하기 시작했던 비싼 가전제품을 사다주기도 했다. 어떤 때는 무릎을 꿇고 다시는 그러지 않겠다며 울음을 보이기도 했다. 그때마다 어머니는 아버지를 물기도 하고 머리를 쥐어뜯기도 했지만 밤이면 어머니의 야릇한 흐느낌이 더 거세게 방안을 메웠다. 도무지 알 수 없는 그 이상한 관계 속에서 나는 점점 무기력해져만 갔다.

초등학교를 졸업하던 무렵 나는 마루밑에 들어가는 날이 많아졌다. 처음에는 먹구가 물고 들어간 운동화를 찾으러 들어갔던 것이 구슬이나 딱지를 숨기고 꺼내다가 그 안에서 잠드는 날도 더러 있었다. 어느 늦은 봄날, 나는 또 마루 밑에서 잠들었다가 유리가 깨어지고 장독이 무너지는 소리에 잠에서 깨어났다. 마루밑에서 나가려다 말고 나는 다시 더 깊은 마루밑으로 숨어들었다. 처음 보는 사람들이 집기들을 부수고 있었고 한 여자는 어머니의 머리를 잡아끌며 주먹질을 하고 있었다.

흐느끼지도 못하고 그저 끌려다니며 손찌검을 당하는 어머니의 다리가, 어머니를 잡아끄는 다리가, 검정 구두를 신고 장독이며 세수대야며 닥치는 대로 걷어차는 발을 가진 다리가 어지럽게 뒤엉켰다. 떨어지는 문짝이 뒤엉키고 액자가 떨어지며 뒤엉켰다. 그리고 마침내 어머니의 입에서 터진 흐느낌이, 악을 쓰는 소리들이, 무엇인가가 부서지고 깨지는 소리들이, 뒤엉키기 시작했다.

마루밑에서 내어다보는 그 찌그러진 직사각형의 풍경들……

아버지는 어디로 갔을까? 어머니를 두들겨패던 그 억센 손을 가진 아버지는 도대체 어디로 사라진 것일까?

나도 모르게 한숨이 새어나왔다. 발 아래 담배꽁초가 수북했다. 나는 좀 지쳤던 모양이었다. 삼십여 년을 훌쩍 뛰어넘은 내 발걸음은 공판장을 지나 포구를 지나 낯선 둑을 지나 방파제에 머물러 있었고, 그 사이 어느새 어둑신한 놀이 먼바다에 물들고 있었다. 아무튼 그 일 뒤로 시름시름 몸살기를 보이던 나는 기어이 몸져누워 몇달 병원 신세를 져야 했다. 그 때문인지, 다른 무슨 까닭인지 아버지는 한동안 술을 마시지 않았다. 술을 마시지 않았으므로 아버지는 어머니에게 손찌검을 하지 않았고, 또 그렇기에 어머니의 옷이며 부서진 살림살이를 다시 사지 않아도 좋았다. 자주 남의 배를 옮겨다니지도 않았고 노름 때문에 일을 거르지도 않았다. 그때부터 아버지는 돈을 모으기 시작했다. 겨우 행복하다는 생각이 내 머릿속에 들기 시작했다.

배 위에 올라 있는 아버지도 나처럼 행복해 보였다.

조개를 가장 많이 잡아들이는 배에서 얻은 동아줄을 이물 쪽 말뚝에 묶는 것으로 모든 준비는 끝났다. 두둥두둥 북을 시작으로 적나발이 튀어나왔고 꽹과리가 자리를 잡더니 마침내 하늘과 바다 사이를 풍악이 모두 메우는 듯했다. 아버지가 다시 한번 동아줄을 단단히 그러잡았다. 손바닥에 침을 퉤퉤 뱉은 목수가 날선 도끼를 들어 뭍에 배를 잡아두던 버팀목을 내리쳤다. 일순간 모든 소리들이 숨을 죽였다. 파지지지직, 그 정적 사이로 흘러나오는 버팀목 꺾이는 소리. 숨을 죽였던 징소리가 동동동 발을 구르고 둥둥 둥둥둥 북소리가 몸을 달랬다. 마침내 버팀목이 꺾이고 배 밑에 깔려 있던 통나무들이 바다를 향해 구르기 시작했다. 재쟁쟁쟁쟁 꽹과리 소리 높아지고 적나발이며 장구 소리도 높아지더니 사람들의 함성소리도 하늘에 닿을 것만 같았다. 배는 그대로 만조의 바다로 거센 물보라를 일으키며 머리를 박았다. 박았다가는 금세 하늘로 머리를 들었다. 흔들리는 배 위에 잔뜩 물보라를 뒤집어쓰고 서 있는 아버지의 모습이 거센 파도와 싸우고 돌아온 바이킹 선장처럼 당당해 보였다.

아따, 그놈의 배 힘차게도 솟구치는 것이 겁나게 돈 많이 벌어불게 생겼네이.

풍악 속에서 덕담을 받는 어머니의 얼굴에 덩그런 보름달이 떠올랐다. 배가 용왕님께 인사를 드리기 전이어서 여자들은 배에 오를 수 없었다. 나는 어머니를 뭍에 두고 넘실거리는 파도에 그네를 타는 배에 올랐다. 풍악대가 오르고, 용왕님 전에 바치는 제물이 오르고, 풍어와 안녕을 비는 깃발이 걸렸다. 작은 뱃고동소리를 울리며 배는 마을 앞 작은 바다를 헤치고 앞으로 나아갔다.

앞으로 앞으로 나아가도 바다는 좀처럼 맑아지지 않았다. 기억이 잘못된 것일까?

24

그날 처음으로 아버지와 함께 나갔던 바다는 참 맑고 깨끗했다. 오랜만에 술에 취한 아버지는 그러나 더이상 무섭지 않았다. 아버지가 따라준 막걸리를 마시고 나도 서툰 몸짓으로 풍악에 맞춰 용왕님께 치성을 드리기도 했다. 돌아오는 길에는 한번도 잡아보지 않은 징채를 잡고 과앙, 과앙, 광광, 서툰 장단으로 징을 두드리기도 했다.

"저그 손님, 물때 때문에 인자 들어가야 쓰겄는디요."

벌써 몇번째 배 주인은 같은 말을 되풀이하고 있다. 어차피 바다에 뿌려질 것이라면 그날의 바다처럼 깨끗하고 맑은 바다에 뿌려주고 싶었다. 그러나 가도가도 매양 그뿐 도무지 바다는 맑은 빛을 찾아볼 수가 없었다.

"조금만…… 더 가보면 안될까요?"

"저그 큰일 치르는 거 같은디 이런 말 허긴 좀 머허지만, 인자 이곳에선 손님이 원하는 바다는 보기 힘들 것이구만요. 황해라고는 하지만 그래도 명색이 바닷빛이라는 것이 있는 것인디…… 하지만서도 인자는 그놈의 새만금으로 다 막혀서리 바다가 흐르지 않은께요이."

어쩔 수 없이 나는 떠오르는 해를 등지고 노인의 뼛가루를 바다에 뿌리기 시작했다. 바람에 실리지 못했던 뼛가루가 파도에 실려 오소소 흩어졌다.

식당 소개로 얻어든 방에서 나는 밤새 뒤척이며 악몽처럼 긴 밤을 보내야 했다. 암내 난 고양이 울음소리가 내 의식을 할퀴고 지나다녔다. 나는 창문을 열고 마시다 남은 깡통음료를 소리뿐인 어둠속으로 집어던졌다. 아주 잠깐동안 울음을 멈춘 고양이는 더 큰 울음소리를 뱉어놓았다.

목이 메도록 고양이 울음소리를 기다린 적이 있었다.

바닷물을 얼리던 추위가 뼛속 깊숙이 스며들었다. 아버지는 또 어느 노름방을 기웃거리는지 며칠째 보이지 않았다. 가까운 갯벌에서 호밋조개를 하던 어머니도 조금이 지나 사리때가 되면서 더이상 일을 할 수 없게 되었다. 물기 마르지 않은 허드레나무들을 아궁이에 쑤셔넣던 어머니의 눈이 실룩거리는 게 보였다. 나는 매운 연기에 기침을 하면서도 아궁이 곁을 떠나지 않았다. 방은 따뜻하지 않을 터였고 손에는 광에서 꺼낸 마지막 고구마 몇개가 들려 있었다. 학년이 지난 교과서를 몇권이나 불쏘시개로 집어넣었지만 불은 쉬 젖은 나무에 옮겨붙지 않았다. 마른기침을 뱉어내던 어머니가 고개를 돌려 나를 돌아보았다. 어머니의 얼굴에는 눈물과 콧물이 범벅이었고 군데군데 검댕이 묻어 있었다. 나도 그 모양이었을 터여서 우리는 서로 얼굴을 바라보며 씨익 멋쩍은 웃음을 흘려보냈다.

얼굴 꼴이 그게 뭐다냐. 그거 이리 주고 동무집 가서 놀다가 와. 엄마가 구워놀 텐게.

엄마는 뭐 이쁜지 알고…… 엄마가 내 고구마 다 먹으면 어쩐다, 안 갈텨. 난 그냥 여기가 좋당게.

……장식아.

왜.

……아니여. 암것도.

………

장식아.

왜에, 왜 자꾸 그런다?

저그 우리 말여이. 배 짓는 디서 나무 조금만 가져다가 땔까. 거그 가면 젖은 나무 말고 좋은 기 있을 텐디.

고양이 울음소리로 신호를 보내기로 했다. 사람이 올 때는 야옹, 야옹, 짧게 두번. 사람이 다 지나갔으면 야옹, 야옹, 야아옹, 짧게 두번 길게 한번. 나는 첩보영화의 주인공이라도 된 것처럼 신이 났다. 가슴이 조금 쿵쾅거렸지만 그 때문에 기분은 한결 들떠올랐다. 새로 짓고 있는 몇척의 배 가운데 너무 높지도 너무 낮지도 않은, 엎드렸을 때 몸을 숨기기에 맞춤하고 나무를 던지기에도 맞춤한 배에 올랐다. 배에서 나무를 내리다가 야옹 야옹, 서툰 고양이 울음소리가 들리면 몸을 엎드려 다시 고양이 울음소리가 들리기를 기다렸다. 사람이 지나가고 숨어 있던 어머니가 다시 고양이 울음소리를 토해놓곤 했다. 며칠, 우리는 훔친 나무로 따뜻했다. 숯불이 오르면 어머니는 옆집에서 빌어온 고구마를 구워주곤 했다. 나무가 떨어지면 또 몰래 조선소에 가 나무를 훔치곤 했다.

눈이 억척스럽게 내리는 날에도 어머니와 나는 나무를 훔치러 갔다. 좀 이른 시간이었지만 눈발이 짙어 조선소에 숨어들기는 더없이 좋았다. 몇 토막의 나무를 내릴 즈음, 어머니의 마른기침소리가 귓속을 파고들었다. 고양이 울음소리가 아니어도 그것이 나에게 보내는 신호라는 것 정도는 알 수 있었다. 나는 눈이 쌓인 바닥에 납작하게 엎드렸다.

거기 누구요. 이봐요, 거기 누구요.

예, 예. 저, 저그, 저, 장식이 어민디요. 요, 요즘 장식이 아버지가 또 어디서 술 먹고 다니는지 통 보이지가 않아서요. 아까참에 누가 목수창고서 화투 치는 걸 봤다는디…… 우리 장식이 아버지 못 봤죠이. 그럼 안녕히들 계셔요.

사박사박, 눈 밟는 소리가 빠르게 멀어졌다.

아무래도 맞는 거 같은디, 왜 그냥 보내고 그려?

아따, 이 사람아. 나무를 들고 가는 걸 본 것도 아니고…… 글고 거시기 이만 했음 다시는 도적질 안컸지, 뭐. 되았구만. 이왕 왔으니 배나 한번 돌아보고 그만 가세.

잠깐만이, 이 담배나 마저 피고……

나는 어서 빨리 목수들이 돌아가기를 기다렸다. 목수들이 돌아가고 어머니가 다시 돌아오기를, 돌아와서 야옹 야옹 야아옹, 긴 고양이 울음소리를 들려주기를 기다렸다. 그러나 고양이 울음소리는 들리지 않고 손전등 불빛만 눈 쌓인 내 머리 위로 날아다녔다. 갑자기 그때까지 느끼지 못했던 추위가 몰려왔다. 이를 악물고 아무리 참아보려고 해도 소용이 없었다. 온몸이 덜덜덜 떨리고 이빨이 딱딱딱 부딪쳤다. 조금만 더 참으면 된다는 생각이 머릿속에 가득하면서도 몸은 벌써 배에서 뛰어내리고 있었다. 손전등 불빛이 온몸으로 와락 달려들었다.

눈길이 무겁게 내 발을 잡아끌었다. 이제 겨우 초등학교 삼사학년이었던 나를 목수들은 충분히 잡을 수 있었을 것이다. 돌이켜 생각하면 물이 빠진 갯벌로 도망치는 나를 쫓아오는 것은 손전등 불빛과 목수들의 고함소리뿐이었다. 집에 돌아와서야 나를 무겁게 했던 것이 마음만은 아니었다는 것을 알았다. 손에는 제법 커다란 나무토막이 들려 있었다.

그때 버리지 못했던 나무토막들을 서둘러 버리고 싶었다. 그런데도 나는 무엇이 더 아쉬워 노인의 뼛가루를 바다에 뿌리고도 어둠이 내리도록 고향을 떠나지 못하고 있는 것일까.

지친 몸을 하고 나는 포장마차에 앉아 소주를 마셨다. 물이 들면 작은 섬이 되고 물이 빠지면 작은 산이 되는 그런 곳이었다. 마을 제를 올리던 까치바위를 헐어 둑을 쌓고 바다를 메웠다고 했다.

"왜요. 여그가 한때는 지나다니는 똥개도 돈을 물고 다니던 곳이었당게요."

술동무를 해주는 주인아저씨에게서 나는 그나마 마을에서 들을 수 없었던 소리들이 희미하게 들려오는 것을 느낄 수 있었다.

"근디 아, 며칠 전에 사람이 하나 죽어부렀어. 여그가 지금 새만금으로 보상을 받아서 작업을 허면 안되거든요. 근디, 바다에서 사람이 하나 죽어부렀으니, 시에서도 난리가 나고 거시기혀부렀지, 뭐. 참말로이."

그제야 나는 배들이 묶여 있기만 한 까닭을 알게 되었다. 그리고 아련하게 꿈결처럼 어머니의 목소리가 들려왔다.

거시기 뭐가 무섭다고 그러냐. 바닷사람 바다에서 죽어 고기가 뜯어도 묵고 바다에 몸도 붙고 다 그러는 것이당게. 그래야, 물고기로 다시 태어나서 바다든 강이든 맘껏 싸돌아댕기고 춤도 추고 그러지야. 엄마도 나중에 죽으면 틀림없이 물고기로 태어날 것이구만⋯⋯

물에 빠져죽어 코도 눈도 입도 없이, 입고 나간 옷 때문에 겨우 누구의 몸이라는 걸 알게 된 시체를 보고 내가 며칠 물도 마시지 못했을 때 어머니는 그렇게 말했었다.

어머니는 고향바다에서 물고기로 태어나고 싶었던 것일까. 어머니가 그토록 자신의 고향이라고 말하고 싶어하던 이곳이 그러나 어머니의 고향은 아니었다.

마루밑 찌그러진 풍경 속에서 나는 많은 것을 알게 되었다. 내게 배다른 형제들이 있다는 것을 알게 되었고 아버지가 왜 술만 마시면 그토록 어머니에게 손찌검을 하는지도 알게 되었다.

큰집 식구들이 떠난 어스름에 나는 여전히 마루밑에 있었다. 울고 있는 어머니 곁으로 다가가야 옳은 것인지 모른 척 숨어 있어야 옳은 것인지를 나는 고민했다. 내가 기다리던 고양이 울음소리처럼 어머니도 어쩌면 나를 애타게 기다릴 것이라는 생각에 눈물을 닦고 슬그머니 마루밑을 기어나왔다. 나를 본 어머니는 눈물을 닦을 생각도 없이 석유곤로에 불을 붙여 물을 데웠다. 나도 모르게 오줌을 쌌던 모양이었다. 몸이 들어가기에는 작다 싶은 함지에 물을 붓고 나를 씻기며 어머니는 겨우 울음을 멈추었다.

엄마…… 울지 말어. 내가 있잖여. 내가 있응게 울지 말어, 응.

………

엄마, 근디 아빠는 울 아빠 아녀. 울 아빠 아니란게.

그, 그게 뭔 소리여? 그런 소리 허믄 못써.

씨, 아빠란 사람이 어떻게 집이 이 모냥 되도록 코빼기도 안 보인디야…… 나도 다 들었구만. 아빠는 딴 각시 있잖여. 난 그런 아빠 싫구만, 씨발, 우리 아빠……

갑자기 귓불이 얼얼하게 달아올랐다. 나는 놀라 더이상 말을 하지 못했고 어머니도 어쩔 줄을 몰라 고개를 숙인 채 내 따귀를 친 손만 바라볼 뿐이었다. 후회하고 있었지만 나는 좀 엉뚱하게 소리치기 시작했다.

왜 때려. 엄마가 뭔디 때려. 엄마도 우리 엄마 아니여, 우리 엄마 아니랑께.

이놈의 새끼가 그래도…… 빨리 잘못했다고 빌어, 빨리 엄마한테 잘못했다고 빌어. 야, 빨리……

어머니의 눈에 다시 눈물이 글썽였다. 잘못했다고 말하고 싶었다. 그러나 마음뿐이었다.

내가 뭘 잘못했다고 그려, 뭘 잘못했다고. 작은각시 주제에 왜 때려, 왜 때려……

뭐, 뭐. 이놈의 새끼야. 이 빌어먹을 새끼야. 이 개 같은 새끼야. 그래, 이놈의 새끼야. 나 니 어미 아니다. 니 어미 아니야, 이 개 같은 새끼야. 니가 알긴 뭘 안다고…… 남의 남자 만나 이렇게 몰래 숨어 사는 게 난들 좋아 사는 줄 알어……

눈물을 흘리던 어머니가 옆에 있는 빗자루를 거꾸로 들며 무슨 다짐처럼 입술을 앙다물었다.

그래, 이놈의 새끼야. 아버지가 니 아버지 아님, 나도 니 엄마 아니니까 이제부터는 엄마라고 부르지도 마. 아줌마라고 혀, 아줌마라고.

높아진 어머니의 목소리보다 한결 크게 내가 소리쳤다.

아줌마, 아줌마, 아줌마.

이놈의 새끼가, 그래도…… 죽어, 이놈의 새끼야. 죽어버려, 죽으랑께. 차라리 너 죽고 나도 죽자이.

기어이 빗자루가 내 온몸에 달려들기 시작했다. 몸이 욱신거리면서도 이상하게 마음이 편안했다. 그러나 아주 잠시뿐이었다. 빗자루는 멈추지 않았고 나는 곧 무서워졌다.

씨발, 왜 때려. 아줌마가 뭔디 나 때려. 아줌마가 뭔디 나 때리냔 말여. 씨……

나는 어머니를 밀치고 그대로 뛰쳐나갔다. 평소의 어머니라면 도망가는 나를 쫓지 않을 터였다. 그러나 그날 어머니는 나를 쫓았다. 나는 알몸을 돌볼 겨를도 없이 무작정 달리기 시작했다. 언덕을 넘고 다리를 지나고 철길에 이르도록 나는 멈추지 않았다. 어머니도 멈추지 않았다. 다리가 아파왔고 숨이 차올랐다. 더이상 달릴 기운이 남지 않았을 때까지 달리고 달리다가 더 버티지 못하고 그대로 주저앉았다. 지쳐 있던 어머니가 두 손을 무릎에 두고 쉬는 게 보였다. 잠시 숨을 돌렸던 어머니가 천천히 내게 걸어왔을 때 나는 다시 일어나 달리기 시작했다. 이번에는 어머니가 주저앉았다. 나도 다시 주저앉았다. 내가 숨을 고르면 어머니도 숨을 고르고, 어머니가 잠시 앉아 다리를 풀면 내가 저만큼 앞에서 다리를 풀었다. 내가 걸으면 어머니도 걷고 어머니가 달리면 나도 달렸다.

강이 나타났다. 강을 건너는 것은 쉬운 일이었지만 그만두기로 했다. 나는 참 많이도 지쳐 있었다. 어머니가 저만치에서 서서히 걸어오는 동안, 시퍼렇게 흐르는 강물을 바라보며 앉아 있는 시간이 참 길게도 느껴졌다.

"아, 그 수문이라. 그 수문은 인자 필요가 없는게…… 그 수문이 하도 오래되어놔서 그 옆에 새로 안 만드요. 관계사업인가 뭔가를 한다지. 새만금을 하믄서 수질개선사업인가 뭔가 땜시 잠시 물길을 막어 놨구만. 당분간 거그는 그대로 말러 있을 판이구요. 비나 오면 빗물이나 흐를까 아마 그럴 것이요…… 강줄기도 마음대로 막었다 열었다 참말로 무서운 세상이요이. 안 그요? 근디 아무래도 많이 본 얼굴이란 말시."

나는 포장마차 주인이 서울에서 내려온 지 몇해 지나지 않아 배를 지어내린 악바리 해화호 아저씨라는 것을 벌써부터 알고 있었지만 부러 모른 척하고 있던 터였다. 그가 나를 온전히 기억하기 전에 슬그머니 포장마차에서 나왔다.

선뜻 다가갈 수 없었던 허물어진 수문을 지나 강둑길을 따라 걷기 시작했다.

달빛이 내 온몸을 작신작신 두들겼다. 어머니는 더이상 내게 잘못을 빌라 하지 않았다. 빗자루가 끊어지고 내 머리가 몇 움큼이나 뽑혀나갔다. 어머니도 나도 그 자리에 주저앉아 한참동안을 울었다. 큰집 식구들에게 끌려다닐 때보다 더 격한 흐느낌이 어머니를 휩쓸고 지나갔다. 아무런 말 없이 어머니가 웃옷을 벗어 나에게 내밀었다. 사람들에게 끌려다니며 생겨난 멍이며 생채기들이 달빛을 받아 푸드득거렸다. 무릎까지 내려오는 어머니의 헐렁한 옷을 입고 나는 강둑을 걷는 어머니 뒤를 따랐다.

엄마, 이거 입어. 챙피하잖여. 나는 남자니께 괜찮여.

마을 앞에 이르러서야 나는 어머니에게 용기를 내어 말했다. 내게 웃옷을 벗어준 어머니는 속옷뿐이었다.

엄만 괜찮어. 근디 안 추워?

고개를 돌려 내게 말하는 어머니의 목소리에 강물이 담겨 출렁였다.

집에 돌아와 다시 물을 데우고 나를 씻기며 어머니는 또 한번 억누르지 못하는 울음을 토해냈다.

내가 미친년이지, 내가 미친년이지…… 참말로 나가 미쳤지, 미쳤어. 이 어린 것이 무얼 안다고……

그밤, 어머니는 탕수육이 먹고 싶다는 나를 이끌고 중국집으로 향했다. 아무래도 늦은 시간이었다. 굳게 닫혀 있는 함석문을 두드리던 힘찬 손길과는 달리 어머니는 중국집 주인에게 사정을 해야만 했다.

아저씨, 그러지 말고 내일 꼭 갖다드린당게요, 예.

아따, 장식이 엄니도 참. 나가 돈 때문에 이러는 것이 아니랑게요. 이 밤중에 어떻게 탕수육을 만든다고 그런다요. 참말로……

쫓겨나듯 돌아선 그 쓸쓸하던 밤길을 노인은 얼마나 오래도록 가슴 속 멍울로 간직하며 살아왔을까. 아파트 작은 베란다에서 나무처럼 앉아 해바라기뿐이던 노인은 죽어서 그토록 바라던 물고기로 태어났을까. 꼬리치며 춤추며 바다에서 강으로 마음껏 거슬러올라 강 건너 피안에 이르렀을까.

애써 감춰왔던 노인에 대한 부채들이 우르르 강줄기로 흘러내렸다. 강줄기를 타고 푸드득 푸드득 달빛 속을 꼬리치는 물고기 몇 마리가 눈앞에 아른거렸다. 노인의 상처들이 발끝에서 머리끝까지 신열처럼 내게로 옮겨왔다.

바람만 흐르고 있는 강을 거슬러 오르며 나는 내게 남은 고향의 상처들을 털어내고 있었다. 어쩌면 나는 상처의 기억들로 나를 버티는 힘을 키우고 살았는지도 모를 일이었다. 고향을 버리기가 두려웠던 것인지도 모른다는 생각이 문득 스쳐지나갔다. 그리고 그토록 고향이라 여기고 싶었던 바다에서 물고기로 태어나겠다던 어머니를 생각했다. 어머니가 거슬러 오르겠다던 강을 생각했다. 그러나 달빛을 안고 흐르던 강은 이제 바람과 갈대만이 가득했다. 마른 강을 점령한 갈대들이 우우우 바람에 흔들렸다.

몸이 욱신거렸다. 달빛 때문이었다.

──최인훈 『광장』 40주년 헌정소설집 『교실』, 문학동네 2001

바다에 길을 묻다

배무덤

간척사업이 시작되면서 사람들은 공판장(共販場)보다는 어촌계 사무실에 더 많이, 자주 모여들었다. 배 들어올 시간이면 만선을 기다리는 아낙이나 조무래기들로 그득하고 배들이 묶여 있는 시간에는 조개를 까는 손들로 언제나 부산스럽던 판장의 모습은 여간해서 찾아볼 수 없었다. 지난 겨울 햇볕에 몸을 맡겼던 노인들만 철새처럼 그늘을 찾아 판장으로 자리를 옮겨, 멍석 위에 묵새기고 앉아 몇은 막걸리 내기 윷판을 벌이거나 몇은 또 그렇게 장기를 두고 있을 뿐이었다.

판장을 끼고 몇척 남지 않은 배들이 묶여 있다. 해화호 기관방에서 장씨가 얼굴을 남실 빼들고 노인들을 바라보다가 어촌계 사무실 쪽으로 눈길을 돌렸다. 사람들이 우세두세 공고문을 바라보며 모여 있었다. 양복을 입은 무리들은 보상이 나오면서 모여든 은행이나 보험회사, 증권사 직원들인 듯싶었다. 장씨는 아랫입술을 감물고 혀를 끌끌 차더니 흘러내리는 땀방울을 감추며 고개를 다시 기관방 안으로 집어넣었다. 옷소매에 묻어 있던 기름때가 달라붙어 얼굴은 이제 막 어미의 자궁에서 나오는 흑염소처럼 물기 띤 검은색으로 얼룩져 있었다.

한 손에는 쟁개비를 들고 다른 한 손에는 막걸리와 양은밥그릇을 든 동철이 판장에 나타난 것은 그즈음이었다. 동철은 노인들에게 인사를 건네고 해화호로 홀쩍 뛰어올라 몸은 밖으로 둔 채 고개만 기관방 안에 쑥 집어넣었다.

"성님, 지 왔어라. 혜성이는 어디 가고 나잇살 자신 우리 성님이 이 고생이다요. 이리 올라와 막걸리나 한잔 허십시다."

"동철이 왔는가, 저기 부르찌[船室] 뒤에 가믄 아침에 먹다 남은 막걸리가 반되나 될 것이네, 그거이나 한잔 하고 있으소. 나 이놈만 풀고 갈 텐게이."

"아따, 성님. 낼모레면 갖다줄 놈의 배는 손봐서 뭐에 쓴다고 그라요. 내, 저그 칠성호 집서 복쟁이 얻어왔응께요 후딱 올라오시소이. 그놈 맛이 삼삼헌 것이 참말로 좋습디다."

그제야 장씨는 장갑을 벗어 툭툭 털며, 몸을 기역자로 꺾어 시부저기 좁은 기관방을 빠져나왔다.

선실 뒤에는 동철이 들고 온 복어와 막걸리, 장씨가 새로 내어놓은 김치로 작은 술상이 마련됐다.

어류보다는 패류가 주된 수입원인 마을이지만, 좋은 시절에는 담배 인심보다 한결 좋은 것이 이 마을 고기 인심이었다. 생합이나 피조개 등은 말할 것도 없고 그 비싼 돔이나 광어 같은 것들이 어쩌다 잡힌다 해도 내다 파는 일 한번 없이 두리기상을 차려놓고 사람들에게 두루 두루 나누어 먹였다. 이 마을 사람이 아니더라도 지나가는 이가 있으면 세워놓고 술잔을 권하던 오붓한 마을이었고 또 그만그만한 마을인심이었다. 그러던 것이 새만금 간척사업이 시작되고 마을인심도 사나워지면서 서로 무엇을 나누는 일도 뜸해졌다. 이렇게 땀을 뻘뻘 흘리며 복을 먹는 것도 참 오랜만이 아닌가 싶었다.

마을을 떠났던 사람들이 다시 모여들기 시작한 것은 이듬해부터였다. 적지 않은 피해보상이 나온다는 소문이 돌았고, 어디서 무얼 해서 먹고살았는지 소식도 없던 사람들이 떠날 때처럼 조용히 얼굴을 나타내곤 했다. 처음 보는 얼굴들도 있었고, 어느 얌통머리없는 사람들은 사돈에 팔촌까지 전입신고를 한다는 소문도 있었다.

"카아, 좋다. 그나저나 성님, 오늘이 벌써 다섯 만디 배는 언제 갖다줄라고 이리 태평이단가요."

손가락을 짚어가며 물때를 헤아리던 동철이 도리머리를 흔들었다. 다섯 물이 지났으니 배를 가져다줄 날이 얼마 남지 않은 까닭이었다. 동철이 마지막 잔을 새끼손가락으로 휘휘 돌려 마신 뒤, 손으로 김치를 찢어 입안으로 우겨넣으며 물었다.

"으흠, 으흠…… 쿨룩, 쿨룩, 으흠. 으흠…… 여덟 마까지는 섬에 넣을 수 있다고 하니께, 모레 일곱 마 때쯤에 갈라네, 자네는 언제나 갈랑가?"

담배연기를 들이마시던 장씨가 사레라도 들린 듯 밭은기침을 참아내느라 한참동안 숨을 고른 뒤 말을 받았다.

"지도 그때 가지라 뭐. 근디, 성님. 닐모레 가져다줄 배는 뭘 한다고 저리 손을 본다요?"

"사실은 이……"

말을 끊고 저근듯 고개를 뽑아 주위를 살핀 다음에야 장씨가 목소리를 낮추며 말을 이었다.

"손보는 것이 아니고 요 몇달 앞에 우리 기계가 작살나서 요참 기계를 새로 안 났는가. 이놈이 엄장을 보면 한 이삼년은 끄떡없이 쓸 터인디, 그냥 갖다가 줄랑께 어찌 아까워서 내 바꿔치기할라고 안한가."

"성님도 참. 아 이제 배들 갖다주면 언제 우리가 다시 배질을 할지도 모르는 판국에 그놈의 쇳덩이 있으면 뭐한다고 그런다요. 그라고 저쪽에서 배를 받음시롱 쭉허니 검사를 다 헌다는디 동티라도 나면 어쩔라고 그러요. 안 그래도 우는 아이 달래는 격으로다가 쪼까씩 던져주는 곶감이라도 못 챙기면, 그거이 더 손핼 틴디요."

동철은 곶감이라는 말이 달아나기라도 할 것처럼 우정 명토 박아 말했다. 보상은 정말 곶감처럼 나왔다. 간척사업이 시작되고 두 해가 지나면서 보상에 대한 조사가 시작되었고, 그 이듬해부터 보상이 지급될 것이라고 했지만 한달, 두달 미적거리며 늦어지기만 했다. 2004년 완공을 목표로 하고 있다면 바다를 다 막기까지 적어도 서너 해는 더 있어야 할 듯했다. 그동안에는 어디서 멍텅구리배라도 한대 사와서 기계를 얹고 배질을 할 생각이었다. 문제는 보상이 나오면서 한결 심해진 어업규제였다. 보상은 십퍼센트쯤이나 이십퍼센트쯤 조금씩 나오면서도, 새로운 면허 발급과 기존 면허 연장을 중지하는 것은 물론 이곳저곳을 어업통제지역으로 묶었다. 그렇지 않아도 간척사업으로 바다가 막히면서 강에서 흘러들어온 흙모래가 쌓여 바다의 오염은 한결 심해지고 그 많던 조개들도 점점 줄어가던 터에 엎친 데 덮친 격이었다. 이런 즈음에 배를 새로 구한다 해도 배질을 할 수 있을지 그게 걱정이었다.

"동티는 무슨 동티가 나겠는가. 다 쓸 데가 있을 것이고, 기계는 저번 거하고 다를 게 없는 것인게 그저 고장이 나서 놀리다가 가져왔다면 되는 것인께이. 내일 크레인 불러다가 기계 옮기고 모레 섬에 들어가면 그만 아니겠는가. 그려서 말인디이 나 배는 자네가 좀 차고 가야 쓰겠는디……"

장씨는 동철에게 다짐이라도 받는 듯이 말꼬리를 늘였다.

"그거이 뭐 어려운 일이당가요. 지야 뭐 성님한테 불똥이나 안 튈까 그거이 걱정이지라."

동철이 몇잔 술에 간잔지런해진 눈을 비비며 한숨을 뱉어냈다.

"지미, 내일 배 갖다준다고 허더만, 뭐한다고 이런 신새벽부터 이 지랄이라요? 나는 인자 배질 안헌당게요."

배에 있던 기계를 뭍에 내리고 고장난 헌 기계를 다시 배에 싣기 위해 아등바등 낑낑거리며 줄을 묶고 있을 때 나타난 것은 어제 저녁부터 보이지 않던 큰아들놈 혜성이었다. 또 어디서 술을 마시고 왔는지 비틀거리며 다가오더니 생떼부터 놓았다. 요 며칠 잠잠하더니 어슴새벽부터 술을 먹고 오는 것이 다시 돈 얘기를 할 모양이었다. 이제 뱃일은 틀린 꼴이라며 동무놈과 장사를 한다고 보상받은 돈 가운데 지금까지 자신이 일한 만큼만 내어놓으라고 했었다. 장씨는 그저 웃어넘기고 말았었다. 오천만원이라는 돈이 적은 돈도 아니었지만, 아들이 한다는 장사가 도무지 마음에 들지 않았다. 까페를 한다고 했다. 물장사 먹는장사가 돈 벌기에는 최고라는 것은 알고 있었다. 그러나 장사라고는 제대로 구경도 해보지 못한 놈이 처음부터 물장사를 한다는 것은 여간 마음에 걸리는 것이 아니어서 장씨는 부러 모르쇠를 떨 뿐이었다. 며칠동안 아비를 설득하지 못한 혜성은 술을 마시고 생떼를 놓기 시작했다. 집 유리창을 부수기도 했고 술김이라고 아비에게 욕을 하기도 했다. 어떤 날에는 아비를 향해 라디오를 던지기도 했었다. 우스운 일이었다. 장씨는 그저 우습다고 생각할밖에 다른 도리가 없었다. 그래도 어버이된 마음이라 마누라를 데리고 아들놈이 하고 싶다던 까페에 가보기도 했다. 까페 앞에 있는 중국집에서 모처럼 내외가 자장면에 짬뽕이나마 외식을 하기도 했다. 중국집 주인의 눈치를 살피며 두 시간여 동안 까페를 살폈다. 들어가고 나오는 사람이 서넛 있을 뿐이었다. 돌아와 아들에게 그 얘기를 하고 나서야 아들은 며칠동안 잠잠했다.

"니미, 누가 꼰대 아닐라까봐서 이 지랄이여, 지랄이. 기계는 바꿔서 뭐에 쓴디야. 좆도 그렇게 돈 아끼는 양반이 크레인은 왜 불러, 크레인은. 그냥 손으로다가 냅다 집어올릴 것이지…… 뭘 봐, 씨발새끼야. 니기미. 팍 배창시기를 따벌 팅께. 눈깔 안 돌려 씨발놈아."

장씨가 아무런 반응을 보이지 않자 혜성은 크레인 기사에게 시비를 걸었다. 이른 새벽부터 어쩔 수 없이 나와 일을 하는 것도 못마땅하던 터에 크레인 기사에게는 아닌밤중에 홍두깨가 아닐 수 없었다.

"뭐, 이런 좆같은 경우가 다 있단가, 참말로이. 야, 이눔아 어디다가 행패여, 행패가. 내가 니 아버지 봐서 참을 텐께, 그냥 들어가서 잠이나 처자거라이. 젊은 놈이 그 모냥잉께 동네에서 밤낮 욕이나 처먹지. 내참 아침부터……"

"이런 개새끼가 있나이. 니가 안 참으면 어쩔래, 이 좆같은 새끼야. 글고 니가 뭔디 콩놔라 팥놔라 지랄이냐, 지랄이. 씨벌."

혜성이 옆에 있던 돌멩이를 집어 크레인 기사에게 던졌다. 크레인 기사를 스쳐간 돌멩이가 그대로 날아가 크레인의 유리창을 깨뜨렸다. 더이상 참지 못한 크레인 기사가 혜성과 몸싸움을 벌였다. 그제서야 계속 줄을 묶으며 곁눈질만 하던 장씨가 더 어쩌지 못하고 슬그머니 다가가 싸움을 말린다는 것이 그만 아들에게 밀려 쿠덩 넘어지고 말았다.

"야, 이놈아. 차라리 이 애비를 죽여라. 이 애비를 죽이랑께. 이놈아. 그래 이 새끼야. 내가 나 잘살겠다고 이 지랄이다. 니미, 이 천하에 노랑신문에 날 놈의 자식을 보게나. 이 노랑신문에 날 놈 좀 보소. 나가 나 혼자 잘먹고 잘살겠다고 이런다이. 나 혼자 잘먹고 잘살겠다고. 그려 오늘 너 죽고 나 죽자……"

일어날 생각도 없이 투정부리는 아이처럼 고래고래 질러대는 장씨의 목소리에 사람들이 하나둘 모여들었고, 언제 왔는지 서울댁이 넘어진 장씨의 모습을 보더니 앞뒤 가리지 않고 아들의 멱살을 잡고 울음을 터뜨렸다.

"야 이놈아. 그래 나도 죽여라. 니 애비, 에미, 모두 죽여라이. 모두 죽여, 이놈아. 죽여. 이놈아. 오냐, 그래. 내가 오늘 너한테 죽을란다. 이제 니놈한테 당하는 것도 아주 징글징글해, 징글징글. 니놈들 부끄럽지 않게 키우려고 남들은 무서워 다 도망가는 파도 속에서도 배질을 했는데…… 그러다가 배에 물을 먹이기도 하고, 이놈아…… 너무 소리를 질러서 목이 꽉 잠기고 겨우겨우 살아 돌아오면서까지 참고 참았던 눈물을, 니놈들 보고야 흘렸었는디, 밤새 울었는데…… 이놈아. 죽여라. 죽여라이. 왜 못 죽이냐, 이, 이, 왜, 왜. 아이구, 내 팔자야, 내 팔자야……"

"아따, 안 말리고 뭐하고들 있소. 형수님. 그만하시오. 지놈도 사람인디 인자 그만하면 되았소이."

"어이, 누가 종금상회서 막걸리 몇병 사오쇼. 아따, 우리 성님, 근력도 좋소. 긍께 내가 뭐라요. 그놈의 기계, 뭐헌다고 그리 욕심을 부리더구만."

그제야 주위에서 보고 있던 사람들이 하나둘 서울댁을 말리기 시작했다. 겨우 멱살이 풀린 혜성은 그대로 사람들을 헤치고 사라졌다.

늦은 저녁을 먹은 사람들이 하나둘 종금상회 평상으로 모여들었다. 전남듸젤 김씨가 타박타박 수박을 들고 나오자, 윗마을에서 오랜만에 내려온 성수가 종금상회로 들어가 냉장고를 열고 막걸리 세 병을 꺼내 왔다.

"아따, 성수아제. 남자들 입만 입이고 여자들은 주둥이다요? 거시기 좋은 소식도 있다더만 여그 여편네들한테도 거시기나 하나씩 돌리소이."

종금이 할머니는 벌써 아낙들 손마다 빙과를 하나씩 들려주며 말했다. 종금상회는 상회라고 부르기에도 옹색한 편이었다. 막걸리와 빙과를 꺼낸 냉장고도 한동네 살던 정옥이네가 이사를 가면서 남기고 간 가정용 냉장고를 가게 구석에 세워놓고 사용할 정도였다. 그래도 처음 이 마을에 가게가 없을 때는 제법 큰돈을 모았다고 했다. 갑자기 영감이 중풍을 얻지만 않았다면, 그래서 모았던 돈을 병원비로 몽땅 털리지만 않았다면, 병치레하는 동안 새로 생긴 커다란 슈퍼들에게 단골만 뺏기지 않았다면 하는 종금이 할머니의 푸념을 가끔씩 들을 수 있었다. 어느 날에는 그런 푸념이 소문이 되어 서울에 사는 아들

귀에까지 들어갔다. 아들은 그 길에 바로 어머니를 모시겠다고 내려왔지만 종금이 할머니는 간접보상이라도 받아야 한다고 묵새기며 막걸리 몇병, 빙과 몇개가 고작인 가게를 꾸렸다.

술이 두어 순배 돌 때쯤 얼굴을 나타낸 장씨가 선하품을 하며 평상에 무람없이 엉덩이를 붙였다.

평상 밑으로 어빡자빡 막걸리 병이 늘어나면서 사람들도 하나둘 집으로 돌아갔다.

"아닌 밤중에 홍두깨라더니 이 밤중에 웬 이삿짐이, 이삿짐잉게유."

에멜무지로 묶었는지 이삿짐을 가득 실은 짐차 한대가 함지 하나를 떨어뜨리고도 서둘러 마을을 빠져나가는 모습을 바라보며, 충청도와 전라도 사투리를 섞어 쓰는 서천댁이 말을 꺼냈다.

"누가 또 이 마을 뜨는갑지유, 뭐."

성수가 그네의 사투리를 흉내내며 말을 받았다.

"음청맞게 물쩡한 대낮 냅두고 이런 밤중에 어딜 간데유, 가기는……"

"다 이유가 있응게 그라지요. 말 못할 무슨 사연이 있응께요. 모른 척, 마시던 술이나 마시면 그만 아니었어요이."

장씨가 한숨을 섞으며 술잔을 들었다.

"우수리까정 하나도 없이 털렸다던디 밤봇짐은 뭐할려고 싼다요?"

가만히 듣고만 있던 영남호 각시가 목소리를 낮춰 물었다.

"다는 아니고 이번 보상은 아직 남아 있는게요이. 근디 그놈들이 사람까지 죽인다고 허는디 발각이 나믄 어찌겠소. 이번 보상이 몇날 늦게 나온다고 허고는 저리 밤봇짐을 싸는 모양입디다."

"쯧쯧…… 엄장이 좋아갖고 덕룡이 그 머스마도 군산에선 그래도 알아주는 건달이라고 허더구, 그런 놈이 다 도망을 가고, 아따, 그 두억시니 같은 놈들. 노름꾼들이 무섭긴 무서운 모양이네요. 젊은 놈들이 모다 그 모냥인께 참말 큰일이요이. 그나저나 혜성이도 돈깨나 잃었다던디, 아저씨도 참말로 속깨나 썩겄소이."

"언놈이 그딴 소리를 하고 다닌다요. 나가 아무리 자식농사를 잘못 지었어도 혜성이 그놈이 혜실바실 좀 헤프기나 허지 어디서 노름짓이나 하고 다니는 놈은 아닌께요. 영남댁도 그런 소릴랑은 입밖에도 내지 마시오이. 어이 성수, 술 잘 먹었네. 배 볼라고 나왔응께 배나 한번 보고 들어가야 쓰겄구만이."

큰소리를 버럭 지르고 일어났지만 영남댁이 틀린 말을 한 것은 아니었다. 몇달 앞에 허우대 좋은 젊은 놈들 몇이 큰아들을 찾아왔을 때, 장씨는 일의 실마리를 알아버린 터였다. 큰아들 혜성을 불러앉히고 물었을 때는 이미 이천만원에 가까운 돈을 잃은 뒤였다. 한바탕 난리를 피우며 다시는 노름에 손대지 않겠다는 다짐을 받고 돈을 내어주기는 했지만 속이 타는 것은 말할 수가 없었다. 돈 때문만은 아니었다. 요즘에야 보상바람이 불어 노름을 하거나 장사를 한다고 가끔 생떼를 부리지만, 뱃일을 하기에는 이미 늙어버린 아비를 힘든 뱃일 그만두게 한다고, 대학도 가지 않고 남들 다 마다하는 천한 뱃놈이 되어 오늘날까지 고생한 것을 생각하면 이천만원이라는 돈은 하나도 아까운 것이 아니었다. 다만 노름에 한번 빠지면 손가락이 잘리는 듯한 아픔 없이는 쉽사리 그 속에서 헤어나오기 힘들다는 것이 장씨의 마음을 아리게 만들었다. 노름의 마력을 누구보다도 잘 알고 있는 장씨였다.

서울을 등지고 이 마을로 흘러든 것이 벌써 서른 해가 지났던가. 어린 나이에 시골 살기가 싫어 집을 뛰쳐나왔다. 부산에서 광주로 다시 서울로, 도시에서 도시로 흘러드는 동안 서울댁을 만나 혜성이를 낳았다. 그동안에 미장이에 땜장이, 목수질에 안해본 것이 없지만 그래도 그 가운데 장사가 으뜸이다 싶어 손수레 하나를 장만했다. 손수레에 물건을 닥치는 대로 싣고, 한쪽 구석에 아직 젖도 다 떼지 않은 혜성이를 싣고는 장씨가 앞에서 끌고 서울댁이 뒤에서 밀며 무악재를 넘기도 하고, 한강을 건너기도 하고, 사람 많은 곳이면 서울 구석구석 목이 터져라 외치고 다녀 떠벌이란 별명이 붙었다. 아이들까지도 떠벌이라고 거침없이 불렀지만 얼굴은 몰라도 떠벌이란 별명을 듣고 물건을 사주는 사람이나, 손수레에 실린 갓난아이를 이뻐해주며 물건을 사주는 사람들이 많아 몇해 지나지 않아 조그만 가게를 장만할 수가 있었다. 그뒤로 서울댁이 가게를 돌보고 장씨는 날품을 팔면서 조금씩 조금씩 더 큰 가게를 장만했다. 다시 몇해가 지나고 이제 참으로 남부럽지 않을 만큼 살게 될 즈음 심심풀이로 시작한 화투가 화근이 되었다. 처음에는 그저 일원짜리 화투가 십원이 되고 백원이 되더니 끝내는 만원짜리 화투가 되었다. 말이 만원이지 요샛돈 십만원도 넘을 돈이었다. 옆에서 보다못한 서울댁이 신고를 했을 때는 그동안 모았던 돈을 몽땅 날린 뒤였다. 안사람이 신고한 덕으로 남들보다 먼저 선처를 받고 나오면서야 자신이 사기노름에 빠졌다는 것을 알게 되었다. 집과 가게를 몽땅 털리고도 모자라 다시 시작할 수도 없을 만큼 많은 빚까지 얻게 되었다. 미쳐 날뛰는 마누라를 달래며 생각한 것이 밤봇짐이었다. 꼭두새벽에 물건을 겨우 처분한 십만원을 달랑 들고 까침바우를 찾아들었다. 눈이 펑펑 내리는 겨울이었다. 이제 막 초등학교에 들어간 혜성이와 다섯살 난 혜안, 그리고 서울댁을 운전석 옆에 앉게 하고 자신은 한푼이 아까워 짐칸에 올랐다. 바삐 서둘러 에멜무지로 묶인 짐들을 비집고 앉은 자리라 떨어지는 눈들을 고스란히 맞아야 했다. 이불을 덮고 그 위에 비닐을 덮기는 했지만 몰려드는 추위를 막을 수는 없었다. 담배라도 한 개비 피우면 좀 나을 듯싶어 비닐 밖으로 고개를 빠끔히 내어보았지만 달리는 차 위에서 불이 쉬 붙을 리는 만무했다. 외려 더 초라한 모습이 되어 내리는 눈을 뒤집어쓸 수밖에 없었다. 겨우겨우 둥개어 담뱃불을 붙였을 때는 흰서리가 눈썹까지 내려앉은 뒤였다.

담배연기가 한숨에 섞여 더운 공기 속으로 스며들었다. 배가 잘 서 있는 것을 보고도 얼마나 묵새겼는지 발 아래 담배꽁초가 제법이었다. 인기척에 돌아보니 서울댁이 다가오고 있다. 언제 저 사람이 저렇게 늙었나 싶을 만큼 듬성듬성한 흰머리가 가로등 불빛 사이로 얼비쳤다.

"안 들어오고 시방 뭐한다요. 올빼미마냥 이 밤중에 뭔 청승이당가요, 청승이."

말을 마치며 그네가 손에 들고 있던 함지를 바다에 띄워 보냈다. 썰물을 타고 함지는 금세 저만치 떠내려갔다.

"그게 뭣이당가?"

"아까 덕룡이 놈이 흘리고 간 함진디, 가져다 쓰라고 했더구만 동티가 붙은 물건을 집안에 들이는 것이 아니라고 물에나 띄워보내라고 안혀요."

"그려, 저그 저렇게 잘 떠내려가는 것을 봉께, 인자 덕룡이 그놈은 어딜 가든 잘살겄네이. 여름이라 이사가면서 추울 일은 없을 것이고.

참 그놈 노도 없는 것이 잘도 간다, 잘도 가. 우리도 들어가세그려. 낼은 또 할일이 많을 것잉께."

밤새 뒤척거리다 어슴새벽부터 자리를 잡고 앉아 담배를 한 갑이나 피웠지만 날은 여전히 어둑했다. 물때는 아직 이른데 마지막 담배를 뽑아문 지도 오래였다.

"성님, 자슈…… 태호성님, 주무셔라?"

그냥 앉아 있기가 싱숭생숭해 재떨이를 헤집고 있을 때 문밖에서 목소리가 들려왔다. 바다에서 험한 일을 하는 사람들이라 모두들 너나들이를 하고 살지만 이른 새벽부터 누군가 싶어 가만히 귀를 기울였다. 목소리가 다시 문을 넘었다. 동철의 목소리였다. 여태껏 자고 있는 줄 알았던 서울댁이 벽을 더듬었다. 몇번을 슴벅이던 형광등이 어스름을 몰아냈다.

"동철인가. 게 섰지 말고 일루 들어오소."

"아직 이불도 개기 전인 듯하구만 지가 어딜 들어간다요. 혹시나 혀서 들렀응께 안 주무시거들랑 뱃머리로나 나오셔라."

새벽부터 술이라도 한잔 했는지 동철의 목소리가 하분하분 젖어 있다. 장씨는 이불 속으로 다시 몸을 숨기는 서울댁에게 볼가심거리나 만들어 내오라며 선착장으로 나갔다. 판장 한쪽 구석에서 담뱃불이 슴벅이며 반짝거렸다.

"동철이, 담배 한대 주소. 물때도 이른디 뭐한다고 이리 일찍 나왔는가?"

"긍께 말예요. 성님, 잠이 옵디요? 지는 참말로 잠이 통 안 옵디다. 이리 뒤척 저리 뒤척이는디 보다못헌 마누라가 쐬주를 한병 내오길래

옳거니, 요거이나 먹고 자믄 쓰겄다 허고 한병을 톨톨 털었구만요. 근디 외려 환장허니 가슴만 답답헌 것이 잠은 더 안 오고 이리 날만 죽이고 나왔당께요. 니니 참. 인자 이 지겨운 배질은 안혀도 된다고 좋아혔드만 왜 이리 맘이 짠허다요."

"왜 아니겠는가. 반평생을 바다에 묻혔는디 인자 무얼 해서 먹고 살아야 할 거나이……"

"글도 성님은 지보다는 나웅께요. 떡허니 시내에다가 대감집이나 한채 마련했웅게요이. 글고 성님 말대로 성님이야 반평생이지만, 지야 어디 반평생인감요. 지야 한평생이당께요. 여그서 열대여섯부터 배질을 혔는디 지도 인자 낼모레믄 환갑인디요. 환장헐 놈의 환갑이랑께요. 근디 지는요, 성님. 지는 집도 절도 없이 쫓겨나게 생겼웅께 이를 어쩌면 좋다요. 참말로요이."

"………"

장씨는 대답할 말을 찾지 못해 미적거렸다. 이사를 와서 처음 오른 배가 동철의 신광호였다. 그때는 바다 어느 구석에도 조개들이 넘쳐났다. 한 이틀 배질을 하면 배 하나 가득 조개를 싣고 들어오곤 했다. 신광호 뱃동사(선원) 삼년 만에 집보다 먼저 작은 배부터 한척 장만했다. 배가 불러오던 서울댁이 꾼 태몽을 들은 사람들은 저마다 딸아이가 틀림없는 꿈이라고 했다. 커다란 복숭아꽃이 분홍빛을 밝게 빛내며 바다에 둥둥 떠다녔다고 했다. 사람들이 저마다 손을 뻗어 잡으려 했지만 번번이 멀어지더라고 했다. 그러던 것이 서울댁이 다가가자 기다렸다는 듯이 서울댁 품속으로 밀려오더라고 했다. 몇번이나 서울댁을 보채며 같은 이야기를 듣던 장씨가 아직 태어나지도 않은 아이 이름을 해화(海花)라고 짓고, 그 아이 이름을 따서 배이름도 해화호라고 했다. 해화호를 타고 바다로 나가던 첫날, 뱃동사 아닌 선주가 되어 키를 잡던 첫날, 배를 남산만하게 불린 서울댁이 선착장에 나와 손을 흔들어주는 모습을 보며, 장씨는 꼭 저만큼, 마누라의 부른 배만큼, 남산만큼 돈을 벌어보리라 생각했다. 몇달이 지나 서울댁은 해화라는 이름이 전혀 어울리지 않는 고추 단 아들놈을 낳았다. 서울댁은 이름을 바꾸자고 했지만 장씨에게는 그러기라도 하면 커다란 동티가 붙을 것처럼만 여겨졌다. 미우나 고우나 이미 지어놓은 이름이었고 아직 태어나지도 않은 그 아이에게 다시는 허투루 살지 않겠다고 깊은 다짐까지 했던 터였다. 그 다짐 때문인지 남들보다 허리띠를 조금 더 조이며 살았고, 남들보다 더욱 열심히 살았다. 서울댁도 몸을 다 풀기도 전에 남자들도 힘든 뱃일을 하겠다고 나섰다. 처음에는 말리기도 했지만 그네의 고집도 대단했다. 내외가 그 험한 뱃일을 하면서 죽을 둥 살 둥 아등바등 살아서 두 해가 지나지 않아 달세로 들어간 집을 제것으로 만들었다. 몇해가 지나서는 더 큰 배를 지어내렸다.

다른 사람들 모두 그렇게 집 장만하고 배 내리는 것은 아니었다. 흔전만전 돈 써도 다음날 배질 한번이면 다시 돈을 만질 수 있는 까닭에 사람들이 돈을 아주 쉽게 여기는 동네였다. 동철은 그나마 배 한척에 집 한채나마 있다지만 이 마을에 나서 자란 사람 중에 아직 달세를 면하지 못한 사람도 한둘이 아니었다.

어느새 어스름이 물러나고 뿌옇게 날이 밝아왔다. 장씨는 배를 가져다주는 것이 꼭 한 삶을 바다에서 보낸 사람들에게 어둠만은 아니라고 믿고 싶었다. 이렇게 지금 밝음이 어스름을 이기는 것처럼 조금만 참고 있으면 다시 좋은 일이 생길 거라고 믿고 싶었다. 그런 믿음이 일어나면서 장씨는 어제 바꿔치기한, 판장 한구석에 오두마니 비닐을 덮고 있는 기계를 한참동안이나 그윽하게 바라보았다.

"여보. 동철아제랑 들어와서 식사허셔라."

목소리를 따라 서울댁이 뒤듬바리의 걸음으로 다가왔다.

해화호를 묶은 신광호가 뿌우뿌우 기적을 울리며 물길을 헤쳤다. 처음 해화호의 키를 잡던 날처럼 서울댁이 선착장에 나와 동철과 장씨를 배웅했다. 이제 그네는 손을 흔들지 않고 그저 희읍스름한 눈으로 뭍에서 멀어지는 배를 바라볼 뿐이다. 장씨가 어여 들어가라는 손짓을 보냈다. 그제야 그네가 소매를 들어 눈을 비비더니 등을 보였다.

배가 고랑을 지나 방파제를 지나고 바다로 나아가자 동철이 신광호를 세웠다. 장씨가 무슨 일인가 싶어 배를 붙이고 신광호에 옮겨 탔다. 장씨가 신광호에 오르자 아침상에서도 쓴 소주를 연거푸 털어넣은 동철이 간잔지런해진 눈을 비비며 말했다.

"성님, 뭔 일이당가요. 배가 말을 하나도 안 들어번지네요이. 성님이 창나무 좀 잡아야 쓰겄는디요. 괜찮지라?"

"아침참부터 무슨 웬수라고 쓴 쐬주를 그리 마시더구만. 어여 들어가서 눈 좀 붙이소."

키를 넘겨받으며 장씨는 아쉬운 생각이 들었다. 구미를 지났으니 해화호야 그저 따라오겠지만, 이제 이렇게 배를 가져다주면 다시는 해화호를 부리지 못한다는 마음이 바투 찾아들었다. 배를 가져다주는 신시도까지라도 해화호에 남고 싶었다. 그러나 술에 풀린 동철의 눈을 보니 그러기는 틀린 꼴이었다. 앞배가 가는 데로만 뒷배를 맡겨도 좋을 넉넉한 바다, 그 바다만을 다시 한번 느껴보아야 할 듯했다.

해가 떠오르는지 멀리서 까치놀이 반짝였다. 까치놀이 이는 쪽으로 가면 개야도가 있을 터였다. 지금이야 멀리 조그마한 산 하나를 보고도 그곳이 어디인지 알게 되었지만 처음에는 까침바우를 찾지 못해 개야도로 간 적이 있었다. 마누라를 배에 태우고 며칠이 지나지 않아 생긴 욕심 때문이었다. 남들은 밤샘작업을 해 배 한가득 조개를 싣고 돌아오곤 했는데도 장씨는 아직 뱃길이 서투른 탓에 밤샘작업을 할 엄두는 내지도 못하고 있었다. 그날따라 허탕만 짚고 다녔는지 잡히지 않던 조개가 썰물때가 다 되고 날이 저물 무렵에야 그물 가득가득 잡히기 시작했다. 기름값도 안 빠지겠던 터라 장씨는 욕심을 부려 밤샘작업을 하리라 마음먹었다. 배 한가득 조개를 잡아들였다. 장씨가 배에 오르고 그동안에 잡았던 양 가운데 가장 많은 양이었다. 기쁨이 넘쳐났다. 날이 밝아오면서 장씨는 그러나 안개가 뿌옇게 내려앉은 바다에 배들이 한척도 보이지 않는다는 사실을 깨달았다. 밤새 그물을 끌고 이리저리 옮겨다니느라 다른 배들을 신경쓰지 못하면서 그들과 멀어진 모양이었다. 아직 뱃길도 서투른 장씨는 안개까지 내려앉자 그만 그물을 거두고 돌아갈 채비를 서둘렀다. 아무리 생각해도 어느 쪽이 까침바우 쪽인지를 알 수 없었다. 밤샘작업에 서투른 장씨는 뱃길마저 잃었다. 어디라고 할 것도 없이 뭍을 찾기 위해 에멜무지로 배를 몰고 있는데 해가 떠오르는지 배 옆구리를 끼고 까치놀이 얼비쳤다. 장씨는 동네 이름이 까침바우라는 생각에 안개 속에 얼비추는 까치놀을 따라 뱃머리를 돌렸다. 안개는 점점 심해져 까치놀마저 사라졌다. 문득 장씨는 자신이 타고 있는 배가 너무 작고 힘이 없다고 느껴졌다. 안개 속을 헤매다가 커다란 유조선에 부딪혀 배는 산산조각나고 시체를 아직도 찾지 못하고 있다는 이야기들이 떠올랐다. 이대로 바다에서 죽는 것은 아닌지, 아직 어린것들을 두고, 부모 떠난 죄가 이렇게 앙얼이 되어 돌아오는 것인지, 장씨는 그동안 십년이 넘게 찾아가지 않은 고향을 찾아가리라 마음먹었다. 서울댁은 그저 말없이 조개를 고르고 있었다. 자신을 믿는 것인지 무엇인지 알 수 없지만 껍데기를 고르는 그네를 보며 장씨는 어떤 희망이 가슴속에서 뭉클 떠올라오는 것을 느낄 수 있었다. 안개 속으로 멀리 희미하게 뭍이 보였다. 속도를 높이고 배의 기적을 울렸다. 뿌우뿌우. 뿌우뿌우. 산 모양을 보니 까침바우가 틀림없어 보였다. 그러나 장씨가 닿은 곳은 까침바우가 아니었다. 배가 뭍에 가까워지면서야 장씨는 그곳이 도무지 본 적이 없는 곳이라는 것을 알게 되었다. 뭍에서 배 몇척이 해화호 곁으로 다가왔다. 안개 사이로 흐린 불빛들이 해화호를 둥글게 에워쌌다. 그제야 서울댁도 일손을 멈추고 장씨 곁에 다가왔다. 그네의 눈이 하분하분 젖어 있었다. 저쪽 배에서 늙은 목소리가 들려왔다.

거 어디 배요?

까침바우서 왔는데요.

근디 여기는 뭐 파먹을 것이 있다고 왔당가?

이번에는 사뭇 도전적인 젊은 목소리가 날카롭게 날아들었다. 바다를 향하던 불빛들이 일제히 방향을 틀어 장씨를 겨냥했다. 영문을 몰라 장씨가 무르춤하는 사이 저쪽에서 다시 늙은 목소리가 날아들었다.

혼자요?

예, 제가 아직 뱃길이 서툴러 길을 잃었습니다.

길을 잃기는 무슨 놈의 길을 잃었당가이. 쥐새끼 같은 놈덜, 기어이 잡았응께, 내 니놈들을 초를 칠 것이여. 우리들이 전복을 어떻고롬 키운 것인디 그걸 도적질을 헌당가.

그제야 장씨는 지금 자신이 도둑으로 몰리고 있다는 것을 알았다. 배를 붙여 확인하는 길이 으뜸이다 싶어 늙은 목소리가 들리는 곳으로 뱃머리를 돌리는 순간 뒤에서 무언가 날아와 마누라 곁을 스치고 선실 유리창을 깨고는 떨어졌다. 서울댁이 소리를 버럭 질렀다.

아악.

………

도둑은 무슨 도둑이라고 그래요. 그저 길을 잃었을 뿐이래도요.

저쪽에서 대답이 없자 그네가 다시 앙칼진 목소리로 쏘아붙였다. 저쪽에서 다시 늙은 목소리가 들렸다.

거 내외지간이요? 돈에 무슨 웬수가 졌다고 여자까정 배를 태운다요…… 어이 여보게들 불 거두세나. 보아하니 도적은 아닌 듯허이…… 이보슈. 미안허게 됐슈다. 요즘 우리 바다에 전복 도적놈들이 하도 극성을 부려놔서 실례를 혔으니 이해하쇼. 우선 뭍으로 올라갑시다. 안개 속에서 이런다고 길을 찾는 것은 아닝께, 내 사죄허는 의미로다가 안개 걷히면 길을 안내허리다.

그들을 따라 들어간 곳이 개야도였다. 바다를 사이에 두며 마주보고 있을 때와는 달리 섬에 이르자 사람들은 장씨 내외에게 너무나도 따뜻한 대접을 무람없이 베풀었다. 안개가 걷혔다. 까침바우가 보이는 곳까지 길 안내를 하던 그들은 전복이 담긴 포대를 하나 던지고는 사라졌다. 돌아와서야 장씨는 까침바우라는 이름이 까치놀과는 전혀 상관이 없다는 것을 알게 되었다.

옛날에 이 마을이 모두 바다였을 때, 작은 섬 하나를 까치바위라고 불렀고 뭍이 되어 마을이 생기면서 동네 이름도 까침바우가 되었다고 했다. 장씨는 옛날 바다였던 곳이 지금은 뭍이 되어 사람들을 보듬었

듯이, 지금의 바다가 뭍이 되어 사람들을 보듬고 살아갈 것을 믿고 싶었다. 살아가는 일에 쫓겨 보상으로 나오는 돈 몇푼에 합의도장을 찍으면서도 그런 마음만은 버리고 싶지 않았다. 다른 건 몰라도 바다만한 벌이가, 특히나 아무것도 가진 것 없는 사람들에게는 그 넉넉한 바다보다 더한 벌이가 없다는 것을 잘 알고 있었다. 여의도의 백사십배가량의 땅이 생기는 것을 아는 사람들이 왜 그만큼의 바다를 잃는다는 것은 알지 못할까? 땅이야 주인이 있다지만 바다는 그렇지도 않았다. 그저 욕심만 부리지 않는다면, 어처구니없이 성난 파도에 맞서 싸우지 않는다면, 자연의 순리대로만 살아간다면 바다는 모자람이 없이 누구에게나 일한 만큼은 갖게 해준다는 것을 왜 모르는 것일까? 그러나 이미 엎질러진 물이었다. 바라는 것이 있다면 지금 이렇게 뱃길을 내어주는 바다가 막히는 날까지라도 뱃일을 하면서 바다와 더불어 살고 싶을 뿐이었다. 아니, 장씨는 믿고 있었다. 벌써 배를 가져다주고도 까침바우를 떠나지 못하는 사람들, 바다는 그들 가슴에 살아 있다는 것을. 높은 사람들이 아무리 뭐라 해도 바다가 그들 눈에서 뭍으로 바뀌는 날까지 그들은 바다를 버리지 않을 터였다. 아직 바다 밑에는 노랑조개, 피조개, 생합, 소라, 골뱅이, 꼬막이 그들의 믿음처럼 자라고 있었다.

빗방울이 한 방울 두 방울 떨어지더니 시나브로 굵어졌다. 동철이 그 소리에 일어났는지 하품을 하며 선실을 빠져나왔다.

"성님, 어디쯤이라요?"

"지금이 은하해순께 한 삼십분만 가면 쓰겄네."

"엥, 은하수라구,라구요. 글믄 지가 지은 죄가 많아 그만 죽어 하늘에 오르는가베요이. 성님. 근디 인자 죽었웅게 물은 저리 가라고 허쇼. 어찌 별은 하낫또 없고 물만 보인다요. 어이치, 물, 물렀거라. 히, 하, 하."

"예끼 이 사람. 갈라면 자네 혼자 가지 나는 왜 끌고 가, 가기를."

"아따, 우리 성님은 욕심이 없는 것이 없구만요. 돈 욕심. 자식 욕심, 집 욕심, 사는 욕심. 어구구, 쭈굴텅영감이 다 되아갖고 먼 욕심이 그리 많다요. 갑시다, 가. 죽음이 좋습다. 성님도 잠깐 죽어보쇼이. 꿀맛이더만. 지가 창나무 잡을라요…… 아이구 은하수라 그란지 저그 까마귀가 보인다. 성님, 날친디요, 날치. 아흐 그냥 여그가 옛날이른 지금 삼치가 한창 좋을 땐디요이. 인자 가을이 올란갑네요."

엉너리를 놓으며 동철이 키를 넘겨받았다. 은하해수(銀河海水)는 물이 잔잔해서 별이 그대로 담긴다는 곳이었다. 고군산군도가 바람을 막아 거센 파도도 이곳에서는 잠시 숨을 죽여서, 갈 길을 잃은 배들이 이곳에서 닻을 내리고 파도가 약해지기를 기다리기도 했다.

배는 은하해수를 벗어나 고군산군도로 접어들었다. 야미도와 신시도가 보이기 시작했다. 1994년도에 완공되었다던 야미도와 신시도를 잇는 제3방조제가 보였다. 그 길 위로 덤프트럭들이 부지런히 오고가고 있다.

"성님, 저거 좀 보시오이. 아따 그 넓은 바다를 다 막어버렸소. 선유도 쪽으로 바로 갈라구 혔더만 인자 돌아가야 쓰겠네요."

"그러야 쓰겄네. 어이 동철이 인자 얼마나 가야 하겠나?"

"그저 가면 이십분이면 되는디, 돌아강게 한 사십분이나 걸리겄어라. 성님, 이놈의 배가 미쳤어라, 니기미 좇도 잘 달리는 듯허요."

"어이 동철이 우리가 끝이라고 허더만 저그 배들도 신시도로 가는

갑네이?"

야미도를 지나고 신시도에 가까워지면서 배들이 두세 척씩 짝을 지어 신시도로 향하는 것이 보였다.

"어이 동철이 저것이 뭐당가? 당최 첨 보는 물건일세그려."

섬에는 가지런히 묶여 있는 배들이 보였고, 산 한쪽 모퉁이에는 크레인 두 대가 야차처럼 버티고 서서 배들을 들어올리기도 하고 부수기도 했다. 그 밑으로 배들의 잔해가 어빡자빡 쌓여 있었다.

"어매, 저, 저거이 뭐, 뭔 일이당가요? 경매한다고 허더구만 비, 빌어먹을 놈덜, 저 아까운 배들을 그, 그냥 저리 부수는갑네요이."

동철이 말을 제대로 잇지 못하고 더듬적더듬적거렸다. 장씨는 빗속을 뚫고 고물 쪽에 서서 해화호를 바라보았다. 날치 몇 마리가 계속 빗속을 날아다니더니 한 마리가 그만 해화호에 떨어졌다.

"어이 동철이, 배 좀 세우소…… 어이 동철이, 배 좀 세우랑께."

넋을 놓고 있던 동철이 무르춤하며 속도를 줄였다. 장씨가 해화호에 묶인 줄을 당기더니 해화호로 건너가 날치를 집어들었다. 퍼드득 퍼드득, 바다의 깊은 숨결이 장씨의 두 손에 그대로 옮겨오는 것만 같았다. 깊숙이 숨을 한번 들이마시고 장씨가 날치를 바다에 던졌다. 곧이어 해화호 닻을 내렸다. 그제야 동철도 무슨 일인가 싶어 해화호로 건너왔다.

"성님, 뭔 일인디 닻을 다 놓는다요?"

"………"

"성님?"

"어이 동철이 지금이 삼치 좋을 땐디 우리 삼치나 몇 마리 잡아서 쐬주나 한잔 하세."

"아따, 성님도. 바닷속에 들어갈라요? 무슨 수로 삼치를 잡는다요?"

"내, 버림치로 놔둔 것이 어디 있을 것잉께, 자네는 건너가 쐬주나 따소."

장씨가 선실로 들어갔다 나오며 납덩이가 촘촘히 박힌 삼치 낚시를 가지고 나왔다. 다시 신광호로 건너온 장씨가 얕은 물에서 방향을 트는 대나무를 선실에서 바다 쪽으로 뻗게 해 묶었다. 쓸 수 있는 낚시는 두 개뿐이었다. 장씨가 낚시 한 개를 대나무에 묶었다. 그제야 생게망게 바라보던 동철이 다가와 낚싯줄을 고르고 대나무에 묶었다. 장씨가 이물 쪽으로 가서 해화호에 묶인 줄을 풀자 동철이 신광호의 속도를 높이기 시작했다. 삼치를 잡는 낚시에는 미끼가 따로 필요하지 않았다. 그저 형광색으로 위장한 낚싯바늘이 물살을 가르며 빠르게 달리면 삼치란 놈은 그것을 먹이로 잘못 알고 달려와 물었다. 바다가 오염되면서부터 가을 한철 주된 수입원이던 삼치는 점점 그 양이 줄어들었고, 원양어선이 참치를 잡기 시작하고는 더이상 고급어가 아니었다. 바다를 맘껏 누비며 달리던 삼치잡이는 어느 무렵 서서히 모습을 감추었다.

"성님, 늦겄는디라. 저그 여객선이 야미도에 닿았응께요."

삼사십분 달렸지만 삼치는커녕 잘도 올라오던 고등어 한 마리도 낚지 못하고 그저 아침에 서울댁이 싸준 곁두리만 축내며 소주를 비우고 있을 뿐이었다. 해는 이제 그들 머리 꼭대기에 올라 있었다. 여객선을 타고 군산으로 가서 버스를 탈 생각이었으니 시간은 아직 나위가 있었다. 야미도에 닿은 여객선이 야미도를 거쳐, 신시도를 돌아 무녀도, 선유도를 거치고 장자도를 돌아 곳라도에서 방축도, 말도를 돌아오는 시간이 두 시간 가량 걸렸다. 신광호가 해화호를 끌고 신시도까지 가는 데 삼십분, 서류 검사와 배 검사를 합친 시간이 삼십분쯤 걸린다고 했으니 아직 한 시간 정도의 시간은 있는 셈이었다. 조금 더 여유를 가진다고 해도 아직 삼십분 정도는 바다를 달려도 좋을 듯했다.

"어이, 동철이 뭣이 그리 급하당가. 니기미 신시도가 박산(博山)이라고 하더만 무덤이더구만, 배무덤. 자네는 무덤으로 가는 것…… 어이 동철이 저, 저기, 잡혔네이, 잡혔어. 저기 보소. 고무줄이 팽팽하게 늘어났당께."

장씨가 동철을 타박하다가 버럭 소리를 질렀다. 삼치가 잡혔는가를 알기 위해 달아놓은 고무줄이 늘어나 있었다. 장씨가 낚싯줄을 잡아당기기 시작했다. 처음에는 잘 따라오던 낚싯줄이 점점 무거워졌다.

"아따, 그놈 엄청 큰 놈인갑네. 어이 동철이, 나 혼자는 안되겠네. 자네도 이리 와서 좀 땡기소."

한참을 등개던 장씨가 동철을 불렀다. 동철이 달려와 낚싯줄을 잡아당겼다. 저만치에서 삼치 한 마리가 낚싯줄에 걸려 다가왔다. 딸려오지 않으려고 바다를 뛰어오르는 것을 보니 여간 큰 것이 아니었다.

"크다, 커. 성님. 참말로 크요이. 아따, 참말로. 아직 저런 놈이 남아 있네요. 얼싸, 좋다. 성님, 성님. 앞으로 배질을 더 할 수 있을랑가요?"

"틀림없을 것이네. 안 글면 나가 미쳤다고 기계까정 바꿔치기했당가. 틀림없을 것이구만."

"성님 말이 맞을 것이요이. 저러코롬 큰 고기가 아적 이 바다에 있는디, 곶감 몇개 던져주고 가기는 어디를 가라고 헌다요. 나도 좀더 개겨볼라요. 성님 틀림없지라?"

"틀림없당께 그러네. 아 이 사람아 말힘 쓰지 말고 줄이나 바로 땡기랑게, 참말로. 얼차."

겨우겨우 둥개며 배 앞에까지 삼치를 끌어당겼다. 삼치는 삼치대로 이리저리 몸을 뒤틀었다. 이제 배 위에만 올리면 끝이다 싶은데 삼치가 펄쩍 하늘로 뛰어오르더니 그대로 바닷속으로 들어갔다. 낚싯줄을 힘껏 잡아당기던 두 사람이 그대로 엉덩방아를 찧었다. 오래된 낚싯줄이 서로 당기는 힘을 견디지 못하고 끊어진 모양이었다.

"니기미, 참. 다 잡았는디, 아까워서 어쩌헌다요이. 허허허. 니기미 참. 성님, 괜찮어라?"

"아이쿠, 하하 고놈 참 큰 놈이었는디, 아깝네이. 아까워. 허허."

장씨도 동철도 그저 허탈하게 웃고 있었지만 눈자위가 하분하분 젖어 있었다. 장씨는 그것이 빗물 때문이라고 여기고 싶었다.

신시도

이곳은 섬입니다. 당신, 상상이 되십니까? 방문을 열고 마루로 나오면 바다가 한눈에 들어오는 집에 저는 지금 머물고 있습니다. 언젠가 당신이 말한 바다가 있고 언덕이 있고 그 언덕 위에 집이 있으면, 바다가 한눈에 들어와 좋을 거라는 그런 집입니다. 저는 지금 마루에 나와, 서로 어우러져 장난치는 갈매기 몇 마리를 보고 있습니다. 너울쩍거리는 모습이 매우 여유로운데, 한 마리가 날쌔게 바다를 향해 날아내립니다. 다시 하늘로 날아오를 때는 물고기 한 마리가 갈매기 부리에 물려 있겠지요. 물고기, 물고기, 저 푸른 바다에서 꼬리치며 몰려다니다가 자신도 모르는 어느 순간에 누군가의 먹이가 되어 하늘을 날게 될 물고기를 생각하는데 왜 당신이 떠오르는지, 편지를 씁니다. 아니 사실은 당신이 떠오른 게 아니고 제 모습이, 그래요 제 모습이 떠오른 것이었답니다.

　당신의 전화번호는 제 호출기 안에 그대로, 고스란히 남아 있습니다. 제가 아무런 말 없이 당신 곁을 떠나고 오래도록 연락을 하지 못했는데, 당신도 제 소식이 궁금했나요. 당신은 기계 속에 잡히는 것 같아서 싫다던 호출을 제게 해주었습니다. 당신에게 전화를 걸어야 하는데 용기가 나지 않습니다. 당신의 목소리를 들을 자신이 없습니다. 당신이 무슨 말을 할지 이제 저도 조금은 알 것 같습니다. 아무 말 없이 훌쩍 소식을 감춘 저를 나무라시겠지요. 당신에게 연락을 하지 못하는 미안한 마음으로 며칠을 보내고서야 저는 아직 우리가 살고 있는 이 땅에 편지라는 게 남아 있다는 것을 생각해냈습니다. 편지라면 제가 아무런 말 없이 떠난 것에 대한 핑계를 해볼 수도 있을는지요. 그럴 수 있을 것 같아 펜을 들었는데…… 바로 쓰지도 못하고, 또 오래 지나 이 섬에 와서야 이렇게 편지를 쓰게 되는군요.

　당신을 떠난 지 벌써 한 달이 넘어가고 있습니다. 처음에는 이렇게 오랫동안 당신을 떠날 생각은 아니었습니다. 당신이 결혼한다는 소식을 듣고는 무작정 군산행 고속버스를 탔습니다. 왜 당신이 그런 것처럼 저도 당신을 좋은 동무로만 생각하지 못했을까요? 왜 당신이 누군가의 아내가 될 수 있을 거라는 생각을 한번도 해보지 않았을까요? 제 마음의 푸른빛이었던 당신…… 슬며시 파란 대문을 밀고 들어섰을 때는 벌써 새벽 두시가 넘어 있었는데도 잠귀가 밝으신 아버지께서는 거 누구요, 안방에서 또륵 똑 똑 똑 형광등이 켜졌습니다. 저는 손에 든 술을 내밀지도 못하고 말했지요. 아버지 저 왔습니다. 아직 아버지에게 저는 어린애에 불과한 모양입니다. 막내 왔냐, 니가 이 밤중에 기별도 없이 어쩐 일이다냐, 느자끈게 날 밝으면 이야기허고 우선 자거라이. 아버지는 제 방에 불을 넣어주시고는 다시 안방에 들어가셨습니다.

제 어릴 적 기억이 묻어 있는 이곳에서 저는 우리의 어린 날을 생각해냈습니다. 무슨 남자애 이름이 계집애 같아, 야, 너 남자애 맞아? 당신이 처음 제가 다니는 학교로 전학 와서 저에게 했던 말을 기억합니다. 그때는 당신도 참 말괄량이었다는 생각에 소리없는 웃음을 지었습니다. 해화. 그래요, 당신이 아니라도 해화라는 이름 때문에 많은 놀림을 받으며 자랐습니다. 물론 그때마다 아버지께 투정도 많이 부렸답니다. 그런 날이면 아버지는 목마를 태워주시며 저를 달래곤 했습니다. 그런 아버지가 이제는 저의 목에 목마를 타야 할 것만 같은 작은 모습으로 변하고 말았습니다. 조금 있다가 다시 써야 할 것 같습니다. 제가 머무르는 이 집에 혼자 사시는 할머니가, 벌써 몇번째, 아저녁 안 먹고 뭐햐, 그럽니다. 그러고 보니 밖이 꽤 어두워져 있군요.

이제 일곱시를 조금 지났는데 별이 총총총, 당신에게 보여주고 싶은 하늘입니다. 지금쯤 당신이 있는 서울 하늘에는 별이 몇개나 떠 있을까요? 넷, 다섯, 아니면 하나도 보이지 않나요. 이상한 일입니다. 문득, 이곳의 별들이 서울에서는 다 죽어 없어졌다는 그런 생각이 듭니다. 그곳에서는 한번도 해보지 않은 생각입니다.

머무르는 곳이 다르면 느끼는 것도 다르다는 아버지의 말씀이 떠오릅니다. 그래요, 그 말은 사실이었습니다. 당신이 제게 옛일을 물을 때면 으레 고개를 끄덕이기는 했지만, 사실 머릿속에 떠오르는 것은 그저 당신이 제가 다니던 초등학교로 전학을 왔다가 다시 몇해가 지나 전학을 갔다는 것만이 생각날 따름이었습니다. 당신의 아버지가 군인이었고 그래서 전학을 자주 다녀야 한다는 당신의 말이나, 가끔 군용 비빔밥을 얻어먹으러 당신 집에 놀러 갔다는 것, 늘 건빵을 가지고 다닐 수 있는 당신이 부러워서 나중에 크면 군인이 되어야겠다는 어린 날의 바람들을, 참말이지 저는 이곳에 와서야 떠올립니다. 오래 참았던 눈물이 왈칵, 두 볼을 순식간에 적시듯 그렇게 머릿속을 비집고 나오는 기억 때문에 저는 잠을 이루지 못하고 아침을 맞았습니다. 여섯시 즈음이었나요, 언제나처럼 시누대가 가득 심어진 뒤란에서는 새들이 지저귀기 시작했습니다. 그 지저귐이 왜 그날은 그렇게 구슬 프던지 그때 아버지가 부르지 않았다면 아마 눈물을 흘렸을지도 몰랐을 겁니다. 아버지는 제가 밤새 잠 못 이룬 걸 알고 있었습니다. 큰방으로 건너오라 하시더니, 뭐가 잘 안되냐, 라고 물으시더군요. 무어라 대답할 말을 찾지 못하고 한참을 망설이다가 저는 그저 촬영차 내려왔다고 했습니다. 믿지 못하는 눈치였습니다. 그러나 더는 묻지 않으시더군요. 대신 서두르지 말라는 말씀과 함께 밤새 뒤척이는 것 같더니 좀더 자두라고 하셨습니다.

참 오랜만에 꿈도 없는 단잠이었습니다. 저녁을 먹으라는 어머니의 말씀에 일어났으니까요. 저녁을 먹고 아버지와 산책을 나갔는데, 갑자기 마을이 왜 그렇게 낯설던지요. 아버지의 얼굴이 왜 그리 쓸쓸해 보이던지요. 이 섬에 들어와야겠다는 생각은 그날, 문득 들었습니다.

당신, 새만금 간척사업이라는 말을 들어보셨는지 모르겠군요. 그 사업이 끝나는 2004년이면 바다였던 이곳은 뭍이 됩니다. 그리고 뭍이 된 바다에서 사람들은 농사를 짓거나, 공장을 만들거나 집을 짓겠지요. 기억하시는지 모르겠지만 우리집은 조그마한 조개잡이배를 부립니다. 아니, 부렸었다고 해야 옳겠군요. 새만금 간척사업에 따라 보상을 받은 배들은 이 섬에 들어와 소각되거나 그 중에 상태가 좋은 것들은 경매를 해서 다른 곳으로 팔려나간다고 합니다. 우리 배, 아버지의 배는 어떻게 됐을까요? 소각이 되었거나 다른 곳으로 팔려나갔거나 무슨 상관이냐고…… 그래요, 무슨 상관이냐고 말을 하겠지만…… 우리 배의 이름은 해화호입니다. 해화호, 장해화, 해화호, 장해화…… 그래요, 해화호는 제 이름에서 딴 이름입니다. 아니 제 이름이 해화호에서 딴 것이라고 해야 옳을까요?

우리집이 이곳 군산에 터를 잡은 것은 제가 태어나기 몇해 전이었다고 합니다. 누구나 그러한 날들이 없겠습니까마는 서울에서 제법 잘살았던 우리집은 아버지의 노름으로 그야말로 돈 한푼 없이 도망오듯 이 땅을 밟았다고 하더군요. 그때부터 아버지는 배를 탔습니다. 군산, 정확히 말해 군산에서 한 시간 남짓 더 들어가야 하는, 까침바우라는 작은 포구에서 아주 작은 나무배를 타는 선원이 되었던 것입니다. 그렇게 몇해가 지나고 제가 태어날 때쯤에는 억척같이 일했던 아버지 덕으로 우리도 배를 한척 사들였다고 하더군요. 제 위로는 형이둘 있습니다. 혜성, 혜안이 그들의 이름입니다. 우리 형제들은 혜자돌림입니다. 제가 어머니의 뱃속에 있을 때 꾸었던 태몽은 틀림없는 딸아이 꿈이었답니다. 이제 딸을 보고 싶으셨던 아버지께서는 바다의 꽃이라는 뜻을 가진 계집아이의 이름까지도 지어놓았습니다. 그렇지 않았다면 저의 이름도 혜자를 넣은 혜화가 되었을까요? 우리 배, 그래요, 제가 태어날 때쯤 처음 갖게 되는 우리 배를 아버지는 저의 이름처럼 해화호라고 붙였다고 하더군요.

……아, 그러고 보니 당신, 지루하시겠군요. 제가 당신에게 왜 이런 얘기를 하는지, 당신 기분이 나쁘지 않기를 바랍니다. 당신을 떠날 수밖에 없는 제 마음을 당신께 어떻게 설명할까요? 이런 핑계를 대지 않고 말입니다.

저는 제 이름을 가진 배가 이 섬에서 어떤 모습을 하고 있는지 그것이 궁금했습니다. 지난날처럼 다시 한번 사진 속에 이미 쓸모가 없는 폐선(廢船)을, 이제는 허물어지고 쓰러졌을 우리 아버지의 배, 해화호를 찍고 싶었습니다. 물론 제가 태어날 때 처음으로 해화호라는 이름을 가졌던 배가 지금 이 섬에서 들어온 것은 아닙니다. 배의 수명은 글쎄요, 이곳에서처럼 조개를 잡는 작은 나무배들은 한 십년쯤 됩니다. 그때의 해화호는 폐선이 되고 다시 더 큰 배를 짓고, 다시 더 큰 배를 내리면서(육지에서 만들어져 바다로 내려가는 까닭에 내린다고 한다는군요) 모든 배들에 해화호라는 이름이 붙여졌습니다. 그렇게 팔리고 소각된 배들이 벌써 다섯 척이 넘었는데, 이제야 해화호가 제 이름으로 되었다는 생각이 드는 것은 또 무슨 까닭인지…… 이 섬에서 폐선이 될 해화호를 사진 속에 담아야겠다는 생각을 한 뒤로는 열병처럼 섬에 들어오지 못하는 것이 안타까웠습니다. 섬에 들어오는 여객선이 군산항 여객터미널에서 아홉시에 있다는 것을 알아낸 뒤로는, 사진기를 들고 이 섬에 들어오려고 할 때마다 이상하게도 폭풍주의보가 내려 배가 결항되었답니다. 그렇게 세번의 결항을 끝으로 겨우 이 섬에 들어왔을 때는 이곳에 들어와야겠다고 마음먹은 지 이주일이나 지난 뒤였습니다.

잠이 들었나봅니다. 햇살에 눈이 부셔 일어납니다. 참 맑은 아침입니다. 오늘은 소각장에 갈 수 있을는지요. 이 섬에 들어온 지도 벌써 보름이 넘었습니다. 이 섬으로 들어오는 배는 옥도 훼리호라는 이름을 가지고 있더군요. 옥도 훼리호를 기다리는 군산항에는 '서해안 개발의 핵심'이라는 문구를 가진 커다란 안내판이 설치되어 있습니다. 그 안내판에는 앞으로 육지가 될 바다를 그려놓고 있더군요. 비응도에서 변산반도까지를 잇는 거대한 이 공사는 1조 3천억원의 사업비가 소요된다고, 1991년에서 2004년까지가 공사기간으로 세계 최고의 방조제가 건설되는 것이라고 남색 글자로 또렷하게도 적혀 있더군요. 이 섬도 안내판에서는 섬이 아닌 뭍으로 그러나 여전히 신시도(新時島)라는 이름을 가지고 있었습니다. 섬이라는 이름을 가진 뭍이 다른 나라에도 있을까를 생각할 때쯤 개표가 시작되었구요.

옥도 훼리호가 군산을 출발해 이 섬, 신시도로 오는 한시간 사십여분을 어떻게 설명해야 할까요? 자신이 없군요, 그 아름다운 풍경을 당신에게 꼭 설명하고 싶은데, 그 바닷길을, 그래요, 바닷길이라고 해야 옳겠군요. 당신 지금 웃고 있는지요. 바다에 무슨 길이 있느냐고…… 이미 만들어진 길에 너무 익숙해진 탓이라 이런 표현을 쓰면서 저도 한참을 웃었는걸요. 어디 길뿐인가요. 보이는 것에만 너무 익숙해져 있는 것은 아닌지, 사진을 찍는 것을 업으로 삼고 있는 제가 이런 말을 한다고 당신 또 웃고 있을지…… 제가 바닷길이라 이름지은 길은 옥도 훼리호가 바다를 가르며 앞으로 나아갈 때, 배 뒤로 바다가 갈라지며 생기는 갈기를 말합니다. 길은 앞으로 나아가는 것이 아니고 뒤를 돌아보는 것이라고 말하는 것처럼 바닷길은 꼭 배의 넓이만큼만 배가 지나간 자리를 따라서 만들어집니다. 그 길 위로 갈매기가 날고 멀리 작은 섬들이 보이고 그 뒤로 아스라이 하늘선이 보이는데, 그 풍경이 얼마나 아름답던지, 당신 저의 이 부족한 표현력을 용서하시길……

마을로 들어오는 십분쯤의 길은 좁고 길었습니다. 길 옆으로 보이는 바닷가는 자갈밭을 이루고 있더군요. 당신이 기억하신다면 좋겠군요, 우리가 어려서 놀던 막갈같이(언젠가 서울에서 막갈 맞추기라고 했다고 놀림을 당한 적이 있습니다. 막갈이 무슨 말이냐고, 제 설명을 듣고 난 뒤에야 사람들은 비석 세우기라고 하더군요) 넓적한 자갈들이 이루고 있는 바닷가라니, 저는 그 바닷가로 내려가 꼭 그만그만한 자갈들을 한참 바라보다가 그 중 하나를 주워 주머니에 넣고 마을로 들어왔습니다.

군산항에서 보았던 안내판과는 달리 신시도는 아주 작은 섬이었습니다. 섬을 통틀어 집은 서른 채쯤 됩니다. 여관이나 민박집이 있을 거라는 저의 생각은 빗나갔습니다. 그래도 처음에는 그러한 사실도 모른 채 가방을 메고 이 작은 섬을 이곳저곳 돌아다녔습니다. 열시 사십분쯤에 저와 다른 몇 사람을 이 섬에 내려준 옥도 훼리호가 다음 목적지를 돌아 다시 이 섬에서 한시 삼십분에 군산으로 출항한다는 방송이 나올 때도, 한시가 넘고 다시 한번 오늘 떠날 손님은 빨리 표를 구입하라는 방송이 나올 때도, 내일부터는 다시 폭풍주의보가 내릴 거라는, 그래서 결항이 될 거라는 방송이 나올 때도 저는 민박을 구해볼 생각으로 느릿하게 이 섬의 작은 마을을 살피고 돌아다녔습니다. 민박은 생각보다 구하기가 힘들었습니다. 하긴 사람 보기도 힘이 들었으니 말입니다. 집이 서른 채쯤 된다는 사실은 이미 말씀드렸구요, 그 서른 채의 집에 사람들이 한 사람씩만 살아도 이 섬에 있는 사람들의 수는 서른이 되어야 하는데, 글쎄요, 제가 있는 동안 이 섬에서 보아온 사람은 예닐곱 정도의 사람뿐입니다. 제가 머무르는 이 집의 주인할머니와 조그만 구멍가게를 지키는 아주머니와 초등학교를 다니는 그 가겟집의 아이, 그리고 볕이 좋은 날이면 해바라기 좋은 곳에서 어김없이 볼 수 있는 할아버지 두 분. 일학년에서 육학년까지 한 반뿐인, 건물 뒤편으로 아직 뽑히지 않은 배추를 보며 신기해하는 저에게 배추를 뽑아주며 내년에는 학생이 두 명 늘어 여섯 명이 된다고 좋아하던, 학생수가 네 명뿐인 신시도 초등학교의 선생님 한 분, 그리고 저…… 제 기억이 맞다면 저와 함께 이 섬에 내린 사람들만 해도 열명은 족히 될 터인데 일곱 사람이라니요. 배가 떠나고 민박을 구하지 못한 제가 하나밖에 없는 구멍가게에서 민박을 부탁하면서야 이 섬에 사람이 보이지 않는 까닭을 알게 되었습니다. 이 섬도 새만금 간척사업이 진행되면서 보상이 나왔다고 하더군요. 사람들은 이제 더이상 고기를 잡을 수 없는 이 섬을 떠나 군산에 집들을 샀다고 합니다. 저와 함께 내린 사람들은 이 섬에 있는 집을 잠시 둘러본 뒤 다시 군산으로 나갔다고 하더군요. 그런 까닭으로 아마 민박 구하기가 쉽지 않을 거라는 가겟집 아주머니는 그래도 이곳이 박산(博山)이었고, 아직 사람 사는 곳인데 어디 몸둘 곳 없겠느냐고 오히려 저를 위로하며 이 집의 할머니에게 전화를 해주었습니다.

할머니는, 이제 막 삶은 감자를 내놓고 간 할머니는 군대 간 손자를 기다린다고 합니다. 할머니 역시 군산에 집을 하나 장만했다고 합니다. 남편도 아들도 며느리도 바다에서 잃은 할머니는 바다를 보면 구역질이 나온다고 어서어서 이 섬을 떠나야지, 떠나야지, 노래를 부르더니 막상 보상이 나오고 군산에 집을 장만하고도 이 섬을 떠나지 않는다고 합니다. 군에 간 손자놈이 이리로 올 텐데 어디를 가느냐고 말을 한다지만 사실은 태어나서 시집들고 아들 낳은 이 섬을 떠날 수 없는 것이라고 가겟집 아주머니는 말합니다. 당신, 당신이 철들고 당신의 아버지가 군을 제대할 때까지 늘 옮겨만 다니던 당신은 할머니를 어떻게 생각하실는지······

오늘은 눈이 오는군요. 마을이 하얗게 눈으로 덮였습니다. 마을 뒷산에는 나무마다 새하얀 눈꽃이 아름답게도 피었습니다. 소각장으로 가려면 뒷산을 넘어야 한다기에, 사진기를 들고 아무도 지나지 않은 하얀 눈길에 발자국을 남기며 얼마쯤이나 산을 올랐을까요. 토끼 한 마리가 깡총거리는 모습이 눈에 들어왔습니다. 아무 생각 없이 그 토끼를 좇으며 사진을 찍었습니다. 토끼가 사라지고 나서야 저는 제가 깊은 산속에 들어왔다는 것을 깨달았습니다. 돌아가려고 할 때는 이미 발자국이 이리저리 엉켜 어느 쪽으로 가야 마을로 가는 길인지 소각장으로 가는 길인지 알지 못하고 한참을 헤매었습니다. 지금까지의 제 삶도 그렇게 엉킨 발자국을 따라 헤매고 있었던 것은 아니었는지······ 발자국만 사진 속에 담아보았습니다. 다행히 산이 그리 깊지 않아 몇 시간이 지나서 다시 마을에 돌아올 수 있었습니다.

며칠이나 지났는지요. 무슨 열병에라도 걸린 것처럼 자다가 일어나고 자다가 일어나서 밥 먹고 또 자고 그렇게 며칠이 지났습니다. 어제는 초등학교 선생님이 다녀갔다고 합니다. 약국도 없는 이 작은 섬에서 며칠간 방안에서 나오지 않는 이방인 걱정에 할머니는 제 머리를 짚어보았다고 합니다. 열이 있었는지, 초등학교 양호실에서 가지고 온 구급약을 먹고 다시 잠이 들었다고 하는데, 꿈을 꾸듯 왜 제게는 그렇게 아련하기만 한지. 오늘은 낚시를 다녀왔습니다. 이 섬에 들어왔던 첫날을 기억하는지 선생님은 배추를 한 포기 안고 제 방에 찾아왔습니다. 몸은 어떠냐고, 바람이나 쐬자는 선생님 뒤에는 낚싯대 몇 개를 어깨에 멘 가겟집 아이가 있었습니다. 바람을 쐬자는 말이 헛치레가 아니라는 것을 밝히려는 듯 마을에서 십여분 걸어간 낚시터에는 바람이 몹시도 불었습니다. 사람은 셋인데, 그 바람 속에서 고기를 잡아올리는 것은 수범이라는 이름을 가진 가겟집 아이뿐인 걸로 기억합니다. 아직도 머리에 열이 있는지, 저를 장형이라고 불러주던 선생님도 물고기를 낚았는지 기억이 나지 않는군요. 그저 바다에서 올라오는 도다리며, 붕장어며, 광어를 회치던 모습만이 기억날 뿐입니다. 저를 장형이라고 부르는 선생님은 저보다 한 살 위더군요. 처음 낚시터에 와서 통성명을 한 뒤로 이제 말을 트자는, 그래서 장형이라고 부르겠다는, 자신더러는 김형이라고 부르라는 선생님에게 저는 소주가 몇 잔 얼큰하게 돌고 나서야 김형이라고 불렀습니다. 김형, 김형, 제가 처음으로 타인을 향해 형이라는 호칭을 붙여 불러보는 이 어색한 이름은, 당신과 제가 서로 한 학교를 다녔었다는 동창이라는 것을 알고는 서로의 이름을 부르고 서로에게 반말을 하게 된 뒤, 다시 이렇게 당신이라는 말로 편지를 써야 하는 것처럼 어색했지만 그래도 다정합니다. 처음에 김형은 아직 제 몸살이 다 낫지 않았다며 술을 권하지 않더니, 자신의 제자가 술을 마시는 것을 제게 보이고는 더이상 저를 말리지 않았답니다. 그래요 수범이, 이제 초등학교 오학년인 수범이는 제법 어른스럽게 고개를 돌려가며 선생님 앞에서 소주를 마셨습니다. 저는 머쓱해 있는데 김형은 오히려 저를 보고는 씩 웃더군요. 아, 저도 그랬던가요. 제가 아주 어릴 적 낚시를 무척 좋아하는, 서울에 사는 작은아버지가 놀러오면 함께 낚시를 떠나는 수발은 저의 몫이었답니다. 저도 그즈음에는 낚시를 무척이나 좋아했었습니다. 그때는 오늘의 수범이처럼, 작은아버지가 잡지 못하는 붕장어나 숭어를 제 낚싯대로 올리곤 했습니다. 그런 날, 작은아버지가 소주를 드시다 놓고 다시 낚싯대를 잡으면, 작은아버지 몰래 소주를 마시곤 했는데…… 새만금 간척사업이 시작되고 얼마 지나지 않아 우리 마을 앞 바다에는 기름이 뜨기 시작했습니다. 그것도 모르고 집에 내려온 저는 여느 때처럼 낚싯대를 어깨에 메고 바닷가로 나갔습니다. 물고기들이 살이 오르는 가을인데도, 다른 때보다 더욱 많이 낚이는 가을인데도, 바닷가는 한적했습니다. 물고기 몇 마리가 저의 낚싯대에 잡히고 나서야 사람들이 없는 까닭이 무엇인지 알게 되었습니다. 등이 굽은 물고기라니요? 옆구리에 오돌톨한 혹이 자신의 몸집만큼 나 있는 물고기라니요? 이 섬도, 아직 성성하고 깨끗한 물고기가 올라오는 이곳도 얼마 안 있어 등 굽은 물고기가 낚싯대에 올라오겠지요. 그때쯤이면 김형도 수범이도 낚시하는 법을 잊어버리겠지요. 그리고 그때쯤이면 박산이었던 이 마을 전설도 사라지겠지요.

박산(博山)은 바다 한가운데 신선이 사는 산이라고 합니다. 조선 헌종 어느 여름날, 서해를 항해하던 프랑스 군함 두 척이 폭풍에 난파당해 이곳에 정박했다고 합니다. 천 명이 조금 못되는 선원이 이 섬에 내려, 먹을것과 마실것을 전라감사에게 부탁하고 배 한척을 빌려서는 중국에 구조를 요청했답니다. 이 섬이 박산으로 불린 것은 이때의 일 때문이라고 합니다. 이상하게 생긴 사람들이 갑자기 마을에 들이닥치자 순하고 착한 섬사람들은 뒷산으로 피난을 했답니다. 마을사람 중에는 그들이 귀신이라는 사람이 있고, 또다른 사람들은 신선이라고 했답니다. 결국 귀신이라면 불이 무서워 도망갈 것이라며 마을 촌장은 햇불을 들고 그들의 야영지로 다가갔답니다. 물론 그들은 피하지 않았고, 마을사람들은 그들이 멀리서 온 신선이 틀림없다며 정성을 다해 보살폈다고 합니다. 한달쯤 뒤에 그들은 중국으로부터 보내온 구조선을 타고 떠났다고 합니다. 그때 그 프랑스 선원들은 마을사람들이 그들에게 보여준 따뜻함에 대한 고마움의 표시로 선물을 놓고 갔다고 합니다. 그런데 가만히 귀를 기울여보니 선물이 들어 있던 커다란 나무상자 안에서 똑딱똑딱 소리가 들리더랍니다. 사람들은 그들이 처음부터 신선을 알아보지 못한 앙얼로 귀신을 가두어놓고 떠난 것이라고들 수군거렸구요. 해서 다시 한번 마을이 발칵 뒤집혔구요, 살풀이를 해야 한다며 당굿을 벌이기도 했다는데, 아무래도 굿 때문에 시계가 멈추지는 않았을 테지요. 멈추지 않는 시계를 두고 벌였을 해프닝을 생각하면 웃음이 나오는데, 수교 이전에 이미 수교 아닌 수교가 있던 이 섬이, 이제는 한국사 최대의 토목공사가 벌어진다고, 우리는 참말이지 좋은 나라에 살고 있다고, 세계에서 간척사업을 하는 나라는 네덜란드와 한국뿐인데 얼마나 자랑스럽냐고 말하며 불쾌해진 얼굴에 알 수 없는 웃음을 지어 보이던 김형의 모습이 떠오르는군요. 아버지의 쓸쓸한 얼굴이 떠오르는군요.

당신이 다니는 출판사에서 사진을 찍기 전까지 저는 줄곧 폐선들을 찍고 다녔습니다. 사진을 배우기 시작한 이래 제가 찍어온 거의 모든 사진들입니다. 제가 처음으로 사진을 찍겠다고 생각한 것이 중학교 삼학년 때였을 겁니다. 작은 배를 가지고 있다고는 하지만 그때까지만 해도 그리 풍족한 생활을 한 것은 아니었습니다. 더구나 겨울은 왜 그리도 춥던지, 바다가 꽁꽁 얼기도 했습니다. 그해 겨울 중학교 졸업을 얼마 앞두고 저와 동무 몇이 교무실 복도에 무릎을 꿇고 앉아 있습니다. 방학 전에 내야 하는 수업료를 내지 못한 탓입니다. 다음날 틀림없이 가져올 수 있는 사람은 일어나도 좋다고 했는데, 아직 일어나지 않은 사람은 저와 바로 옆집에 살던 승철이 둘뿐입니다. 다음날 저는 학교에 가지 않습니다. 아버지 어머니 모두 배를 나가던 시절이라 집에는 아무도 없습니다. 다음날도 학교에 가지 않고 집에서 놀고 있는데 아버지 말소리가 들립니다. 배가 고장이 나서 일찍 들어온 것입니다. 저는 슬며시 농 뒤로 숨어들어갑니다. 그 농 뒤에 숨어들어가 있던 시간은 고작 한 시간 남짓이었는데, 그 시간이 왜 그리 길고 길던지요. 그 긴 시간을 견딜 수 있었던 것은 먼지를 뿌옇게 먹은 낡은 사진첩 때문이었습니다. 소리나지 않게 넘긴 사진첩 속에는 아직 육지에 올라 있는 해화호가 있습니다. 해화호 앞에는 젊은 날의 어머니와 포대기에 싸인 갓난아기가 있습니다. 저는 단번에 그 사진 속의 갓난아기가 저의 어린 모습이라는 것을 알 수가 있었습니다. 백일사진은 물론 돌사진도 한장 없는 저는 그 사진이 왜 그렇게 마음에 들고 기분이 좋았던지요. 재채기를 참지 못해 들키는 바람에 학교에 가지 않았다고 매를 맞으면서도 그 사진을 가슴에 꼭 안고 있을 정도였습니다. 저를 한참이나 때리고 난 어머니는 그 자리에 앉아 한참을 우셨습니다. 이놈아 그런다고 학교 안 가면 써. 그래, 배도 안 고프던? 뭐 먹고 싶어? 아무거나 말해. 엄마가 다 사줄게. 울음을 그친 어머니 말을 듣고 너무 좋았던 제 어린 마음이란…… 제가 어머니에게 먹고 싶다고 한 것은 짬뽕이었습니다. 그때까지 제가 가장 맛있게 먹어본 것은 자장면이었습니다. 어린이날이거나, 학교 체육대회 때 함께 가지 못하는 어머니는 오백원짜리 지폐 한장을 손에 쥐어주시며, 엄마 못 가서 미안해. 자장면 사먹어, 하시곤 했습니다. 체육대회 때면 늘 그렇게 자장면을 시켜먹는 동무들이 있었습니다. 체육대회가 열리는 어느날 다른 동무들보다 백원이 더 있는 동무 하나가 다들 자장면을 시키는데 혼자 짬뽕을 시켰습니다. 그날 동무들과 함께 얻어먹은 짬뽕 국물은 왜 그렇게 맛있던지, 문득 그 생각이 들었던 것입니다. 어머니는 곱배기를 먹는 아들을 보며 또 아무 말 없이 우셨습니다. 밤이 늦어서야 술이 얼큰하게 취해 들어오신 아버지는 제게 처음으로 용돈을 주셨습니다. 수업료와 함께 받은 오천원짜리가 어찌나 노랗게 보이던지 저는 그때부터 노란색을 좋아하게 되었습니다. 이 애비가 못나서 니들이 사람 대접도 제대로 못 받고, 죽일 놈, 그러면 연락이라도 줄 것이지 이 어린것이 무슨 잘못이라고 무릎을 꿇린대냐, 죽일 노옴 죽일 노옴. 애비가 못난 탓이다. 이 애비가 애비 노릇 못한 탓이다. 애비가 죽일 놈이다. 이 애비가 죽일 놈이다. 아버지의 눈가에 맺힌 옅은 물기가 문득 떠오르는군요.

고등학교 특별활동 시간에 사진기가 없는 학생은 저뿐인데도 저는 한달에 한번이나 할까 말까 하는 그 시간을 좋아했습니다. 담당 선생님은 그런 제 모습이 가여운 것인지 기특한 것인지 어쩌다 촬영이라도 나가는 날에는 제게 선생님의 사진기를 빌려주시곤 했습니다. 그때는 폐선들만을 찍어야겠다는 생각도, 이렇게 사진으로 밥을 먹고 살아야겠다는 생각도 하지 않았습니다. 단지 사진 찍는 일이 좋았던 것이지요. 어느날 저는 누군가가 저와 어머니 그리고 해화호를 찍은 것처럼 이번에는 제 손으로 해화호를 찍고 싶어지더군요. 그러나 이미 그 옛날의 해화호는 바닷가 한쪽에 쓰러져 있었습니다. 낡은 사진 속에 또렷이 남아 있던 해화호라는 파란색 글씨는 물론이고 고물[船尾]이나 이물[船頭]조차 알아보기 힘든 배가 제가 태어날 때 샀던 해화호라는 사실을 알게 된 저는 아무 생각 없이 그 폐선을 사진 속에 담았습니다. 그뒤로 무슨 신이라도 들린 듯 저는 제가 살던 마을이나 다른 마을 바닷가를 찾아 폐선들을 사진기에 담았던 것입니다. 무슨 까닭이 있던 것도 아닌데 그렇게 쓰러지는 배들을 사진 속에 부지런히 담았습니다. 한때는 넓은 바다에서 부지런히 고기를 낚아올렸을, 이제는 쓰러진 모습으로만 바다를 꿈꾸는 배들은 제 사진 속에서 잠드는 것이라는 생각을 했던가요. 옛 생각 때문인지, 낮에 먹은 소주 탓인지, 아직 낫지 않은 몸살 탓인지 다시 제 몸에 열이 퍼집니다. 밤도 꽤 늦었군요. 졸음이 옵니다.

저는 지금 「삼포 가는 길」을 듣고 있습니다. 가끔 들리는 지지지 먼지 끓는 소리가 대금 소리와 듣기 좋게 어우러집니다. 지금쯤 세 주인공은 어디를 향해 가고 있을까요? 당신이 가장 좋아한다는 소설, 이제는 김영동 작곡집에서 듣는 이 「삼포 가는 길」을 저는 텔레비전에서 보았답니다. 이 곡도 아마 그때 만들어졌나봅니다. 괄호 속에 'TV 문학관 주제곡'이라고 씌어 있는데 제가 본 프로그램 어느쯤에서 이 음악을 들었는지 생각이 나지 않습니다. 이제는 이름도 잊은 세 주인공이 만나는 장면이었는지, 기차를 타고 서로의 갈 길을 찾아 떠나던 장면이었는지…… 지금쯤 배를 잃은 아버지는 어느 삼포를 찾아헤매고 있을는지…… 당신과 저는 또 어떤 삶을 찾아 떠나야 할지. 당신을 처음 보았던, 아니 초등학교 때 헤어지고 난 뒤에 다시 보았던 그때 생각이 납니다. 사진을 찍는 것만으로는 밥 먹고 살 수 없다는 사실을 깨달은 제가 폐선 찍기를 잠시 접고, 고정수입이 되는 출판사의 사진 일을 위해 찾아간 곳에서 어딘지 낯익은 당신을 처음 보았습니다. 출판사를 몇번 들락거리는 동안 제법 얼굴이 익은 어느날 당신이 제게 물었습니다. 혹시 선연초등학교 안 나왔어요? 맞다는 말과 함께 고개를 갸우뚱거리는 절 보며 반가워하던 당신의 얼굴이 아직 제 머릿속에 이렇게 한장의 사진처럼 선명합니다. 맞지, 맞지. 나는 너 이름 듣고 처음부터 알아봤는데…… 허긴 그런 이름이 어디 또 있겠니? 근데, 나 생각 안 나? 왜 삼학년 때 전학 왔다가 육학년 때 다시 전학 간…… 유선영. 유선영, 몰라? 그래요, 처음 출판사를 찾아가던 날 인사를 했으니 당신이 유선영이라는 것은 이미 저도 알고 있었지요. 그러나 사실 저는 그날 당신이 저와 같은 동창이라는 사실을 기억해내지 못했습니다. 그래도, 당신이 반가웠던 것처럼 저도 같은 학교를 다녔다는, 고향을 생각할 수 있는 동무가 생겼다는 마음에 여간 반가운 것이 아니었답니다. 그 반가움이 커져서 이렇게 당신에게서 저를 떠나게 했는지도 모르겠습니다. 군대를 제대하고 제대로 사진을 배우겠다고 전문대학에 입학하며 서울에 올라온 지도 벌써 여러 해가 흘렀는데 가끔은 사무치도록 고향이 그립고 외로웠지만 잘도 참아왔는데, 아마 당신을 만나고서야 저는 고향을 떠올릴 수가 있었나봅니다. 어쩌면 이제 그저 좋아서 찍는 사진이 아닌 먹고살기 위한 사진에서 느끼는 쓸쓸함을 당신이 달래줬는지도 모릅니다. 왜 당신의 남자를 한번도 생각해보지 않았나 모릅니다. 당신의 따스함을 혼자서 차지하고 싶었던 제 못난 욕심 때문이겠지요. 언젠가 당신이 작업실로 쓰고 있던, 보일러가 고장난 옥탑방에서 먹던 따뜻한 저녁이 생각납니다. 이제 당신과 함께 따뜻한 저녁을 먹을 수 없겠지요. 이제 얼마 지나지 않아 입춘도 지나고 봄이 오면 당신이 이름 알려주던 꽃들도 피겠지요. 산과 들에 절로 자라나는 녹색의 가늘고 긴 줄기에 자줏빛 줄이 있는 흰 꽃이 종처럼 피어 봄이 오는 소리를 보미보미 봄봄 알린다던 까치무릇도 필 터인데, 그 꽃을 보며 당신도 제 가슴 긴 겨울에 봄꽃으로 피었다고 말했을 때 당신이 보이던 그 희미한 웃음을 어리석게도 왜 사랑의 답이라 생각했을까요? 그뒤에 당신이 제게 보여주던 따스하던 친절들을 모두 다 사랑이라 여겼던 이 미련함이라니요. 지금 생각해보면 당신은 어떤 사람들에게도 늘 친절했습니다. 까치무릇을 닮았던 당신, 그 꽃이 지고 다시 그 꽃이 필 때쯤이면 제 가슴속의 당신도 지워질는지……

섬사람들에게 인사를 하고 오는 길입니다. 열이 아직도 채 가시지 않고 있습니다. 아무래도 군산에 나가 병원에 한번 들러봐야 할 것만 같습니다. 무슨 큰 병을 얻은 것처럼 붉은 열꽃이 제 몸 이곳저곳에 피어 있습니다. 아마 제 몸도 까치무릇처럼 봄이 오는 것을, 당신을 떠나야 한다는 것을 알리고 있는 모양입니다. 김형은 학기중에 한번 들러 이곳 학생들 단체사진을 한장 부탁한다고 그러더군요. 그러마고 약속을 하고 돌아오는 길에 제가 다시 이 섬에 들어올 수 있을지 아련하기만 합니다. 이제 소각장에 가서 해화호를 찍는 일만 남았습니다. 배가 들어올 시간은 아직 세 시간 남짓 남았으니 천천히 다녀오면 될 듯합니다. 그러나 제 마음은 벌써 그곳에 갈 수 없음을 알고 있습니다. 제 몸에 핀 열꽃 때문이라는 핑계를 만들지만 사실은 그게 아닌 것을 잘 알고 있습니다. 아마 이 섬에 들어오면서부터 저는 그곳에 갈 수 없다는 것을 알고 있었던 것 같습니다. 두려웠던 것이겠지요. 이곳에 와서야 깨닫습니다. 가려고 하면 할수록 더욱 멀어지는 것이 있음을. 가야 하지만 갈 수 없는 곳이 있음을 이곳에 와서야 어렴풋이 깨닫습니다. 어떻게 갈 수가 있을까요. 다른 곳으로 팔려갔다면 그래도 좀 나으련만 아직 해화라는 이름을 달고 저 죽을 날을 기다리는 모습을 어떻게 볼 수가 있을까요. 다시 지어지는 새 배가 있는 것도 아니고 그저 바다가 뭍이 되는 까닭으로 쓸쓸히 쓰러지고 있을, 아버지에게는 한 삶 든든한 꿈이었고 저에게는 고향 같은 그런 배를. 저와 같은 이름을 달고 있는 배가 그렇게 쓰러지는 것을 어떻게 제 사진 속에 담을 생각을 했는지…… 이제는 다시는 폐선들을 사진 속에 담을 수 없을 것만 같습니다. 이제는 어떤 모습들을 제 사진 속에 담아야 하나요? 아직은 알 수 없는 답이지만 당신이 잊혀질 때쯤이면 그 답을 얻을지도 모르겠지요.

이제 그만 이 길고 지루한 편지를 접어야 할 것 같습니다. 며칠 뒤 웨딩드레스를 입은 당신의 모습은 또 얼마나 아름다울지, 당신의 두 볼에 핀 까치무릇처럼 아름다운 보조개가 아른거립니다. 늘 행복하시길…… 부디.

까침바우

어른들은 참 이상하다. 우리에게는 서로 사이좋게 지내라고 하면서도 왜 어른들끼리는 서로 싸우고 욕하는지 알다가도 모를 일이다.

내 이름은 장한빈이다. 선연초등학교 사학년, 반은 하나뿐이니까 우리 학교에 다니는 모든 학생들은 다 일반이다. 주소는 전라북도 군산시 옥서면 선연리 81번지. 말이 군산시지 군산 시내에서는 10번이나 5번 버스를 타고 한 시간쯤은 들어와야 하는 촌동네다. 하지만 뭐, 촌동네라고 해서 그리 불편한 일은 없다. 「라이온 킹」이나 「홍길동」 같은 영화를 극장에서 볼 수 없는 게 조금 아쉽긴 하지만, 그것도 조금만 기다리면 비디오 가게에서 빌려다 볼 수 있다. 버스가 서는 곳은 하제다. 언젠가 선생님이 하제라는 말이 내일의 순우리말이라고 알려준 적이 있다. 그러고 보면 우리 동네 사람들은 오늘이 아닌 내일에 살고 있는 거다. 버스에서 내려서 오분쯤 걸어가면 우리집이 있는 까침바우가 나온다. 나는 우리 마을이 참 좋다. 내일에 살고 있는 것도 멋있고, 밤이면 내가 무엇보다도 좋아하는 별을 맘껏 살펴볼 수가 있는 것도 참 좋다. 그리고 무엇보다도 우리 마을의 이름이 너무나도 멋있는 것 같다. 까침바우는 까치바위에서 온 이름이라고 한다.

지금, 저기 멀리 수평선 너머 바다를 모두 땅으로 만드는 새만금 간척사업처럼, 옛날 옛날 한옛날, 호랑이가 담배 피던 시절에는 이 마을도 모두 바다였다고 한다. 누가 간척사업으로 이 마을을 뭍으로 만들었는지는 모른다. 아마도 한울님 아니면 최치원 아저씨였을 것만 같다. 그러니까 그때, 이 마을이 모두 바다였을 때, 지금 이 마을처럼 바닷가 어느 마을에 불가사리라는 괴물이 나타나서 여자들만 잡아갔다고 한다. 포도청 아저씨들이 그 괴물과 싸워봤지만 늘 졌다고 한다. 그 못된 괴물은 맨날맨날 여자들을 잡아갔지만 사람들은 그 괴물이 너무 무서워서 모두 벌벌벌 떨 수밖에 없었다. 그때 어느 용감한 사람이 아내가 잡혀가면 구할 생각으로 꾀를 썼다. 그 사람은 아내의 발에 질긴 명주실을 감고 잠을 자며 며칠을 보냈다. 그러던 어느 날 새벽에 아내가 없어진 걸 알고 사내는 명주실을 따라가서 불가사리가 살고 있는 동굴을 찾아냈다. 사내는 죽을 각오를 하고 불가사리와 사흘 밤

낯을 싸웠다. 사내는 피투성이가 되면서도 용감하게 싸웠기 때문에 불가사리를 물리치고 아내를 데려올 수 있었다. 그런데 그동안 아이가 없던 아내의 배가 갑자기 불러왔다. 아무래도 불가사리와 그 아내가 얼레리꼴레리 한 모양이다. 아내가 아이를 낳았을 때 사내는 동티를 없애기 위해 아이를 보자기에 싸서 썰물일 때 바다에 띄워 보냈다. 불쌍한 아이는 그만 죽게 된 것이다. 그런데 뜻밖에도 하늘에서 까치한 마리가 내려와 아이를 싼 보자기를 물고는 바다 한가운데 높게 솟구친 작은 바위섬에 내려다놓았다. 까치는 계속해서 아이를 위해 먹을 걸 구해주기도 했고 책도 가져다주었다. 아이가 책을 읽으면 그 소리가 중국에까지 들렸다고 한다. 글 읽는 소리를 들은 뱃사람이 아이를 구해주었는데, 그 아이가 최치원이라는 사람이었다고 한다. 그뒤로는 사람들이 그 바위를 까치바위라고 했다. 그래서 이 마을도 까침바우가 되었다. 물론 지금까지 내가 한 이야기가 참인지 거짓인지는 알 수 없다. 새만금 간척사업이 시작되면서 바다를 메운다고 까치바위는 조각조각 부서져서 바다에 실려나갔다. 삼촌에게 처음 이 이야기를 들었을 때는 마을이 자랑스러웠지만 바위가 부서지는 걸 보고는 어쩌면 거짓일지도 모른다는 생각이 들기도 했다. 그렇지 않고서야 어떻게 어른들은 마을 이름이기도 한 까치바위를 없애고 쓰레기장을 만들었을까?

삼촌에게 전화를 받은 건, 막 점심을 먹고 「세상 밖으로」라는 비디오를 보며 방바닥을 뒹굴고 있을 때였다. 삼촌은 내가 학교에 가지 않은 게 이상한 모양이었다. 그러나 나는 절대로 꾀병을 부리거나 해서, 일요일도 아니고 삼일절이나 식목일 같은 공휴일도 아닌 그저 지루하기만 한 유월의 어느 화요일에 학교를 가지 않은 건 아니다. 까침바우에 사는 학생이라면 모두가 그런 것이 조금 아쉽긴 하지만, 내가 학교엘 가지 않은 건 순전히 동네어른들이 우리들을 학교에 보내지 않았기 때문이다. 물론 우리들이야 이 죽여주는 일에 모두들 만족하고 있지만 말이다.

우리 마을 사람들은 거의 모두가 뱃일을 해서 먹고 산다. 물론 전남 되젤 아저씨나 믿음밧데리집 아저씨, 중국집 아저씨나 종금상회 할머니도 있기는 하지만, 뭐 굳이 따지자면 새발의 피라고 해야 할 정도다. 그래서 그런지 어른들은 사람을 부를 때 이름보다는, 아이구 칠성호 선주, 어여 영남호 뱃동사, 길용호 아줌, 이렇게 부르길 더 좋아한다. 그래서 나도 내 이름보다도 해화호 손주로 더 유명하다. 해화호는 아빠랑 뱃동사 아저씨랑 함께 타던 우리 배의 이름이다. 원래는 할아버지가 타던 걸, 할아버지가 나이가 드셔서 아빠가 탔다고 했다. 그러니까 할아버지는 아이구 해화호 선주님, 아빠는 어이 해화호 선장, 이렇게 불러야 한다. 뿌우뿌우. 해화호는 바다를 가르며 하루나 이틀쯤 일을 해서 노랑조개, 소라, 생합, 피조개, 골뱅이 따위를 잡아온다. 우리 배뿐 아니고 칠성호도 영남호도 신광호도 모두들 조개를 잡아온다. 배라고 생긴 배들은 모두들 봄 여름 가을 겨울 조개를 잡아오는 거다. 아니다. 지난 겨울부터는 일을 하지 않았지만, 겨울에만 일을 하는 배들도 있었다. 김 양식을 하는 사람들이 타고 다니는 작은 배가 그런 배들이다. 겨울에만 일을 하기 때문에 김 양식을 하는 사람들이 조개를 잡는 사람들보다는 돈을 훨씬 적게 벌 것 같지만 또 그렇지도 않은 모양이다. 할아버지의 반대 때문에 그만두었지만, 아빠도 언젠가 김 양식을 하려고 한 적이 있었다. 김 양식이 돈을 벌면 몇억도 벌지만, 실패하면 집안 말아먹는다는 할아버지의 말을 나는 아직도 기억하고 있다. 집안을 말아먹어서 그런지 아니면 지난 겨울에 김을 키우지 못해서 그런지, 슬기네는 다시 김 양식을 할 수 있는 전라남도로 이사를 간다고 했다. 슬기는 나중에 내가 각시 삼으려고 했던 나의 단짝이다. 그런데 슬기네 집이 이사를 가면 슬기도 전학을 가야 한다. 편지를 쓴다고는 했지만 슬기가 전학을 가는 건 너무나도 싫은 일이다. 어른들이 싸우지만 않았다면 지금도 슬기와 사이좋게 지낼 수 있을 텐데, 어른들이 싸우는 바람에 슬기와의 사이만 괜히 멀어졌다.

동네가 이 모양인 것이 결코 자랑거리는 아니지만 말을 꺼냈으니 끝을 맺어야 할 것 같다. 어른들이 싸우기 시작한 것은 새만금 간척사업이 시작되고 보상이 나오면서부터다. 쬐그만 게 어떻게 그런 걸 다 알고 있냐고 하는 사람들도 있겠지만, 그건 아주 간단한 일이다. 동네 아줌마들이 수다 떠는 소리를 십분만 듣고 있으면 모든 걸 알 수가 있다. 그렇다고 내가 쩨쩨하게 아줌마들의 수다 소리나 엿듣는 건 물론 아니다. 바로 우리집 코앞에 바다가 있기 때문에 배 들어올 시간이면 아줌마들은 우리집에 모여서 무슨 할말이 그리도 많은지 웃고 떠들고 난리가 난다. 그러니 뭐 듣기 싫어도 어쩔 수 없이 다 듣게 되는 거다. 에이, 말이 또 엇나갔다. 그러니까 보상이 나오면서 사람들은 서로 더 많은 보상을 받기 위해 아웅다웅 싸움을 시작한 거다. 저 집은 얼마를 받는데 우리는 왜 얼마냐? 저 집은 이사를 온 지 얼마 지나지 않았는데 왜 보상을 주느냐? 뭐 처음에는 이 정도였다고 한다. 그러다가 결국엔 김 양식하는 사람들과 조개를 잡는 어촌계 사람들이 싸움을 하게 되었다.

옛날, 까침바우라는 마을이 처음 생기면서부터 조개를 잡는 사람들이 모여 살았다고 한다. 그러다가 지금으로부터 한 십년 전쯤에 김 양식을 하는 사람들이 까침바우에 찾아들었다고 한다. 조개를 잡던 사람들은 조개를 잡는 바다를 많이 잃기는 하겠지만, 바다가 하도 넓기 때문에 그 정도는 괜찮았다고 한다. 하지만 그 땅이 원래 어촌계 땅이기 때문에 임대료를 조금씩 받았다고 한다. 조개를 잡는 사람들이나 김 양식을 하는 사람들이나 사이좋게 잘 살아왔던 거다. 그런데 문제는 새만금 간척사업 보상이었다. 김 양식을 하는 집은 겨우 열 집도 안되는데, 김 양식장 앞으로 나오는 보상이 조개를 잡는 배 한척 앞으로 나오는 보상의 열 배가 넘었다. 그래서 어촌계 사람들은 원래 김 양식을 하는 땅이 어촌계 땅이기 때문에 김 양식장 앞으로 나오는 보상의 절반은 어촌계 사람들이 가져야 한다고 했다. 그래도 김 양식을 하는 사람들은 배 한척의 보상금보다도 훨씬 더 많이 보상금을 받을 수 있으니 손해는 아니라고 했다. 김 양식을 하는 사람들은 그럴 수가 없었다. 황무지 같은 땅에다 양식장을 일구었으니 모두들 자신들이 가져야 한다고 했다. 그러나 김 양식을 하는 집은 겨우 열 집도 안된다. 그러니까 까침바우에 사는 나머지 사람들은 어촌계 편인 거다. 김 양식을 하는 사람들이 먼저 법원에 고소를 했다. 법원에 내는 돈도 적은 게 아니지만 그렇다고 절반을 줄 수 없기 때문이다. 이번에는 어촌계 사람들이 맞고소를 했다. 결국 아직까지 양쪽 모두 보상을 받지 못하고 있다.

　어촌계 사람들은 각자 가지고 있던 배 앞으로 나오는 보상은 지난해에 어른들이 바다 어디쯤에 있는 섬에 배를 가져다주고 다 받은 상태다. 보상을 다 받았기 때문에 이제 더이상 바다에서 일을 할 수가 없지만 할아버지는 올 봄에 어디서 배 한척을 사왔다. 처음에 아빠는 더이상 배를 타지 않는다고 했지만, 할아버지가 배에 나가 다치시면서 이미 사온 배를 놀릴 수도 없고, 또 보상금은 집을 사는 데 다 써버렸기 때문에 다시 뱃일을 해야만 했다. 해화호가 있을 때처럼 맨날맨날 일을 할 수는 없었다. 분명히 그건 불법이기 때문이다. 언젠가는 경비정에 걸려서 벌금을 물기도 했다는 것을 나는 알고 있다. 그래도 칠성호도 신광호도 복남호도 모두 그 섬에 가져다주었기 때문에 아빠가 잡아오는 조개는 비싼 가격에 팔 수 있었다. 그러자 마을사람들도 너도나도 다시 배를 사와서는 뱃일을 했다. 바다가 더러워져서 옛날처럼 조개가 많이 잡히지는 않는다고 했다. 몰래몰래 일하고 경비정을 피해 도망다니기도 하면서, 그래도 어른들은 다시 뱃일을 하는 것이 마냥 좋은 모양이었다. 할아버지도 신광호 할아버지도 요즘은 마냥 싱글벙글이다. 그런데 그 모습이 톰과 제리처럼 서로 으르렁거리는 사람들 사이에서 결코 좋게 보이지 않은 모양이다. 김 양식 하는 사람들이 불법 어업을 한다고 신고를 했다.

지난 토요일이다. 학교를 마치고 돌아와보니 집은 또 텅 비어 있었다. 나는 으레 그러려니 하고는 뱃머리에 나가보았다. 판장에는 마을 어른들과 처음 보는 아저씨들이 서로 뒤엉켜 싸우고 있었다.

"니기미, 좆도 벌어먹고 살자고 허는 짓인디, 너무허잖여. 아 글씨, 우리는 이 조개가 곡식이나 매한가진디 곡식을 발로 차는 법은 없는 것이다고."

아빠의 목소리였다. 나는 얼른 사람들 사이를 헤집고 들어갔다. 아빠는 처음 보는 아저씨들 가운데 한 사람의 멱살을 잡고 있었다. 그 옆에는 엄마가 걱정스러운 눈빛으로 서 있었다.

"당신, 이거 못 봐, 지금 당신 공무 집행 방해하는 거야."

텔레비전에서 보면 공무 집행을 방해한다고 해서 사람을 잡아 가두고 두들겨패기도 하던데, 아빠도 잡혀가면 어쩌나, 나는 마음을 졸여야 했다. 그때 신성호 방씨아저씨가 끼여들었다. 방씨아저씨는 조개를 푸는 커다란 플라스틱 삽을 들고 처음 보는 아저씨들을 때릴 것같이 하며 말했다.

"니미럴, 우리 같은 무식한 뱃놈들이 공무 집행을 알기나 허남, 좆도 씨벌. 그저 바다나 파먹고 살 뿐이지. 아무리 생각혀봐도 오늘 일은 당신네들이 잘못을 헌 것 같구만. 긍께, 존 말로 헐 때 그냥 사라지더라고. 당장 꺼지지 않으면 당신들 배때기가 성허지 않을 것잉께이."

"우리야 뭐 위에서 시킨께 조사 차원으로 나왔지만, 당신들 이렇게 비협조적으로 나오면 안 좋을 것인디. 오늘은 어차피 퇴근시간도 되고 해서 그만 가겄지만 당신들 서슬 보니 월요일날에는 뭔 일이 나도 나겄구만. 암튼 이번에는 위에서 단단히 벼르는 사람이 있응께, 아 그것은 알아야 할 것이여."

그제야 나는 한숨을 돌릴 수가 있었다. 아빠가 처음 보는 아저씨의 멱살을 풀어주었기 때문이다. 하지만 아직 걱정이 남아 있다. 월요일에 다시 온다는 그 아저씨들의 말이 떠올랐기 때문이다.

다음날, 여느때처럼 우리집에 모여든 아줌마들을 통해서, 나는 그 아저씨들이 감사원인가 어딘가에서 나왔다는 것을 알 수 있었다.

"어제 그 사람들 말여, 왜, 한빈이 아빠랑 한바탕 떠들고 간 사람들이 글씨 감사원서 나왔는디, 김 양식 쪽에서 신고를 했다고 하더구만이."

"참말이어라, 아따 해도해도 너무하는구만. 아무리 서로 안 좋은 일이 있다고 같은 동네 살면서 어찌 그럴 수가 있다요."

"누가 아니래. 그래서 이참에 어촌계에서 멍석말이를 허자고 난리가 났다는디."

"또 신고를 하면 어떻게 한다고 그런다요? 그쪽에서 돈을 많이 써서 높은 사람들이 이번에 조사를 하라 했다고 하더구만."

"긍께, 아주 마을사람들이 모다 모여서 패를 나눌 모양이데이. 그려서 오늘 밤 한꺼번에 김 양식 허는 사람들을 조지믄 지들도 어쩌지 못할 것이라고 허드랑께."

그날 밤, 낮에 아줌마들이 한 이야기를 까마득히 잊고 하제에 있는 오락실에 가서 오락을 하고 있을 때의 일이다. 갑자기 밖에서 카가쾅, 유리창 깨지는 소리가 들렸다. 나는 심각한 고민을 하지 않을 수 없었다. 싸움 구경이 무엇보다도 재미나는 일이라는 것은 알지만 모처럼 만에 기록을 깨려던 참이었기 때문이다. 하지만 다시 웅성거리는 사람들의 말소리 사이로 유리뿐만 아니고 물건들이 부서지는 소리와 함께 울음소리가 들렸을 때, 나는 기록을 깨는 것을 다음 기회로 미루기로 했다. 슬기의 울음소리를 듣는 순간 나는 그곳이 슬기네 집이라는 걸 깨달았기 때문이다. 그리고 낮에 아줌마들이 하던 말이 무엇인지도 알 수 있었다.

"이런 법도 없는 동네가 어디 있당가요? 아무리 잘못을 했기로서니 사람을 이렇게 잡드리하는 법이 참말로 어디에 있다요. 아이그, 그, 나 죽네 나 죽어."

"지 죽는 것은 아는 년이 그려, 같은 동네 사람들이 바다에서 거저 나오는 조개를 파먹었다고 신고를 혀. 이년아. 이런 씨알배기 없는 쌍년의 자식들."

"씨를 말려야 헌단게. 이 마을이 처음 생김서부텀 우리는 조개를 파먹고 살았는디, 니미 바다를 내어줬더니 고마운지는 모르고 오히려 쥐새끼처럼 우리를 물고 지랄이여, 지랄이. 이것들을 아조 이 마을에서 몰아내야 헌단게. 아주 말여이."

슬기네 집은 참말이지 엉망진창이었다. 유리창은 하나도 남아 있지 않았고, 가끔 슬기를 따라 얻어타던 자가용도 얼마나 찌그러져 있던지 차라고 할 수도 없었다. 그런데도 어른들은 계속해서 집과 차를 부수고 있었다. 슬기는 한쪽 구석에 오두마니 앉아 엉엉엉 울고 있었고, 슬기네 아빠 엄마는 사람들에게 둘러싸여서 머리카락을 뽑히기도 하며 손찌검을 당하고 있었다. 나는 슬기에게 다가가 슬기의 손을 잡았다. 참말이지 참말이지 나는 그 속에서 슬기를 구한다는 생각밖에 없었다. 그런데도 슬기는 나를 지렁이 보듯 바라보았다. 조금 창피한 얘기지만 나는 그 눈빛이 너무나도 무서워서 그만 슬기네 집을 박차고 나와 마을 뒷동산까지 올라갔다. 안 그래도 전학을 간다고 사이가 멀어진 것만 같았는데, 이제 다시는 슬기를 보지 못할 것만 같았다. 까치바위가 있을 때라면, 마을에서도 별이 으뜸 잘 보이는 까치바위에 갔겠지만 까치바위가 부서지고 나서부터는 뒷동산에 오르게 되었다. 그래도 까치바위 다음으로 별이 잘 보이는 곳이다. 나는 언젠가 삼촌이 알려준 자미성을 찾아보았다. 우리 눈으로는 잘 보이지 않는 별이지만, 그곳에는 우리와 똑같이 생긴 사람들이 산다고 했다. 하지만 그곳에는 싸움도 없고 서로 미워하는 법도 없다고 했다. 그런 세상이 있을 수 있을까?

별을 한참을 올려다보고 있을 때, 오작교에서 불길이 솟아올랐다. 무슨 불인지 알고 싶기도 했지만 나는 거기까지 갈 기분이 아니어서 그만 집에 들어왔다.

학교에 가지 않아도 된다는 사실을 알게 된 건 어제였다. 왜 오늘은 엄마가 빨리 일어나라는 잔소리를 한번도 하지 않나, 뭐 그런 생각을 하며 이불 속에서 뭉그적거리고 있을 때, 성호 목소리가 들렸다.

한빈아 놀자,라고 했지만 그건 일요일이나 공휴일에 하는 인사였다. 어제 같으면, 한빈아 학교 가자, 이런 식이어야 했다. 그런데도 녀석은 두번 세번 놀자를 되풀이했다. 그제야 나는 성호 녀석이 아침에 분명히 뭔가를 잘못 먹었을 거라고 생각하며 이불 속을 빠져나왔다. 바보 같은 녀석은 자기의 잘못도 모르고 가방 대신 등에 릴낚시를 메고 있었다. 그 옆에는 성호뿐 아니고 일한이도 같은 모양을 하고 서 있었다. 나는 내가 알지 못하는 무엇인가에 홀린 기분이었다. 혹시 개교기념일은 아닐까도 생각해보았다. 아니다. 개교기념일은 지난 사월에 벌써 찾아먹은 적이 있다. 나는 꿈이 아니길 바라며 성호에게 학교에 가지 않느냐고 물어야 했다.

"오늘은 학교 안 가도 된당께. 어제 동네어른들이 김 양식 하는 사람들 몰아내고 있을 때, 경찰들이 올까베 오작교에 불을 놓았당께. 그려 갖고는 버스도 못 오고 저만치에서 돌아간다고 허드랑께."

"맞어, 아빠가 그러는디 김 양식에서 신고를 혀가지고 배도 못 나가고 벌금까정 물게 생겼다는디 그래서 동네어른들이 김 양식을 쥐어 패부렸잖여. 그것 땜에 어젯밤에 또 짭새들이 왔다가 갔당께. 아직까지 동네어른들은 죄다 오작교에 모여서 짭새들을 못 오게 헌디야. 참말로 신난다, 그치. 그려서 경찰들이 돌아가고 김 양식 보상 나올 때까지 우리들을 학교에 안 보낸다고 혔당께…… 우리는 낚시 갈라고. 한빈이 너는 안 갈래?"

"니들이나 가. 나는 그냥 집에 있을랑께."

아빠를 졸라 릴낚시까지 사기는 했지만, 이제 나는 낚시 따위에는 관심이 없어졌다. 바다가 오염되어 썩은 고기들이 올라온다는 걸 알고 있기 때문이다. 그리고 아직 망둥이나 붕장어가 잡히기에는 조금 이른 철이었다. 하지만 가만히 생각해보니 집에 있는다고 해서 뭐 별다른 일도 없을 것 같아 대문을 돌아나가는 성호와 일한이를 불러세웠다. 어쩌면 재수가 좋아 우리가 잡은 고기들을 사가는 아저씨들을 만날지도 모른다는 생각이 들기도 했다. 하지만 아무래도 낚시는 가지 않는 게 훨씬 나을 걸 그랬다. 점심도 굶어가며 우리 셋이서 잡은 게, 글쎄 망둥이 몇 마리와 붕장어 한 마리뿐이다.

「세상 밖으로」를 다 보지 못한 게 조금 아쉽긴 하지만 나는 지금 오작교로 가는 길이다. 삼촌에게 어제까지의 일을 말해주었더니, 삼촌은 오늘이나 늦어도 내일쯤 집에 온다고 했다. 삼촌은 나에게 그동안 마을에서 일어나는 일들을 새겨보았다가 알려줄 것을 부탁했다. 처음에는 삼촌의 부탁을 거절했지만 유혹을 뿌리칠 수가 없었다. 삼촌은 부탁을 들어주는 조건으로 졸업식날에 사주기로 했던 천체망원경을 미리 사준다고 했다. 언젠가는 받게 될 것을 고생까지 해가면서 미리 받으려 하는 내가 미련해 보이겠지만 그건 틀린 생각이다. 삼년이라는 세월이 얼마나 중요한 시간인지를 나는 잘 알고 있다. 우리 마을도 어른들이 흔히 말하는 개판이 된 것이 고작 삼년 정도가 걸렸을 뿐이다. 그리고 그 삼년 동안 누군가 또 새로운 별을 발견한다면 나에게는 그만큼의 기회가 없어지는 것이다. 나는 아무도 발견하지 않은 별을 발견할 거다. 그 별 이름은 장한빈이다. 촌스럽다고 생각하는 사람도 있겠지만 그것도 틀린 생각이다. 내 이름을 붙여야만 그 별이 온전히 내 것이 되는 거다. 내 별을 갖는다는 일이 얼마나 근사한 일인가? 귀찮기는 하지만 그래서 나는 모처럼 만에 찾아온 황금 같은 휴식을 삼촌의 부탁을 들어주는 일로 보내야 할 것 같다.

오작교가 까치와 까마귀가 견우님 직녀님을 위해 하늘에 만든 다리이기 때문에 이 마을에 있는 오작교도 굉장히 멋있을 거라고 생각한다면 그건 아주 커다란 오해다. 오작교는 그저 미군부대에서 흘러나오는 똥강 위에 만들어진 다리다. 아마 이 마을 이름이 까침바우고, 오작교가 이 마을로 들어오는 유일한 다리이기 때문에 그런 이름이 붙은 모양이다.

삼촌이야 늘 사진기를 들고 다니니까 그저 찰칵찰칵 사진을 찍으면 그만이지만, 나는 사진을 찍을 수 없으니까 자세히 보아두어야 할 것 같다. (대학까지 가서 사진을 배운 삼촌이 조금은 멍청하다는 생각이 들 정도로, 참말이지 나도 사진 정도는 찍을 수 있다. 얼마 전 기혁이네 집에 놀러가서 눈을 대고 단추만 누르면 된다는 것을 알아냈다. 하지만 구두쇠 할아버지 때문에 우리집엔 그 흔한 사진기 한대가 없다. 요즘 같은 시대에 사진기도 한대 없다면 아무리 생각해도 창피할 것 같아 이렇게 말하기로 했다.)

오작교에는 장작불이 활활활 높게도 타오르고 있었다. 다행히도 경찰차는 보이지 않았다. 그저 마을어른들만 장작불에 돼지고기를 구워 먹으며 술을 마시고 있을 뿐이었다. 수다쟁이 아줌마들은 여전히 수다를 떨고 있었고 우리 또래의 아이들은 장작불 옆에서 돼지고기를 한점이라도 더 집어먹으려 달려들었다. 나도 다른 때 같으면 녀석들처럼 행동했을 테지만 오늘은 참기로 했다. 나에게는 막중한 사명이 있다는 것을 잊으면 안된다. 나는 녀석들과는 달리 어른들이 있는 곳으로 발길을 돌렸다. 방씨아저씨가 제일 먼저 알은체를 해왔다.

"한빈이 니도 막걸리 생각 있어서 이리 왔냐. 안 그래도 잘 왔다이. 여그 아저씨들 술이 떨어졌응께 이 돈 가지고 가서 술 좀 받아오너라이. 우수리는 니 쓰고."

아빠도 그러라고 고개를 끄덕였지만 나는 갈 수가 없었다. 사나이의 약속이 돈보다 중요하기 때문이다. 그러나 만원에서 소주를 서너 병 사고 남은 돈은 다 내 것이 되는 것인데 참말 아깝기는 했다. 빨리 뛰어갔다 온다면 십분도 안 걸리는 거리여서 그냥 갔다오기로 했다. 어른들의 말을 잘 듣는 것도 중요하기 때문이다. 소주 다섯병을 들고 돌아올 때 경찰차 두 대가 오작교 쪽으로 다가오고 있었다. 나는 얼른 아빠에게 다가가 소주를 내밀며 경찰차가 온다고 알려주었다. 어른들 가운데 몇 사람이 장작불에 나무를 우겨넣고 기름을 부었다. 경찰차가 오작교 앞에까지 다가왔을 때는 불이 더욱더 거세졌다. 나는 다리에서 조금 떨어진 둑 위에서 다리 저편을 바라보았다. 경찰차 문이 열리고 사람들이 내렸을 때 숨어야 할까 말까를 가지고 나는 심각한 고민을 해야만 했다. 경찰차에서는 경찰아저씨들만 내리지 않고 불독이라고 불리는 삼학년 때 담임선생님하고 교장선생님이 함께 내렸기 때문이다. 벌써 몇 녀석들은 비겁하게 꽁무니를 내빼고 있었다. 하지만 나는 그럴 수도 없어서 어른들이 있는 곳에 숨기로 했다.

"오순경님, 지들 때문에 고생이 많소. 점심이나 대접혀야 쓰는디, 지들이 지금 까치바우 굿을 지냉께 일체 타지 손님을 받지를 못혀요이. 오순경님도 이해허지요. 글고 지가 오늘 아침에 김순경 통해서 보낸 거는 잘 받아보았는지 모르겠구만요이."

이장아저씨의 목소리였다.

"예끼 이 사람. 그런 엉너리 그만허고 여그 학교 선생님들이 오셨네이. 자네들 굿이고 뱃일이고 다 좋은디 아그들까지 학교를 안 보냉께 이 양반들이 여그까지 안 오셨나. 이제 그만들 두고 내일부터는 학교를 보내겄다고 선생님들께 말씀드리소. 알겄는가?"

"아이고, 오순경님도 지들 사정 잘 암시롱 그러싸요. 지들이 까치굿을 할 때는 일절 사람들 출입이 안되잖은가베요이. 긍께 선생님들한테는 오순경님이 잘 좀 말씀해주시오. 우리도 뭐 자식새끼들 학교 안 보내는 것이 좋은 것은 아니지라."

"이 사람들이 좋게좋게 넘어가려 했더니, 사람을 우습게 보나. 자네들이 언제부터 까치바위에 그리 치성을 들였다고 다 부서진 바우에 굿이네 지랄이네 하는 것이여. 내 물차를 불러 이 불 다 꺼버릴 수도 있응께 지금부터 선생님이 하는 말씀 잘 들으소. 그래야만 위에다도 내 동네 일뿐이라고 얼버무릴 수 있다는 것만 명심하고."

"에, 에, 아, 아……"

에, 에, 아, 아, 교장선생님의 목소리다. 다시 에, 에, 아, 아를 한번 되풀이한 다음에 친애하는으로 시작하는 말을 할 것이다. 우리들의 휴식에 갑자기 복병이 생긴 거다. 이럴 때 방씨아저씨가 지난 토요일처럼 삽을 들고 선생님을 몰아내면 좋으련만, 다리가 막혀서 그럴 수도 없는 노릇이다.

"에, 에, 아, 아, 친애하는 까침바우 하제 주민 여러분, 역사와 전통이 빛나는 훌륭한 마을에 사시는 여러분들이 무척이나 자랑스럽습니다. 미리미리 일일이 찾아뵈었어야 옳은 줄 알지만 그만 바쁘다는 핑계로 오늘에야 이렇게 여러분을 만나게 되어 송구스럽고 또한 영광입니다."

"니미, 송구는 뭐고 영광은 또 뭐여. 아 이장, 뭐하는 것여. 그냥 밀고 나가랑께."

"맞어, 이럴 때 아니믄 우리가 언제 속사정을 세상에 알리겠남. 어제 경찰차도 오고 감사원인가 뭔가도 와서는 그냥 가는 게 바로 우리가 하나로 뭉친 단합의 힘이라 이 말씀이시. 그렁께, 다른 말 필요 없이 어업권이 허락되고 보상이 결정날 때까정 이러고들 있어야 한다이 말이구."

"오늘은 거 뭐시기 텔레비에서 안 나오남. 아, 영남호도 봤제. 어제 텔레비에 나가 나왔당께. 그놈들 오랜만에 옳은 소리를 하더구만이. 아, 우리야 이러고 싶어 이러남. 다 먹고살자고 허는 짓이지. 어제 텔레비에서 우리 편을 들어주었응께 소장도 함부로 우릴 어쩌지 못할 것이네. 어제는 지방방송이었지만 우리가 이러고 며칠만 개기믄 틀림없이 서울서도 올 것이랑께. 긍께 그냥 앉아서들 술이나 묵잖께."

"근다고 선상님 앞에서 이러믄 쓰요. 글지 말고 그냥 조용히 뭔 소린가나 들어봅시다요."

"맞소, 맞아. 그냥 술이나 마심시롱 헛귀로라도 그저 듣는 척이나 헙시다, 그저."

아까운 일이었다. 마을어른들이 한두마디만 더하면 교장선생님도 얘기를 그만둘 것 같았는데 이장아저씨가 산통을 다 깨놓았다. 하지만 아직 실망하기에는 이르다는 생각이 들었다. 그냥 조용히는 있었지만 교장선생님의 말을 귀기울여 듣는 사람은 한 사람도 없었다. 그저 술을 마시거나 할 뿐이었다.

"……에, 에, 아, 아, 그냥 본론으로 들어가서 말씀을 드리겠습니다. 다름이 아니라 저희 학교의 학생수가 점점 줄어드는 가운데서도 폐교가 되지 않은 것은 여러분들의 자녀가 차지하는 비율 때문입니다. 여러분들의 자녀들이 학교를 나오지 않으니 글쎄 학생수가 한 반에 열 명도 안되더군요. 그 수 가지고 어찌 수업을 할 수 있겠습니까? 그러니 중고등학생은 그냥 두더라도 우리 초등학생만은 학교에 보내주십사 하는 것이 제 말의 요지인 것입니다."

교장선생님의 말이 끝나고 한동안 어른들은 아무 말이 없었다. 아무리 생각해도 교장선생님의 말은 공평하지가 못하다. 가려면 다 가야지, 중학교 고등학교 형들은 놔두고 우리들만 학교에 간다는 건 아무래도 잘못된 생각인 것 같다.

"어이, 달수 알았다 허고 돌아가시게 허소. 우선 시간이나 벌어야 할 것잉께."

"아따, 혜성이성. 그럴 필요가 뭐가 있당가요? 그냥 안된다고 딱 명토를 박아야 헌당게요. 아무튼 이 일은 조용히 넘어갈 것이 아니고 버르집을 대로 버르집어서 높은 곳에서 서류만 보고 일하는 그 속 모르는 놈들에게도 우리 맘을 다 알려야 헌다 이 말씀이요. 아, 바다에서 그냥 두면 썩어날 조개 좀 파먹고 산다는디 그걸 가지고 불법이니 어쩌니 지랄하는 꼴을 더 볼라요. 달수성, 애들 못 보낸다고 딱 명토를 박읍시다. 예. 박으랑게요."

"아, 이 사람아. 지금 지서장 말 듣고도 모르는감. 서슬 봉께 지서장이 당장이라도 뭔 수를 낼 기세던디 글믄 우리 같은 놈들이야 한방에 끝날 것이구만이. 세종이 자네 말이 틀린 건 아니지만, 김 양식 그놈들 줘팬 지 이제 겨우 이삼일 지났을 뿐인디, 그 사람들 성질도 가라앉히고 다시 불러들여서 화해라도 헐려면 시간을 벌어야 하는 것여.

안 근가? 이번 일을 버르집을려면 시간을 일단 벌어놓고 알려도 알려야 허는 것잉게 일단 지서장을 돌려보내는 것이 순서고……"

안심이었다. 어른들은 우리를 학교에 보낼 생각은 눈곱만큼도 없는 모양이었다. 학교를 보내는 쪽으로 의논을 해서 전화를 준다고 했지만 선생님이 돌아간 뒤에 한 의논이라는 게 고작 어떻게 김 양식과 화해를 하느냐, 그리고 어떻게 해야 지금 하는 뱃일에 대한 허가를 얻어내느냐, 뭐 그런 것들이었다.

저녁이 되자 아줌마들이 손수레에 시루떡하고 다른 먹을 것들을 가지고 나왔다. 밤이 되도록 별다른 일이 더 벌어지지는 않았다. 마을 어른들은 당번을 정해서 불을 지핀다고 했다. 나도 오작교에서 밤을 새워야 하지만, 졸음이 머리끝까지 차올라서 집에 들어가기로 했다. 더이상 아무 일도 없을 것만 같았고 삼촌도 뭐 이 정도는 이해할 거다.

삼촌의 목소리다. 다른 때 같으면 못 들은 체하고 잠을 잤을 테지만, 오늘은 삼촌의 목소리가 너무나도 정답기만 하다. 나는 이불을 박차고 마루에 나와 한껏 반갑게 말을 했다.

"삼촌, 왔어? 나, 나 오작교에서 다 보고 있다가 이제 막 왔당께. 참말이랑께."

"어, 그래. 한빈이 안 잤구나. 여기. 이거, 선물."

삼촌이 내게 내미는 건 틀림없는 천체망원경이다. 조금이라도 빨리 천체망원경을 통해 별을 보고 싶었다. 나는 얼른 신발을 신고 삼촌의 손을 잡아끌었다. 삼촌 피곤하다는 엄마의 잔소리가 있었지만 지금 그런 건 문제가 되지 않는다. 다행히 삼촌은 내 마음을 아는지 뒷동산에 함께 올라주었다.

　나도 약속을 지켜야 했다. 지금까지 내가 알고 있는 모든 이야기를 삼촌에게 해주었다. 어른들은 참 이상하다는 말을 했을 때, 삼촌은 그냥 웃기만 했다. 나는 삼촌에게 약속을 지켰으므로 별들을 볼 수 있게 되었다. 눈으로 볼 때와는 너무나도 다르게 별들은 저마다 각기 아름다운 모습을 하고 있었다. 벌써 여름이 다가오고 있는 모양이다. 여름철에 보이기 시작하는 거문고자리와 전갈자리 그리고 뱀자리와 독수리자리들이 또렷이 보인다. 싸움은 땅에서만 있는 건 아닌 모양이다. 뱀과 땅꾼이 뒤엉켜 싸우고 있었다. 나는 북두칠성 국자 안에 있다는 자미성이 보고 싶어졌다. 싸움도 없고 서로 미워하는 일도 없는 별. 눈에는 보이지 않더니 참말이지 천체망원경으로 보기에도 작은 별 하나가 북두칠성 국자 안에서 흐릿하게 보였다. 나는 삼촌에게 자랑을 하고 싶어 자미성을 찾았다고 말했다.

　"삼촌, 삼촌, 자미성이랑께, 자미성. 근디 삼촌, 참말로 저기서는 싸움이 없어?"

　"왜, 삼촌이 거짓말한 것 같아?"

　"아니, 그게 아이고. 저기 뱀자리하고 땅꾼자리하고도 싸우잖아. 땅에서도 싸우고 하늘에서도 싸우고 늘상 싸움만 항께, 싸움 없는 디야 있을까 혀서. 그런 디가 있으믄 참 좋을 것 같아서 말이여."

　"왜, 한빈이는 이곳이 싫어? 이곳도 알고 보면 참 좋은 땅인걸."

　"삼촌, 아니랑께. 참말로 하나도 안 좋단께. 어른들은 맨날 싸우고, 까치바위도 부서져서 쓰레기장 되고, 긍께 이 땅은 좋은 땅이 아니고 나쁜 땅이여. 어른들이 싸우는 바람에 슬기랑 사이가 멀어졌잖여. 글믄 나중에 각시 삼을 수가 없는디⋯⋯"

아빠도 엄마도 나중에 내가 슬기를 각시 삼기로 마음먹은 걸 모르고 있지만 삼촌은 알고 있었다. 동무들에게 얘기를 하면 녀석들은 틀림없이 얼레리꼴레리를 외치고 다녔을 거다. 그렇다고 아빠한테 얘기하기에는 세대차이가 너무 난다. 그래서 삼촌에게 얘기를 한 적이 있다. 물론 비밀을 지킬 것을 사나이의 이름으로 약속을 하고서다.

"한빈아. 핑계처럼 들리겠지만 삼촌 말 한번 들어볼래. 우리는 모두 참 좋은 땅에 살고 있지만 우리가 그걸 깨닫기까지는 많은 시간이 필요해. 그걸 깨닫기 위해서는 나무가 필요하거든. 천년에 한번씩 사랑이라는 열매가 맺는. 우리가 사는 세상이 아름다운 건 사람들 가슴 가슴에 저마다 사랑이라는 열매가 있기 때문이야. 그래서 이 땅도, 더럽고 썩은 냄새가 나지만 참 좋은 땅이라고 할 수 있는 거고. 한빈이가 슬기를 좋아하는 것처럼, 그리고 별을 좋아하는 것처럼, 어른들은 또 어른들대로 좋아하고 사랑하는 게 있을 거야. 예를 들면 가족이라든지 그런 거. 그게 조금 달라서 싸우는 것처럼 보이지만 서로 사랑하는 마음은 있을 거야. 그렇지 않을까?"

나는 뭐라고 대답할 수가 없었다. 삼촌의 말이 틀린 것도 같고 맞는 것도 같았기 때문이다. 나는 사랑이라는 게 무어냐고 물어보고 싶었지만 그만두기로 했다. 사랑 정도는 나도 알 수 있을 것 같다. 내가 별을 좋아하고 슬기를 좋아하는 거, 뭐 그런 게 아닐까? 하지만 사랑하는 게 조금씩 다르다고 해서 서로 싸우고 미워하는 어른들이 이상한 건 여전했다. 이제 집에 들어가 잠을 자야 할 것 같다. 내일은 학교에 가야겠다. 어른들은 내일도 여전히 오작교에 불을 지핀다고 했지만, 그렇다고 학교에 가지 못하는 것은 아니다. 버스가 다니지 않는 둑길로 가면 된다. 물론 두세 시간 정도 한참을 돌아가야 하기 때문에 힘이 조금 들기는 하겠지만 어쩐지 내일이 아니면 전학을 가는 슬기를 영원히 보지 못할 것만 같다. 내가 슬기에게 어른들의 잘못을 빌어야겠다. 그리고 나중에 내 각시가 되어달라는 말도 내일은 꼭 해야겠다.

늦잠을 잤나보다. 다른 날 같으면, 해가 중천에 떠올랐다고 엄마한 테 잔소리를 들었을 텐데, 엄마도 아빠도 보이지 않는다. 아마 오작교에들 간 모양이다. 나는 라면을 끓여먹고 학교에 가려고 수문이 있는 고갯마루를 넘어섰다. 고개를 넘어 오른쪽으로 가면 둑길이고, 계속 큰길로 가면 오작교가 나온다. 그런데 나는 고개를 넘고도 오른쪽으로 가지 않고 큰길을 따라 뛰어야 했다. 멀리 보이는 오작교에서 연기가 커다랗게 솟아오르는 걸 보았기 때문이다. 나는 오작교까지 한달음에 달려가 숨을 고르기도 전에, 어제 경찰아저씨가 말한 물차가 소방차라는 걸 알게 되었다. 아빠도, 싸움을 잘할 것만 같던 방씨아저씨도, 그리고 이장아저씨랑, 다른 아저씨들도 모두 경찰아저씨들이 잡아가고 있었다. 엄마는 발만 동동 구르고 있었고, 할아버지도 그저, 야 이눔들아, 이 개만도 못헌 놈들아, 먹고살자고 헌 짓을 가지고 사람을 그리 개 부리듯 몰고가는 법이 어디 있다냐. 이 개만도 못한 놈들아, 버럭버럭 소리만 지르고 있었다. 아줌마들 몇하고 할머니는 경찰아저씨의 다리를 잡기도 했지만, 경찰아저씨들은 할머니랑 아줌마들을 뿌리치고 아빠랑 동네아저씨들을 데리고 갔다. 비겁하게도 삼촌은 그저 사진만 열심히 찍고 있었다. 삼촌이 말한 참 좋은 땅은 저렇게 잡혀가고 싸우는 사람들이 사는 곳일까? 아무리 봐도 저건 사랑이 아니다. 참 좋은 땅이 있기는 있을까? 자미성을 옮겨다놓고만 싶다. 나는 갑자기 학교로 가고 싶은 마음이 없어졌다. 동네어른들이 다 경찰아저씨들에게 잡혀갔으니 내일은 가기 싫어도 학교에 가야 할 거고, 슬기를 만나면 말하려고 준비했던 말들도 그만 모두 잊어버리고 말았기 때문이다.

—— 1998년 동아일보 중편 당선작
(발표 당시 원제「새만금 간척사업에 대한 소고」)

호랑이 시집가는 날

날이 어두워지면서 판장 한쪽에 피워놓은 화톳불은 더 높고 환하게 타올랐다. 아침에 작업 나간 배들이 들어올 시간은 아직도 한 시간쯤 이나 더 남아 있었지만 사람들은 화톳불 주위에 우세두세 모여들어 배들을 기다리고 있었다. 그도 그럴 것이 공판장 어느 곳에 조개를 부리느냐에 따라서 값의 차이가 엄청났다. 그런 까닭에 배 들어올 시간이면 판장은 늘 자리다툼이었다.

자리다툼을 끝낸 사람들이 그렇게 하나둘 몸을 녹이고 있을 때 영남호 선장이 피조개가 담긴 소쿠리 하나를 들고 화톳불 곁으로 투벅투벅 걸어왔다. 누군가 자리를 내어주었다.

"춥소이. 얼른 이리 가까이서 불 좀 쬐시오. 근디 어찌 이리 일찍 들어온다요?"

"기계가 작살이 났서라. 참내, 오늘 잡은 게 이거이 전부요. 나가 이

102

거 낼 텐께 누가 막걸리나 몇병 받아오시오이."

몇 사람이 추렴하여 막걸리를 받아왔다. 금세 화톳불 주위에 술판이 벌어졌다. 벌겋게 익은 숯에 올려진 피조개가 입을 다 벌리기도 전에 사람들의 손에 잡혀 입 속으로 들어가곤 했다. 술이 몇 순배 돌고 난 자리에 추위에 몸을 달래던 사람들 사이로 이야기꽃이 활짝이었고, 그사이 슬며시 사람들은 깊은 속내를 털어내곤 했다.

"성수아제, 새 장가 든다는 소식 들었소. 새 장가를 드는 거야 무슨 상관이요마는, 아따 다 늙어서 그냥 살믄 쓰지 결혼식은 무슨 결혼식이요이. 안 그라요?"

길상호댁이 말을 마치고 동의를 구하려는 듯 주위를 둘러보았다.

"형수님도, 요즘같이 마을이 흉흉할 때는 그런 일이라도 있음 좋지 뭐 그요. 글고 그거이 성수가 허려던 게 아니고요, 아이들이 역부러 결혼식을 올린다고 날도 잡고 그랬다고 안흐요. 다 컸다지만 그래도 아직 속내가 여린 아이들이 차린 자린디 가서 축하해줘야지요, 안 그요?"

"글고 보믄 승원이랑 저쪽 집, 가들이 참말로 효자들이구만요."

"효자도 좋지만 요즘같이 세상 살기 힘들 때 헌 사람들 결혼하는 일로 부주일을 할란게 그거이 걱정이여 나가 안 이라요."

"맞당게. 단속은 심허지 조개는 점점 줄지, 암튼 힘들어 죽겠는디, 그랑게 안 그요. 있는 놈들이야 이럴 때 더 유세를 떨고 지랄을 혔싸지만 우리같이 없는 놈들이야, 기름 한방울 댈 돈이 없으니까요이."

길용호댁이 옆에 있는 기름댁 들으라고 돈 있는 것들 어쩌고저쩌고 하자 기름댁이 바로 됩들이라도 하려는 듯 길용호댁을 노려보았다. 수협에서 면세(免稅)기름이 나오기 전에는 기름집이 이 마을 모든 배들의 기름을 대주면서 돈을 벌어들였다. 그러다가 면세기름이 들어오면서 장사를 그만두고 그동안 모아둔 돈으로 일수놀이를 시작했다. 기름집은 다른 집보다 유난히 이자가 높았다. 그렇다고 꼭 필요한 돈을 안 쓸 수도 없는 노릇이었다. 이자가 높으면서도 담보까지 잡았고 돈을 제 날짜에 갚지 않으면 담보를 처분하기도 했다. 가끔 그런 일이 동네의 말썽이 되었다. 길용호댁도 언젠가 돈을 빌려쓰고 일이 커진 것을 간신히 막은 적이 있었다. 그뒤로 길용호댁은 늘 기름집을 못마땅하게 생각하고 있었다.

"길용호, 시방 나 들으라고 헌 소리여? 응. 니기미, 어쩌서 돈 있는 것들이 유세여, 유세가? 없는 것들이 잘못이지. 지들 아쉬울 때는 있는 소리 없는 소리 다 혀감서 알랑방귀를 뀌고 돈 좀 다오, 그러다가 나중에 꼭 지랄들을 해요. 잘못혀서 돈 빌려야 허는 처지는 생각 않고 왜 만날 지랄들을 떨고 그러는 것이여. 내가 참말로, 드러버서이. 기름값 없다고 사정헐 때는 언제고 살려준 은혜도 모르고……"

"니미, 어느 집 기름은 공기 퍼줌시롱 남들보다 서너 배는 비싼게 그러지. 어디, 없는 연놈들은 어느 집 기름값 무서버서 살겠소. 어매, 글고 봉게 돈놀이도 기름 때서 하지라. 그 비싼 기름."

"참말로 이런 쌍년이. 보자보자하고 듣자듣자하니까 누굴 팔충이로 아남. 뭐가 기름값이 어째…… 내가 니 돈을 거저 뺏기를 혔냐, 왜 만날 나만 보믄 못 잡어먹어서 안달이여, 안달. 이녀르 쌍년……"

"어이구, 오늘은 기어이 본색을 드러내시네그려. 왜, 내 말이 찔려? 그쪽 집이서 아적지 기름장사한다더만이. 기름장사한다고 보상 타먹은 게 목구멍에 걸리지. 오늘 여기서 자리도 좋은디 소문 좀 내 볼까…… 뭐, 쌍년. 그 목청도 좋은 쌍년은 어디로 다 들어가고 왜 또 아무 말이 없어."

 길용호댁이 보상 이야기를 들고 나오자 서슬 푸르던 기름댁은 갑자기 오갈든 강아지처럼 중동무이로 말끝만 흐리고 들 뿐이었다. 버르 잡혀서 하나도 좋을 게 없다는 걸 누구보다도 잘 알고 있는 기름댁이었다. 기름장사를 진즉에 그만두고도 처분하지 못해 골머리를 썩였던 기름통이 어느 날에 집 나간 말이 되었다. 배 보상이 끝나고 간접보상이 나오면서 버림치로 놔둔 기름통을 내어놓고 기름장사를 한다며 제법 솔찮은 간접보상을 받았던 터였다. 문제가 된 것은 그러고 얼마 지나지 않아서였다. 누군가 가짜 보상 건이 있다며 투고를 했고, 대대적인 조사가 나온다고 했다. 아무래도 불안한 마음을 어쩌지 못했다. 집에 있던 기름통으로 마음이 놓이지 않아 시내 고물상에서 헌 기름통을 더 사다놓았지만 불안한 마음이 쉬 달래지지가 않았다.

 "참으시오들. 뭐 별일도 아닌 일로 이리 언성을 높이신다요. 그나저나 초혼도 아니고 재혼인디 부주는 얼마나 허야 쓴다요?"

 "그러게 말이요. 한 이만원이나 허믄 안 쓰겠소. 근디 요새 성수아제는 어찌 이리 안 보인다요."

 "아따, 이 사람아. 요즘 좋아서 잠도 안 올 턴디 여그 나오겄는감. 지금 잠도 안 오고 방바닥에서 뒹굴뒹굴 새 마누라 방뎅이 생각에 정신이 없을 것인디, 안 그려들?"

 비릿한 바람에 성수는 자꾸만 가던 걸음을 멈추고 담배를 피워물었다. 요며칠 도무지 설렘보다는 무언지 알 수 없는 답답함이 더욱 크게 마음을 차지했다. 그 답답함을 지우겠다고 바람이나 쐬러 나온 길이었다. 오래된 버릇대로 산길을 걷던 성수의 발걸음이 바다로 향했다.

여간해서는 걷지 않던 길이었다. 바닷바람이 먼저 성수를 맞이하더니 마침내 파도가 달려들었다. 산길을 지나 바닷길을 걷는 동안 멀리서 얼비치던 까치놀도 사라지고 시나브로 어스름이 몰려들었다. 방파제 끄트머리에 서서 하염없이 바다만 바라보던 성수가 도리머리를 흔들었다. 담배가 다 떨어지고 더이상 묵새길 다른 아무런 꺼리가 남아 있지 않아 뒤뜸바리 걸음으로 투벅투벅 돌아오면서야 성수는 지금 죽은 마누라를 생각하고 있다는 걸 깨달았다. 홀아비 짝불알 만지는 식으로 따진다면야 잘못이랄 것도 없건만 성수는 체머리를 흔들며 죽은 마누라의 그림자를 지우려 마음을 다잡았다.

중학교에 막 들어갔던 승원이가 군대를 다녀왔으니 벌써 여남은 해가 지난 일이었다. 처음 한두 해는 마누라 잃은 슬픔에, 서너 해부터는 외아들 바로 키울 욕심에 새장가 들라는 주위의 중신을 마다하고 살아왔었다. 그렇게 한 해 두 해 지나면서 눈앞에 아른거리기만 하던 마누라의 얼굴도 서서히 잊혀지고 끝내는 아무리 되작여보아도 희미한 그림자 하나 떠오르지 않더니 요즘 들어 이상스레 또렷해지는 건 무슨 조화인가 싶었다. 더구나 올제[來日]는 아들 때문에 들지 않았던 새장가를 아들 때문에 드는 날이었다. 아들 승원이가 새장가 이야기를 처음 꺼냈을 때 성수는 펄쩍 뛰면서 마다했다. 이제 나이 쉰이 넘어서 무슨 낙을 보냐고 했다. 그러나 승원의 고집도 대단했다. 아버지가 새장가를 들지 않으면 자신도 장가를 가지 않겠다고 했다. 그즈음 승원은 벌써부터 사귀던 아가씨와 혼담이 오가고 있던 터였다. 언제부터 일을 꾸며왔는지 성수의 각시될 사람은 그도 몇번 본 적이 있는 아들 동무의 어미였다. 아들 손에 끌려 복순이라는 각시될 사람을 만난 것이 지난 봄의 일이었다. 그 푸른 봄날, 문득, 아주 잠깐동안 죽은 마누라의 얼굴이 떠오르기는 했었다. 그리고 다시 어둠처럼 멀어지기만 했던 그림자였다. 복순과 겨우 정 들고 마음 도슬러 날 받은 지 얼마 지나지 않아 죽은 마누라의 얼굴이 그 봄날처럼, 그러나 더욱 또렷이 생각나기 시작했다. 별쭝맞은 일이었다. 하기는 나이 쉰 넘어 새장가 들면서, 남들이 보는 앞에서 결혼식을 한다는 것부터 별쭝맞은 일이긴 했다. 남우세스럽다면서 그냥 두 살림 합쳐 살면 그만이라고 했지만 새 아들 될 놈이 제 어미를 그냥 내어줄 수는 없다고 했다. 가까운 친척끼리 모여서 두더지 혼인이나 하자며 날을 받은 일이 이렇게 버르잡혀서 여러 사람들 앞에까지 서게 되었다.

할 만큼은 해왔던 날들이었다. 다시 새장가를 든다고 해도 죽은 마누라에게나 어느 누구에게도 부끄러울 것 하나 없는 일이었다. 그런데 도대체 아쉽고 그리운 그 무엇이 남아, 새장가를 하루 앞두고 죽은 마누라 생각이 머리를 헤집고 다니는 것인지, 성수는 가던 걸음을 돌려 방파제 입구에 서 있는 포장마차로 향했다.

"오메, 오메, 한참 찾았구만 우리 낭군이 예 있소이. 술동무도 없이 혼자서 무슨 술이요, 술이."

혼자 앉아 마신 소주가 어느새 두 병이 가까워올 즈음 어디서 소식을 듣고 왔는지 포장마차 안으로 들어온 복순이 성수 옆에 무람없이 앉으며 말머리를 열었다.

"아따아, 안주도 없이 술을 이로코롬 많이 자셨소…… 아짐, 여그 잔 하나허고 개지나 한 사라 주시오이. 두꺼비도 한 마리 잡아주고요."

처음 만나 서먹했던 날을 빼고는 성수보다는 오히려 그네가 한결 적극적이었다. 아들을 통해서이기는 했지만 연락도 그네가 먼저 해왔고,

성수가 이미 그네에게 정들고도 마음을 부접지 못해 우물쭈물하고 있을 때에 함께 살림을 차리자고 일의 메지를 놓은 것도 그네였다.

한달이나 지났을까, 성수와 복순은 저녁을 먹을 즈음 만나던 다른 날들과는 달리 점심시간이 한시간이나 남아 있는 이른 시간에 만나기로 약속을 했다. 찬바람이 몹시도 심하게 불던 날이었다. 시장 입구에서 약속시간이 삼십분이나 지나도록 기다렸지만 그네는 나타나지 않았다. 옷깃을 귀밑까지 끌어올려보았지만 달려드는 추위를 다 막을 수는 없었다. 혹시 길이 어긋난 것은 아닌지 몸을 잔뜩 웅크리고 뒤뚬바리 걸음으로 시장 입구를 이리저리 걸어다녔지만 그네는 여전히 보이지 않았다. 그냥 불을 쬐기가 미안해 싸디싼 귤을 한 봉지 사 들고 불을 쬐고 있을 때 저만치에서 그네가 다가왔다. 늘 곱다시 차려 입던 모습이 아닌 몸뻬바지에 눈비음도 없이 다가온 그네를 성수는 알아보지 못했다.

"많이 기다렸지라? 갑작스레 무슨 놈의 손님들이 그리도 겁나게 들이닥치는지 늦었땅게요."

그제야 그네를 알아본 성수가 뒷머리를 긁적이며 알은체를 했다.

"아니구만요. 일하다 오는갑소?"

"예…… 오메, 오메, 그나저나 몸이 다 얼어버렸소. 후딱 가십시다. 언릉 따라오시오이."

그네를 따라간 곳은 시장의 구석진 좌판이었다. 바람막이 하나 없어 몰려드는 칼바람이 획획 쇠 긁는 소리를 끊임없이 만들었다.

"지운네 누구여?"

"누구긴 누구당가, 지운네 요새 데이뜨한다더만 그 사람이구만, 안 그런가?"

"맞소, 내 신랑될 사람이요, 어떠요, 잘생겼지라?"

"얼라. 얌전한 고양이 부뚜막에 먼저 올라간다더만 언제 저런 훤칠한 신랑을 물어다 났대이?"

"참말로 누가 아니래요. 그나저나, 거 지운네는 인자 긴긴 밤에 바늘 쓸 일 없어 좋겠네이."

성수를 보고 여기저기서 묻고 놀리는 소리에 성수의 얼굴이 붉게 달아올랐다.

"아따, 저 양반 얼굴이 빨개져갖고, 꼭 아그들맨기롬. 안되겄네 인자 그만들 허야 쓰겄네."

주위에서 웃음소리가 터져나왔다. 성수가 어쩔 줄을 몰라 우물쭈물하는 사이 그네의 손이 성수를 이끌었다.

"추운디 글고만 섰지 말고 이리 와서 불이나 좀 쬐시오이. 글고 우리 인자부터는 비싼 데까정 역부러 찾아가서 뭐 묵지 말고 그냥 아무디서나 한 숟갈씩 해결합시다."

복순이 화톳불에 올려놓았던 도시락을 꺼내오면서 말했다. 양은도시락에서는 김이 모락모락 피어올랐다. 그네가 자신의 생선좌판에 앉으며 성수의 자리를 만들어주었다. 옆에서 야채를 팔던 이가 다가와 도시락을 내밀었다.

"이거 드시오, 나가 우리 지운네 낭군한테 쓰비스허는 것인께. 처음이요, 나가 이 자리서 십년이 넘게 장사를 혔지만 남정네 얘기도 않던 지운넨디……"

"장항댁은 어척헐려고 벤또를 이리 디미는가. 이 양반이야 짜장면이나 하나 시켜주믄 쓴께 장항댁이나 많이 묵소."

"우리야 옆에허고 나눠먹으믄 쓴게 걱정 말고 맛나게나 먹으랑께,

남정네가 든든히 먹으야지, 안 그려들?"

장사를 하던 사람들이 오목조목 모여들어 도시락을 나누어먹었다. 성수는 그렇게 복순의 주윗사람들에게 새신랑으로 자리잡았고 그날에야 겨우 성수의 입에서 새살림 차리자는 이야기가 나왔었다.

며칠 지나지 않아 죽은 마누라의 얼굴이 떠오르기 시작했다. 마누라 잃은 바다가 너무나도 지긋지긋해 막일로 살아오던 성수가 다시 뱃일을 하자고 마음먹으면서였다. 승원이만 아니었다면 성수는 진작에 바다가 뵈지 않는 다른 곳으로 이사를 갔을 터였다. 그런 성수가 다시 바다에서 뱃일을 해야겠다고 마음먹은 건, 어디서 어떻게 알았는지 바다보다 더한 벌이가 없다는 것을 알게 된 복순이 그동안 벌어놓은 돈과 성수가 받은 보상금을 합쳐 배 하나 장만하자는 말을 비손하듯 되풀이했기 때문이었다. 그렇다고 처음부터 성수가 배질을 다시 하리라 마음먹은 건 아니었다. 아무리 배벌이가 좋다지만 기름을 비롯해 많은 것들이 몇 갑절로 값이 올라 수지타산이 맞지 않는다, 그리고 이곳 배들이 때때로 고기씨알까지 잡아들여 말썽이 잦더니 새만금 간척사업 보상금 지급 뒤에는 이래저래 단속이 심해져 일하기도 힘들다, 차라리 다른 장사를 하는 것이 더 나을 것이라며 말휘갑만을 늘어놓았었다. 그러나 복순도 이미 알아볼 대로 알아본 뒤였다. 수지타산이 맞지 않는다는 건 먼바다에서 일하는 커다란 배들이지 이렇게 가까운 앞바다에서 조개나 잡는 배들은 아니라고 들었다. 그리고 불법이라고 해도 허가만 있으면 바다가 막히는 날까지는 그냥 눈감아주기로 되어 있다고 들었다. 또다른 장사를 하기에는 우리 둘이 가지고 있는 돈이 너무 적다며 성수를 설득했다. 둘이 가지고 있던 돈을 합치면 새 배는 아니더라도 서너 해는 끄떡없을 배를 장만하기에는 맞춤했다. 마누라를 잃은 뒤로 그 좋아하던 생선도 여간해서는 입에 대지 않던 성수였지만 이제는 다섯 식구의 가장이 되는 거였다. 아이들 모두 커서 제 살길이야 가고 있다지만 새 사람 맞이해 함께 살아가는 가장이라는 자리가 고집으로만 살 수는 없는 거였다. 그런 마음에 배를 알아보고 다니면서 자주 죽은 마누라가 떠올랐다.

"날씨가 제법 싸늘한디 예까정 뭐한다고 나왔는가, 나오기를."

"지야 당신이 예 있다는 말을 듣고 왔다지만, 참말로, 당신이야 뭐한다고 여그서 술이요, 술이…… 죽은 승원이 엄마 생각나지라?"

아무 말도 없이 가만히 앉아 있기가 계면쩍어서 지청구를 준다는 것이 오히려 동티만 붙은 꼴이 되었다. 성수는 무슨 말을 해야 할지 가슴이 답답하게 저려왔다.

"………"

"괜찮어라, 왜 생각이 안 나겠소…… 사실은 지가 당신한테 미안혀서 이런 말 안흐요. 이게 아닌디 싶음시롱 죽은 지 스무 해 다 돼가는 지운이 애비가 요 며칠 어찌나 생각나던지 당신한테 참말로 미안헙디다요. 고생만 바가지로 시켜놓고 간 사람이 뭐가 잘난 게 있다고 그리운 것인지 설운 것인지 하냥 그렇게도 보고 잪어서 사진을 꺼내놓고 실컷 안 울었소."

보고픈 그리움만은 아니었다. 얼굴도 한번 본 적이 없던 사람과 아버지의 말만 듣고 살림을 차렸었다. 가난했던 아버지는 착실하고 일 잘하는 남편에게 그네를 일찍 시집보냈다. 열아홉에 시집들어서 지운이가 다섯살 되고 둘째 지숙이를 낳은 지 얼마 되지 않아 남편은 무슨 병인지도 알지 못하는 병에 걸려 시름시름 앓다가 저세상 사람이 되었다. 남편의 이름이 김오복이었다. 아버지의 말대로였다면 복복(福

福)이 하나가 되었으니 돈이란 돈은 다 긁어모으고 오래오래 잘살아야 했다. 그러나 함께 산 지 다섯 해도 지나지 않아 남편이 앓아누우면서 병수발에 아이들 수발이 모두 그네의 몫이었다. 시름시름 앓으며 사람 구실도 못할 때는 쉽게 죽지도 않는 남편이 그렇게도 밉더니, 남편이 탁허니 숨을 놓은 뒤로는 남편 없는 게 그리 서러울 수가 없었다. 못난 사람이라고 욕도 많이 했었지만 미운 정 고운 정에 가슴이 아픈 날들이었다.

"……그러고 난께, 가슴이 팍 트인시롱 괜찮아집디다. 어찌요, 당신도 그 사람 생각나지라. 마음속에 담아두려고만 하지 말고 쐬주도 마셨응께 술김이랍시고 팍 털어버리시오. 참말이지 난 괜찮은게라."

두 사람이 앉아 데면데면한 채로 소주 한병을 비우고서야 불쑥 복순이 젖은 목소리로 말했다. 사진을 꺼내놓고 울었다는 말이 조금은 서운하기도 하면서 성수는 그네의 두름성 있는 그런 말들이 고마웠다.

"고맙네. 글고 보믄 자네가 나보다 언제나 훨 낫구만. 도무지 가슴이 답답허더구만 자네가 그리 말혀주니 내 딸보 같은 맘이 조금은 시원허구만이. 인자는 자네나 나나 죽은 사람들은 잊고 맛나게 살아보믄 쓰겠구먼. 안 근가?"

"승원 아빠! 스무 해 가까이 혼자 살아온 년이 인자사 무슨 덕을 보겄다고 요로코롬 갑작스레 당신한테 시집갈라고 허는지 아시오?"

"………"

"지가 말이요, 시장서 혼자 장사허는 년이라고 넘들이 우습게도 많이 보고, 중신도 많이 들어오고 그랍디다. 인자사 당신을 만날라고 그랬는가 다들 우습게만 보이고 그래요이. 이상허지라, 근디 우리 지운이헌테서 당신이 죽은 승원 엄마 사진 한장 없이 혼자 산다는 말을 들었을 때요, 그때 가슴이 왜 그리도 미친년 가슴처럼 울렁거렸는지 몰랐소이. 얼마나 사랑혔으면 얼마나 보고 잪었으면 외려 사진을 모다 불사렸을까, 그런 생각이 든께 당신을 꼭 한번 보고 잪웁디다. 내 애기가 우습지라……"

애옥살림이었던 터라 사진을 찍을 일이 그리 많지도 않았지만 제삿상에 올릴 사진 한장 남겨두지 않고 마누라 사진을 모두 태우긴 했다. 도저히 사진을 볼 수가 없었다. 사진을 볼 때마다 온전한 마누라가 아닌 물에 빠진 마누라가 먼저 떠올랐다. 물에 빠져 죽은 마누라를 나흘이 지나서 찾았을 때, 눈도 없고 코도 없던, 머리카락만 숭숭 남은 얼굴이 마누라의 것이라고 성수는 믿고 싶지 않았었다. 같이 작업을 나가 혼자만 살아돌아온 자신이 그렇게 미울 수가 없었다. 갑자기 거센 파도에 다른 배들과 멀어지면서 성수의 배만 파도가 쉬어간다는 은하해수(銀河海水)에 닻을 내렸었다. 겨울이 지났다지만 꽃샘추위가 기승을 부리던 날이었다. 파도가 잠잠해지기를 기다리며 선실에서 잠이 들었다. 몸을 흔드는 손길에 잠자리에서 일어났을 때는 넘어진 석유난로에서 옮겨붙은 불이 배를 한참이나 잡아먹은 뒤였다. 아무리 물을 뿌려도 불길은 잡히지 않았다. 사람 살리라는 소리를 아무리 외쳐보아도 파도소리뿐 다른 아무런 메아리도 들을 수 없었다.

여보, 인자인자 어쩌허믄 좋다요? 여보, 승원 아빠. 말 좀 해보시오, 예. 말 좀 하랑께요. 이대로 있다가는 배가 다 가라앉게 생겼잖아요. 어찐다요, 참말로 참말로 어찐다요?

니미 씨발. 니미 씨발. 긍께 꿈자리가 뒤숭숭허다고 오늘 같은 날은 나오지 말잖께, 썩을놈의 여편네가 기어이 일을 저지르는구만, 니기미.

사람 살려, 사람 살려······

사람 살려, 사람 살려······

두 사람의 갈라지고 힘없는 목소리가 바다를 향해 울부짖었다. 더이상 견딜 수가 없었다. 한벌밖에 없는 구명복을 마누라에게 입히고 성수는 널빤지 하나를 잡고 바다로 뛰어들었다. 어디서 배가 오기를, 불길을 보고 무슨 일인가 에멜무지로라도 달려와주기를. 그러나 그 거센 파도를 헤치고 이곳까지 나타날 배는 없을 듯싶었다. 마주잡은 두 사람의 손에서 힘이 점점 풀려나갔다.

손 놓지 말어이, 손 놓으면 죽는 것인께. 알았지······ 왜 말이 없는 것이여. 누가 올 것이구만, 꼭 올 것이구만.

여보, 저그 말여요. 나 죽으믄 우리 승원이 잘 키울 수 있지라, 남들한테 기죽지 않게 키울 자신 있지라?

이놈의 여편네가 미쳤나. 니미, 죽긴 어찌 죽는다고 그러는 것이당가!

소리를 버럭 질렀지만 성수는 점점 자신이 없어졌다. 실낱 같은 바람을 가져보지만 의식은 시나브로 약해졌다. 몸이 추위에 꽁꽁 얼어갔다. 두 사람의 손이 스르르 미끄러져 나가면서 가물거리던 정신이 번쩍 들었다. 마누라는 벌써 저만치 파도에 휩쓸려 떠내려가고 있었다.

어이, 어이, 정신차려. 정신차리랑께.

헤엄쳐 잡고 싶었지만 굳은 몸이 쉬 움직여주질 않았다. 다섯 걸음쯤 헤엄쳐 나아가다가 성수는 다시 널빤지 쪽으로 몸을 돌렸다. 마누라를 잡으려다가는 자신이 먼저 저승길에 오를 것만 같은 생각이 머릿속에 들이닥쳤다. 무서웠다.

햇살이 따갑게 눈을 비집고 들어왔다. 눈을 비비며 주위를 둘러보았다. 파도에 헤어졌던 마을사람들 몇이 보였다.

살았소. 살았당께. 어이, 성수 괜찮은감.

성수는 어렵게 고개를 끄덕이다가 마누라 생각에 소리를 질렀다.

그 사람, 그 사람은 어찌됐다요?

못 찾았구만, 지금 딴 배들이 모두 찾고 있지만……

아니여. 아니당께요. 태호성님, 우리 그 사람 좀 찾아주시요. 그 사람 말이요.

어이 성수, 진정하소. 지금 다들……

니기미, 진정이고 뭐고 그 사람 찾아내란 말여! 이 씨발년놈들아 나도 죽이던지, 아니믄 그 사람 찾아내란 말여……

어디서 그런 힘이 나왔는지 자신도 모르는 일이었다. 성수의 눈이 하분하분 젖어갔다.

"오메, 오메, 나가 괜한 말을 혔는갑소이. 어찌 남정네가 그리 쉽게 눈물을 보인다요. 그렇게 보고 잡으요?"

"그, 그거이 아니고이. 눈에 뭣이 들어갔는가……"

"괜찮구만요. 근디 오늘만이요. 지도 오늘 그 사람 사진 태웠응께, 승원 아빠도 낼부터는 승원 엄마 생각하기 없구만요. 아니요, 인자 나가 승원 엄만게 나를 생각허믄 쓰겠구만요. 안 그요. 긍께 지 술 한 잔 받으시오이. 글고 지가 승원 아빠 바닷것 안 묵는 거 알면서도 개지를 시켰소. 인자 잊으라고요. 새로 시작하자구요. 약속허지요?"

"알겠구만, 알겠어이…… 됐네. 넘사스럽게, 나가 먹으믄 쓴디, 됐당께…… 왜 그런디야."

젓가락으로 키조개를 집어 성수의 입안에 넣어주려던 복순이 하던 짓을 멈추고 입구 쪽을 바라보았다. 거기에는 승원과 지운, 지숙이 서 있었다. 둘의 모습이 얼마나 남우세스럽게 보였을까. 성수는 계면쩍은 마음에 헛기침을 하며 그들을 불렀다.

"흐음, 흐음, 글고만 섰지 말고 들어들 오거라이. 어여 이리 와서 이 아저씨가 주는 술 한잔 받어봐이."

"아저씨가 어디 있어요. 아버지만 있구만요. 오빠, 안 그래요?"

지숙이 다가오며 성수에게 귀염을 떨었다. 스스럼없는 그들이 한없이 고마웠다.

"우리 노래방 갈거나? 우리 아그들하고 이 아빠, 엄마하고 누가 더 노래 잘하나 시합 한번 어뗘?"

포장마차를 나온 다섯 식구가 가까운 노래방으로 가기 위해 지운이 몰고 온 차에 올랐다. 깊은 어둠을 뚫고 불빛이 힘차게 달려나갔다.

방학이라 쪽문만 열어놓던 선연초등학교는 오랜만에 교문을 활짝 열어놓았다. 자전거를 타고 오거나, 차를 타고 오거나, 혹은 걸어온 사람들이 열린 교문을 지나 햇살 말갛게 떨어지는 운동장을 가로질러 건물 안으로 들어섰다. 사람들이 멈칫멈칫 신발을 벗어든 복도 입구에는 김성수 최복순 결혼식장이라는 글 밑에 신발은 벗어주세요,라는 안내문이 씌어 있다. 결혼식은 평소에 삼학년과 사학년을 가르치다가 졸업식이나 입학식 때에는 두 개의 교실을 하나로 합쳐 사용하는 임시 강당에서 치르기로 했다. 시내에 알 만한 결혼식장에서 헌 사람들이 식을 올리기는 아무래도 남우세스럽기 그지없을 것만 같았다.

새 양복을 말끔히 차려입은 성수는 방망이질치는 가슴을 달래려 어색한 웃음을 지으며 사람들에게 인사를 나누고 있었다. 승원이를 낳

116

왔던 아내가 있었지만 그네와는 그저 샘물이 담겨 있는 양은밥그릇을 앉은뱅이상 위에 올려놓고 맞절 한번으로 가시버시의 인연을 맺었었다. 애옥살림에 쪼들리던 그때부터 지금까지 성수에게 결혼식은 그저 남의 일일 뿐이었다. 그런 결혼식을 나이 쉰 넘어 올린다는 것이 성수의 가슴을 방망이질치게 했다.

"아따, 좋긴 좋은가배요이. 거 성수성님 혜실바실 하냥 어쩔 줄을 모르요. 자 인자 들어들 갑시다. 곧 시작헌다요."

식이 시작되면서 자리를 차지하지 못한 사람들이 우세두세 몰려다니며 좁은 강당은 금세 북새통이 되었다.

"아따, 아따, 조용히들 하랑께요들, 글케 떠들어싸믄 신랑이 못 오잖으요…… 자, 글믄 인자 신랑 입장이 있겄소. 신랑 입장."

피아노에서 흘러나오는 행진곡보다 빠른 걸음으로 성수가 사람들 사이를 지나 단상 앞에 이르러 뒤를 돌아보았다. 붉은 한복을 곱다시 차려입은 복순이 고개를 숙이고 서 있었다. 그네의 볼에 눈물이 흘러내리고 있었다. 성수와 마찬가지로 그네 또한 지난날에 결혼식을 하지 않은 터였다. 옷고름으로 눈물을 닦아보지만 눈물은 쉬 멈추지 않았다. 그네의 손을 잡고 서 있는 지운이 복순을 향해 조그마한 목소리로 말했다.

"아따 엄니 또 운다요. 웃으셔라, 좋은 날인디요."

그제야 그네도 고개를 들어 아들을 바라보며 어색한 웃음을 흘렸다.

"자, 글믄 인자는 신부 입장입니다. 여러분들이 큰 박수를 보내주셔야 쓰겄네요. 지금 신부가 부끄러워서 저렇게 고개만 숙이고 있은께요. 신부 입장."

복순이가 아들 손을 잡고 서서히 성수가 서 있는 단상을 향해 걸어갔다. 박수소리, 휘파람소리가 벌떼소리처럼 복순의 귓속을 윙윙윙 날아다녔다. 창으로는 맑은 햇살이 스며들고 있었지만 복순에게는 모든 것들이 분홍빛으로만 보였다. 아들의 말대로 울지 말아야지, 생각하면서도 왜 그렇게 청승맞게도 눈물이 계속 흘러내리는지 복순은 고개를 들 수가 없었다. 옆에 있던 아들이 복순의 손을 꼭 잡아주었다. 그때 폭죽 터지는 소리가 들리면서 복순의 머리 위로 오색끈이 떨어졌다. 복순이 놀라 주위를 둘러보았다.

"아따, 거 누구요? 그거는 둘이 퇴장을 할 때에 터치는 거인 디……"

"니미 아무 때믄 어쩐단가. 제수씨가 부끄럼을 타서 고개를 못 드는 디 나가 조금 놀래켰구만. 그나저나, 제수씨가 참말로 미인이구만."

"맞소이. 근디 아버지가 딸을 주는 거이 아니고 아들이 엄니를 넘겨주네. 어이 성수, 잘흐야 쓰겄네. 각시한테 잘못하믄 저 힘 좋게 생긴 아들한테 낭패를 당하겄구만."

"몇살인디 저리 곱디야, 영락없이 새색시구만."

여기저기서 놀리는 말, 다독거리는 말들이 한마디씩 터져나왔다. 그제야 복순은 눈물이 흐르는 얼굴을 들어 앞을 바라보았다. 씩씩한 모습으로 성수가 투벅투벅 걸어나와 복순의 손을 잡았다. 손에 힘이 들어 있었다. 눈물이 조금씩 조금씩 멈추는 것만 같았다.

죽는 날까지 신부 최복순만을 사랑하겠습니까? 예. 커다란 목소리가 울리고 다시, 죽는 날까지 신랑 김성수만을 사랑하겠습니까? 예. 성수보다 한결 큰 목소리로 복순의 목소리가 흘러나왔다.

예, 안녕하십니까? 제가 이곳 면장으로 있으면서 많은 사람들의 주례를 서보았지만 오늘같이 떨리고 흥분되고 기쁜 날은 처음입니다.

에, 여기 오늘 새로운 출발을 다짐하는 사람들은 여러분들도 잘 아시다시피 이미 인생의 여러 날들을 다른 사람과 함께 살아왔던 사람들입니다. 그런 두 사람이 이제 지난 아픈 과거를 잊고 새로운 날들, 에, 그리고 영원히 아름다운 날들을 위해 여러분들 앞에 섰습니다……그러니까, 에, 어떠한 어려움이 있더라도 두 사람이 믿음과 소망과 사랑으로 앞날을 헤쳐나가리라고 믿으며……

결혼식이 끝나고 사람들은 강당을 나와 학교 급식실로 앞서거니 뒤서거니 향했다. 그곳에서 식사를 대접하기로 되어 있었다. 사람들에게 인사를 하고 밥을 먹으면서 성수도 복순도 겨우겨우 마음을 가다듬을 수가 있었다. 정신없는 하루였다. 생각보다 많은 사람들이 와서 안 그래도 좁기만 한 강당은 더욱 북적거렸고 떨리는 마음에 결혼식도 엉망이었다. 한숨이나 돌리자며 성수가 복순에게 맥주잔을 권할 즈음 무슨 까닭인지 창가에서 싸우는 소리가 들려왔다. 사람들이 한결같이 창쪽을 바라보았다. 말갛게 떨어지는 햇살 사이로 눈이 내리고 있었다. 운동장 끝에 늘어선 나무에는 눈이 제법 쌓여 있었다. 햇살을 받은 눈들이 은빛을 그리며 마음껏 하늘을 헤엄치며 날아다녔다.

"니미, 야 이 씨발넘아. 몇번을 말허야 알아듣겄냐. 분명히 여우가 장가를 가는 날이랑께."

"야이 이눔아. 여우가 시집가는 날은 있어도, 여우가 장가가는 날이 어디 있다냐. 호랑이가 장가가는 날이지."

"장가든 시집이든 분명히 여우랑께, 이 새끼야."

"어쭈 이 새끼 보소. 어디다가 삿대질이여, 삿대질이. 야 이 씨발눔

아. 여우비란 말도 못 들어봤냐. 긍께, 이눔아 여우는 비고이, 호랑이는 눈이라 이 말이여, 이 무식헌 놈아. 긍께 오늘은 호랑이 장가가는 날이고. 니미, 무식헌 놈이 아는 체는, 진장할."

얼굴이 불콰하게 달아오른 두 사람은 금방이라도 주먹질을 할 듯이 종주먹을 서로의 얼굴에 들이밀며 뒵들이에 한창이었다. 두 사람을 바라보던 복순의 얼굴에 슬몃 웃음꽃이 피어올랐다. 복순도 어려서 그런 이야기를 들어본 것도 같았다. 햇빛이 맑게 떨어지면서 눈이 내리는 날은 호랑이가 장가가는 날이라는.

"오메, 오메, 그만들 허시오. 아, 우리 낭군이랑, 나랑 시집들고 장가가는 날이지 호랑이믄 어떻고 여우믄 그거이 도대체 무슨 상관이요. 그게 정 중요하믄 나가 마흔여덟 호랑이 띠게 오늘은 아무래도 호랑이가 시집가는 날인갑소. 그렇게 해버립시다. 돼았지라. 긍께, 그만들 허고 이리 와서 술이나들 드시오이…… 오메, 뭐흐요, 후딱 사과들 허고 이리 와서 술 받으랑께요. 새색시 부끄럽구만."

복순의 말에 싸움을 멈추고 한동안 무르춤하던 두 사람이 복순과 성수의 자리로 다가와 함께 술잔을 받았다. 여우가 장가가는 날인지 호랑이 시집가는 날인지 창밖에는 햇살을 받은 눈송이들이 여전히 송송송 은빛을 그리며 날아다녔다.

──『현대문학』 1998년 4월호

뿌리 없는 나무

청명(淸明)이라 하늘이 높고 맑은 것이 틀림없는 봄이었으나 어찌
된 것이 비루먹은 강아지처럼 봄기운은 다 쓸려 사라지고 여름이 벌
써부터 맨살을 보이고 나앉은 것 같은 그런 며칠이었다. 그렇다고 해
도 바람은 여전히 겨울을 담고 있어서 그늘에 앉아 있기에도 햇볕에
앉아 있기에도 마뜩찮은 그런 요상한 봄이었다. 도무지 마음에 들지
않는 빌어먹을 날씨를 탓하며 한 곳에 가만히 묵새기지 못하고 햇볕
에서 그늘로, 그늘에서 다시 햇볕으로 옮겨다니던 광팔이영감 입에서
밭은기침이 쏟아졌다. 쿨럭거림이 잦아들면서 헉헉거리는 숨결을 다
잡은 광팔이영감은 드레없이 움직이던 걸음걸이를 멈추고 가까운 건
물 벽에 등을 기대고 앉았다. 판장 지붕에 걸친 햇살로 반은 햇볕이고
반은 그늘인 그런 자리였다. 햇볕과 그늘을 한꺼번에 느끼며 광팔이
영감은 그제야 겨우 만족한 표정으로 바다를 바라보았다. 간척사업

때문에 검게 죽어가는 갯벌 위에는 그 많던 갈매기도 이제 몇 마리 보이지 않았다. 새 떠난 자리에 아직 바다를 버리지 못하고 남아 있는 배들만 앞서거니 뒤서거니 들물을 타고 들어올 뿐이었다.

햇살이 시나브로 바로 서면서 광팔이영감은 햇볕 속에 드러난 몸을 다시 그렇게 반만 그늘 속에 숨기려고 엉덩이를 땅에 붙인 채 그늘을 따라 배칠배칠 움직였다.

"아이구, 아저씨도. 바닥도 차겄구만 미쳤다고 꼭 무슨 똥 지린 애들모냥 몸을 뒤틀고 앉아 계신다요? 지금 우리집서 판 났은께 어여 오랍디다."

광팔이영감이 또다시 멀어진 그늘 쪽으로 몸을 움직이며 담배에 불을 붙여 물었을 때였다. 고개를 돌리지 않고도 목소리의 임자가 청주댁이라는 것을 알 수 있었지만 그네의 무람없는 말본새에 광팔이영감은 부러 모르쇠를 떨며 앉아 있었다. 그러나 마음은 벌써 벌어진 판에 달려가 있던 터라 스스로 몽니난 마음을 접어야 했다.

"그려, 누구누구 왔던감?"

"누구랄 것이 뭐 있간디 그란다요. 만날 보는 그 상판대기들이지. 허여튼 어여 오시오이. 나가 조개 무쳐놨은께."

"아따, 그랑가. 조개를 무쳤어…… 근디 무슨 조개여? 어디 손이라도 온다던가?"

벌떡 일어선 반가움에 달뜬 목소리로 말을 받던 광팔이영감이 괜스레 무안한 마음을 감추려 하지 않아도 좋을 말들로 목소리를 낮췄다.

"혼자 사는 늙덩이 과부 찾아오는 넋두리도 있답디까. 어제 아저씨가 조개 묵고 잪다고 혀서 나가 하냥 무쳐봤소."

애어른 할 것 없이 내뱉는 걸걸한 말투에 한두마디 타박을 놓을 만도 하건만 사람들이 청주댁을 향해 눈이나 한번 흘기고 마는 까닭은 바로 그런 헙헙한 행동거지와 푸진 인심 때문이었다. 광팔이영감도 마음속에 남아 있던 몽니를 금세 풀어버리고 청주댁을 향해 해죽거렸다.

봄을 타는 것인지 입맛이 통 없던 광팔이영감이 요 며칠 앞부터 갑작스레 먹고 싶던 것이 조개무침이었다. 간척사업 때문에 마을 인심이 개떡같아지긴 했어도 그나마 조개 인심은 남아 있어서 언제라도 먹고 싶을 때 먹을 수 있는 것이 조개였으나, 조개무침이라는 것은 또 그렇지가 못했다. 일일이 다 까고 다듬어 끓는 물에 살짝 데친 조개를 식초와 갖은양념으로 무쳐 먹는데, 그만큼 손이 많이 가는 음식이어서 요즘처럼 바쁜 철에는 쉽사리 먹을 수 있는 것이 아니었다. 그런데도 광팔이영감의 머릿속에서 조개무침 생각은 영 달아날 줄 몰랐다. 며느리 손이라도 좀 빌리면 나으련만 선돈을 떼어먹고 도망간 뱃동사 자리를 메우느라 늘 파김치가 되어 있는 며느리를 보면서 조개무침이 먹고 싶다는 말이 도무지 입에서 떨어지지가 않았다.

생각도 병처럼 깊어지는 모양이어서 시난고난 깊어진 조개무침 생각에 그나마 남아 있던 입맛도 잃어버리고 눈자위가 퀭하게 들어갈 지경이었다. 그러던 차에 술자리에서 푸념처럼 조개무침이 먹고 싶다고 말했던 것이 어제 늦은 저녁이었다.

"야, 이놈아. 어디 초상 났냐. 한숨은 왜 자꾸 쉬고 그려?"

"글고 본게 요즘 아저씨 얼굴이 영 안 좋소이. 참말로 무슨 일이라도 있다요?"

"일은 무슨 일이당가? 그냥, 뭐…… 근디 청주댁, 청진옥에 뭐 특별 안주 같은 거 없남? 왜, 조개무침 같은 거 말여. 그거이 요즘 참말로 맛날 땐디 말여이."

"아저씨도, 나가 그거 무칠 시간이 어디 있다요."

"광팔이, 너 이놈. 이거 인자 본게, 솔솔 바람드는 마누라 젖가슴이 그리운 모양이구나. 왜, 계수씨가 조개무침은 똑소리나게 무쳤잖여."

"야, 이놈의 촐랑아. 죽은 내 마누라가 으찌 너한테 계수냐, 이놈아. 형수님도 한참 큰 형수님이지. 하여간 저놈 싸가지 없는 거는……"

언거번거 말휘갑을 쳐보았지만 마누라 생각이 없었던 것도 아니었다. 아니, 따지고 보면 마누라 손맛이 그리운 것인지도 모를 일이었다. 하긴 조개무침이 먹고 싶다며 부러 찾아오는 손님이 있을 정도로 마누라는 다른 건 몰라도 조개무침 하나는 똑소리나게 무쳤던 터였다.

염치도 없이 청주댁을 뒤쫓는 광팔이영감의 걸음걸이가 진둥한둥 바빠졌다. 청주댁의 조개무침 솜씨라면 죽은 마누라와 크게 다르지 않았다. 청주댁에게 조개무침을 가르쳤던 이가 바로 마누라였다.

한 여남은 해나 지났을까? 스무 해가 더 지났을까? 세월이 이렇게 먼 강을 껑충 건너기 앞에 아직 젊었던 청주댁은 이사온 지 서너 해가 지나도록 뱃머리에 몇번 나오지 않은 수줍은 아낙이었다.

태풍 때문이었을까? 용왕님 전에 치성을 드리지 않은 까닭일까?

석구는 새 배를 장만하고도 용왕님께 작은 치성도 드리지 않았다. 교회를 다니기 때문이라고 했지만 좀 유별난 구석이 있다며 사람들은 소곤거렸다. 그러나 사람들의 염려와는 달리 한 달 두 달이 지나고 서너 달이 더 지나도록 석구의 청진호는 아무 탈 없이 배 한가득 조개를 싣고 돌아오곤 했다.

그리고 사람들의 소곤거림이 잦아들 무렵 태풍이 찾아왔다.

먼바다에서부터 쿠루룽싸아아 용울음소리로 다가오던 태풍은 하필이면 백중사리를 만나 해일로 몰아닥쳤다. 바닷빛도 하늘빛도 내리치는 번개 속에서 잠깐씩 하얗게 날을 세울 뿐 검게 잠들어 있었다. 마침내 커다란 해일이 부두를 때리기 시작했다. 파도가 쌀뜨물처럼 하얗게 부서지면서 부두에 단단히 묶였던 배들은 서로 어깨를 들썩이며 삐그덕거렸다. 고개를 잔뜩 지르숙이고 바람을 견디며 퍼붓는 빗줄기를 고스란히 맞고 서 있던 사람들이 손에 들고 있던 음식을 바다에 던지기 시작했다. 시루떡을 던지는 사람도 있었고 막걸리를 뿌리는 사람도 있었다. 부침개를 던지는 사람, 참외를 던지는 사람, 고깃점을 던지는 사람, 소주를 병째 던지는 사람. 맞바람 때문에 음식들은 멀리 나아가지 못하고 바로 발 앞에 떨어졌다. 음식을 던지고 바다에서 멀찍이 물러선 사람들은 두 손을 가지런히 모아 바다를 향해 비손을 하기 시작했다. 비바람은 사람들을 흔들었고 목쉰 가락은 바람을 따라 이어졌다.

용왕님네 용왕님네 이제 그만 잠을 깨소, 이제 그만 잠을 깨소. 잠 깨어서 잠 깨어서, 어둠 세상 몰아내고 성난 청룡 몰아내고, 잠 깨어서 잠 깨어서……

그러나 파도는 누그러지지 않고 오히려 그 기세를 더해갈 뿐이었다. 무슨 까닭인지 머리를 잔뜩 풀어헤친 비바람 속에서 갈매기 몇 마리만 위태로운 날갯짓으로 퍼덕였다.

찬물때[滿潮]가 되면서 해일은 한결 더 커져만 갔다. 용왕님은 끝내 일어나지 않으려나? 비손을 멈춘 사람들은 이제 비바람 속에서 바다가 하는 양을 바라볼 뿐이었다. 쿠루룽싸아아, 다시 한번 먼바다에서 커다란 용울음소리가 들리더니 배들의 삐그덕거림도 거세지고 마침내 시련의 시작이라도 알리는 듯 선실을 덮은 천막이 찢겨져 하늘로 솟아올랐다. 그리고 다시 한번 싸악싸악 쿠루룽싸아아, 더욱 커진 용울음소리 들리더니 먼바다에서부터 다가오는 산처럼 커다란 해일.

뚝이 터졌다, 뚝이 터졌다.

누군가의 다급한 외침이 비바람소리에 섞여들었다.

석구가 소식을 듣고 고개를 넘어 내처 달려왔을 때는 이미 방파제를 무너뜨린 해일이 몇척의 배를 더 집어삼킨 뒤였다.

순식간에 벌어진 일이었다. 다급한 외침이 채 잦아들기도 전에 다시 한번 몰아닥친 파도가 방파제 안쪽에 묶어놓은 배들에 달려들었다. 서너 번의 해일이 더 달려드는 동안 오래되고 낡은 배 한 귀퉁이가 부서지면서 균형을 잃은 배들이 하나둘 바다에 잠기며 파도에 휩쓸렸다. 그러나 거친 파도 앞에서 사람들은 어떤 분노의 몸짓도 어떤 절망의 몸짓도 할 수 없었다. 처마밑으로 떨어진 제비새끼 같은 얼굴을 하고 발을 동동 구르며 그저 멍하니 바다만 바라볼 뿐이었다. 까침바우 사람들에게 바다는 으레 그런 것이었다. 삶의 젖줄이면서 동시에 죽음의 그림자이기도 한 바다. 한없이 베풀다가는 불쑥 몰아치는 그악스런 시련. 그 끝없는 순환 속에서 사람들은 바다와 더불어 살아가는 길을, 이웃과 함께 아픔을 견디며 살아가는 길을, 반딧불이는 어둠속에서야 비로소 제 이름을 밝힌다는 것을 흐르는 핏속에 담아 기억했다.

그러나 아픔을 견디며 별이 되기에 태풍이 만들어놓은 어둠은 너무 깊기만 했다.

"아따, 광팔이 그 녀석 잘도 처먹는다. 아무래도 말여, 청주댁이 광팔이한테 맘이 있는 갑써."

"그거이 또 뭔 소리여?"

"아, 생각들 혀봐. 안 글면 술자리서 벌로 한 소리를 듣고 새벽부터 조개를 깐다, 무친다, 그 난리를 폈겄냐, 이 말이여?"

"그러고 본게 그러네이. 글믄 청주댁 눈빛 은근한 게 나가 아니고 광팔이여. 나 참, 헛물 켰구만. 근디 이놈의 광팔이가 광이나 팔 줄 알지, 다른 것은 영 힘 떨어진 거시긴디 뭐가 좋을 거나이?"

"이놈들이 인자 노망이 들었냐? 김대중이가 박정희 잘났다고 지랄을 떨었쌌더만, 아침부터 그 똥줄을 삶아 처먹었냐? 웬 미친 잡소리들이여. 청주댁 알믄 욕이나 바가지로 얻어처먹지 좋을 것 없을 틴께, 입 다물고들 술이나 처먹어라이."

농담으로 던지는 소린지 알면서도 나이 칠십이 넘어 사람들 입에, 그것도 남녀간의 문제로 오르내린다는 것이 아무래도 남우세스러워 광팔이영감은 다른 영감들을 타이르려 들었다. 그러나 손 떠난 화투장 모양으로 화투판 농지거리는 쉽게 멈추지 않고 조개무침과 함께 좋은 술안주가 되어 사람들 입에 오르내렸다.

"아따 거. 얼굴은 빨개지면서 좋으면 좋다고 허지 뭔 잔소리가 그렇게 심허냐."

"그려, 좋은 게 좋은 거라고. 근디, 광팔아! 어찌 좋지야? 가슴에 손은 담가봤냐?"

"지미, 이 쌍판때기들아. 내 가슴이 무슨 새만금 공사판이여? 돌덩이 던지듯 손목아지를 풍덩풍덩 담그고 지랄들 허게. 이놈의 영감탱이들, 봄날 하는 짓거리들이 불쌍타고 읊는 시간 쪼개서 조개 무쳐 술 처묵였더만 뭔 개풀 뜯어먹는 소리들을 허고 자빠졌디야."

어느새 다가왔는지 청주댁의 앙칼진 목소리가 자우룩하던 담배연기를 헤집고 날아다녔다. 그제야 흐물흐물 웃는 얼굴을 하고 광팔이 영감을 놀리던 영감들은 말꼬리를 감추고 흥뚱항뚱 서로의 눈치를 살폈다.

한동안 청주댁은 분을 삭이지 못하고 식식거렸다. 그저 웃어넘기던 다른 날과는 무엇이 달라도 다르다는 것을 깨달은 영감들은 어떻게든 달래보아야 한다는 걸 알고 있었다. 그러나 청주댁의 시퍼런 서슬에 누구 하나 나서지 못하고 여전히 무르춤히 앉아 화투장만 만지작거릴 뿐이었다. 다행히 광팔이영감이 일의 메지를 놓았다. 밥그릇에 따른 소주를 단숨에 들이켜고는 조금 남은 조개무침을 허발하듯 먹어치운 광팔이영감이 집게손을 만들어 이 사이에 낀 찌꺼기를 끄집어내며 화투판을 한번 쓱 훑어보더니 그중 돈뭉치 두둑한 두 곳에서 만원짜리 한 장씩을 고릿돈과 함께 청주댁에게 내밀었다.

"청주댁, 이 싸가지 없는 놈들한테 술값 받았는가? 아따, 나가 오늘 우리 착하고 이쁜 청주댁 땜시 소원풀이 다 혔구만. 한포국헌이 잘 먹었네이. 다른 안주 먹을라면 더 비쌀 거인디, 이거 안주값하고 술값하면 좀 작겄구만…… 음마, 그나저나 술이 다 떨어져부렸네이. 소주나 한병 더 갖다 주소."

"………"

"뭐헌단가? 아따 거, 팔 아프구만. 어여 이 돈 받고 소주나 한병 주소."

슬그머니 다가가 청주댁 손에 돈을 쥐어주는 광팔이영감의 얼굴에 웃음이 흥건했다. 마지못한 듯 돈을 챙기는 청주댁의 얼굴에도 작은 너털웃음이 한줄기 스치고 지나갔다.

"나, 원 참. 나가 이놈의 돈 받자고 이러는 것은 아닌디…… 하여간

이놈의 영감탱이들 담부터 그딴 농지거리는 입에 담지도 마시오, 예. 알겠소?"

"그랴, 그랴, 인자 우리들이 그런 소리 또 하겠는가, 어림없지. 안 그려들?"

처음 광팔이영감에게 농을 걸었던 영감이 그렇게 말하자 다른 영감들도 하나둘 미안하다거나 잘못했다는 말을 보탰다. 나이로 따지면 자식 같은 청주댁에게 영감들이 그렇게 사족을 못 쓰는 것은 청주댁이 꾸리는 청진옥이라는 작은 술집 때문이었다. 자식들 눈치 보지 않고 모여앉아 심심풀이 화투를 치거나 장기를 두기에 그만한 곳이 없었다.

"아따, 오늘 본게로 청주댁 성깔도 보통이 아니구만이."

"누가 아니랴. 참말로 요즘참에 뭔 일이 있남. 그나저나 이놈 광팔아, 따지도 않았구만 왜 하필이면 내 돈이냐."

"왜, 다시 뺏어다 주리. 야 이놈들아, 니놈들은 오늘 나 때미 그나마 그쯤으로 끝난지나 알어라이. 그만하랄 때 그만뒀음 좀 좋아이."

"그려 알았다 알았어. 근디 광팔이 너 안 낄래? 와서 광이라도 좀 팔어보지 그라냐."

"배 들어올 시간인디…… 며느리도 나갔는디 좀 나가봐야지 안 쓰겄냐. 그럼 나 갈란다."

"아따, 니가 언제부텀 뱃일에 그리 신경을 썼다고 그러냐, 이리 오래도."

"돈 없어야."

"니미, 지랄이다. 요 며칠간 니놈 계속 광 팔어서 몇만원씩 챙긴 거 까침박 사람이믄 다 아는디 그 지랄이냐. 그 돈으로 술값 한번 안 내

드만. 거 잔소리 말고 어여 오랑게. 사람이 넷인게 재미가 통 없어야."

"돈 없대도 자꾸 그런다이. 글믄 배 들어오는 거 보고 올 텡게 놀고 있거라들."

능청을 떨긴 했어도 돈을 챙겼다는 소리에 광팔이영감은 마음속 켕기는 구석이 없지 않았다. 요 며칠, 화투판에 직접 뛰어들기보다는 광이나 팔고 고릿돈이나 뜯으며 꼬박 몇만원씩 챙기긴 했었다. 그렇다고 해도 주머니에 돈이 없다는 건 거짓이 아니었다. 동무놈 말마따나 술값 한번 안 내고 모은 돈은 그때그때 수협에 저축을 하던 터여서 손에 든 돈은 몇백원이 전부였다. 아침에도 어젯밤 베개 속에 꼬불쳐둔 돈을 꺼내들고 수협 문 열 시간을 기다려 다녀왔다. 통장을 새로 만들고 돈이 생기는 대로 꼬박꼬박 몇천원이건 몇만원이건 넣어온 것이 벌써 열흘이나 지나 이제는 그나마 버릇이 들었지만 처음에는 여간 쑥스러운 것이 아니었다. 자신이 배에 오를 때는 마누라가 그 일을 했었고, 마누라 죽고 아들에게 배를 물려준 요즘은 아들 내외가 그 일을 하는 터여서 이 마을에서 한평생을 살았지만 수협이라고는 그때가 처음이었다.

부두로 향하던 발걸음을 잠시 멈추고 안주머니에 손을 넣어 통장을 꺼내보았다. 이십만원이 조금 못되는 돈이 그 안에 들어 있다는 생각을 하자 마음이 푸근해왔다. 빠르면 사나흘, 늦어도 일주일 안에 원하는 삼십만원이 다 모여질 터였다.

삼십만원이면 그렇게 뻗대던 촐랑이영감의 코를 납작하게 만들 수 있는 돈이었다. 며칠 앞부터 촐랑이영감이 서울 사는 아들 자랑을 해가며 거들먹거리는 꼴이 그렇게 아니꼬울 수가 없었다. 그날도 여느 날처럼 청진옥에 화투판이 벌어졌다. 화투판이 한참 달아올랐을 때 갑자기 전화벨이 요란스럽게 울렸다. 청주댁은 뱃머리에 나간 터여서 광을 팔고 앉아 화투판을 구경하던 광팔이영감이 술청에 있는 전화기 곁으로 엉금엉금 다가가 수화기를 들었다. 그러나 아무런 말도 들리지 않고 전화벨소리만 여전했다. 그때 방안에서 화투를 치던 촐랑이 영감이 주머니에 손을 넣어 손전화기를 꺼내들고 큰소리로 지껄이기 시작했다. 영감들의 눈이 다들 촐랑이영감에게로 쏠렸다.

"나 전화왔는갑다. 여보시요. 이병주올시다…… 오냐, 그려그려. 바쁜디 전화는 뭐헌다고 자꾸만 허고 그러냐이…… 아믄 잘 들리고말고, 아주 좋구만이…… 아따 거 나 걱정 말고 너그들이나 잘 지내거라이…… 그려 글믄 나가 쪼까 바쁜게 이만 끊을란다."

"아따, 촐랑아. 그거이 뭣이다냐?"

"곰탱이 니는 저것도 모르냐이. 저거이 휴대폰 아닌갑여."

"니미 누가 휴대폰을 몰라 그러냐. 저게 젊은 놈 손에 없고 다 늙어 빠진 촐랑이 손에 있은게 하는 소리지."

"아따, 그놈들 뭐 이딴 것 갖고 야단을 떨고 그런다냐이. 서울 사는 우리 아들 안 있냐. 나가 괜찮다 괜찮다 혀도 기어이 이거를 하나 사주더랑께. 근디 좋긴 참말로 좋더만이. 서울에는 늙은이들도 다들 하나씩 가지고 댕긴다는디……"

그뒤로 촐랑이영감은 전화벨이 울릴 때마다 아들 자랑을 해가며 거들먹거렸다. 광팔이영감이 수협을 찾은 것은 그러고 며칠이 지나지 않아서였다. 적은 돈이었지만 한푼 두푼 늘어나는 재미가 쏠쏠했다. 통장을 바라보던 광팔이영감의 발걸음이 가벼워졌다.

가벼워진 마음은 그러나 오래 지나지 않아 다시 솥뚜껑처럼 무거워졌다.

판장을 얼마 남겨두지 않은 곳에서였다. 빠득빠득 싸우는 소리가 광팔이영감의 귓속으로 와락 달려들었다. 간척사업이 시작되고 마을 인심이 개떡같아지면서 이곳저곳에서 심심찮게 싸우는 소리가 들려, 이제 싸움소리도 귀에 익었던 터였다. 그런데도 앙칼진 소리가 귀에 거슬리는 것은 그 속에 며느리의 목소리가 섞여 있던 까닭이었다.

싸운다기보다는 한 사람이 일방적으로 여러 사람에게 둘러싸여 당하고 있다고 해야 옳았다. 며느리였다. 무슨 잘못을 했는지 며느리는 해영호 여자와 성일호 여자를 비롯한 몇몇 여자들에게 둘러싸여 있었다. 광팔이영감의 걸음이 빨라졌다. 잰걸음으로 종종종 싸우는 곳을 향해 다가서던 광팔이영감이 몇발 옮기지 않고 걸음을 멈췄다.

"이런 쌍녀러 가시네들, 조동아리를 팍 찢어불텅게. 뭣이 어쩌고 어쩌 이 잡년들아. 이 판장이 온통 너들 거여? 너들 거냐고?"

며느리의 목소리였다. 광팔이영감은 짚이는 게 있어 더이상 다가가지 못하고 엉거주춤 그 자리에서 무르춤히 서 있을 뿐이었다.

"아, 이년, 말하는 뽄새 좀 보게나. 뭐 뀐 놈이 성낸다고 꼭 그짝이네그려. 야, 이년아. 니 꺼고 내 꺼고, 먼저 맡은 자리를 왜 도둑질허냐 이 말이여. 하루이틀이면 우덜이 말도 안허지. 근디 이거는 벌써 며칠째여. 그러고도 니년이 뭘 잘혔다고 큰소리여, 큰소리가."

"그렇게 안 봤더만 광진호 못쓰겄네이. 나가 요 며칠, 가구 자리가 이상혀다 혀서, 유심히 살폈구만. 근디 우리 옆자리에 성일호가 있구, 그 옆에 신광호 자리였는디 말여, 그것들이 조금씩 옆으로 땡겨지고 그 자리에 광진호 가구가 들어설 게 뭐여, 그것이 바로 자리 도둑질인디. 사람이 미안한 얼굴이라도 지어야지, 글믄 쓰간디."

"누가 아니래. 그냥 내가 잘못혔소, 허믄 아, 누가 뭐라고 허간디,

하냥 웃고 말아불지. 근디 지가 뭐가 잘났다고 저 지랄이냐고……"

"니미, 가타부타 말할 것이 또 뭐 있다고 그런 잔소리들을 하고 있디야. 그냥 이런 쌍녀르 가시네는 다시는 이런 일이 없도록 오늘 아주 잡도리를 혀야 한다니께."

해영호 여자가 검지를 들어 며느리의 어깨를 콕콕 찌르며 말을 이었다. 며느리도 지지 않고 몸뻬바지를 가슴 밑에까지 잔뜩 끌어올리더니 배와 가슴을 내밀며 말을 받았다.

"이런 손모가지를 팍 뿐질러서 지나가는 기한테나 떤져줄 년을 보게나이. 니가 뭔디 남의 어깨는 치고 지랄이냐. 그려, 너 오늘 잘 만났다이. 잘 만났은게, 나를 아주 죽여봐라, 죽여봐이……"

멀찍이 떨어져서 바라만 보던 광팔이영감은 발을 동동 구르며 머리를 긁적였다. 싸움을 말리자니 아무래도 남우세스럽고 모른 척 돌아서기에는 싸움이 너무 커져만 가는 듯했다. 어쩔 줄을 모르고 다가서거니 돌아서거니 발걸음만 흔들릴 뿐이었다.

한참을 그렇게 망설이던 광팔이영감은 아랫입술을 감물고는 싸움난 곳으로 걸음을 옮기기 시작했다. 남우세스러워서 나서지 않으려 했지만 일이 이쯤 되고 보니 자신이 나서지 않으면 건드린 벌집 모양으로 사태가 더 걷잡을 수 없는 지경에 이를 것만 같았다. 싸움의 씨앗은 어쨌거나 자신이 심어놓은 것이었다.

뭉그적거리며 한 걸음 두 걸음 느리게 움직이던 광팔이영감이 갑자기 뒤돌아 잰걸음을 놓아 판장과 떨어진 건물 벽에 몸을 숨겼다. 기어이 걱정하던 일이 벌어지고야 말았다.

어디서 다가오는지 불콰하게 달아오른 얼굴을 하고 달려온 아들이 들고 온 삽을 땅바닥에 패대기치더니 씩씩거리며 가구를 집어올렸다.

혼자 힘으로 조개가 가득 담겨 있는 가구를 들어올리기에는 아무래도 힘겨운 노릇이었다. 아들이 무릎 위까지 겨우 올린 가구를 여자들이 서 있던 곳을 향해 힘겹게 집어던졌다. 가구에서 쏟아진 조개들이 와르르 판장 위를 굴러다녔다.

"이, 이 양반이, 미쳤다요. 이 귀한 것을 어쩔라고……"

며느리를 둘러싸고 있던 여자들은 주춤주춤 뒷걸음을 놓았고 며느리는 어쩔 줄을 몰라 조개를 주워담았지만 아들은 여전히 분이 풀리지 않는 표정이었다.

"니미, 씨발 좆도. 그놈의 돈 몇푼 안 벌면 그만이지. 무슨 미친년의 여편네들이 그깐 일로 판장 한복판에서 이 지랄들을 떨고 자빠졌디아, 니기미…… 야, 씨발녀르 여편네야, 그놈의 조개는 뭐한다고 줍고 지랄이여. 어여 안 멈춰…… 이놈의 여편네가, 끝까지 지랄을 떨고 자빠졌네이. 그렇게도 욕을 처먹고 그놈의 조개는 주워서 뭐해 쓴다고 지랄이여, 지랄이. 나가 오늘 이놈의 조개들을……"

흩어진 조개를 주워담는 며느리의 손길은 멈출 줄 모르고, 멀뚱멀뚱 주위를 둘러보던 아들은 갑자기 판장 한구석으로 내처 달렸다. 다시 돌아오는 아들의 손에는 아이 머리만한 돌멩이 하나가 들려 있었다.

"당신, 뭐할라고 그런다요. 지금 뭐헌다요?"

더 말릴 틈도 없이 아들은 조개가 담긴 가구를 향해 돌멩이를 힘껏 내리쳤다. 여자들이 싸울 때보다 더 많은 사람들이 몰려들었지만 모두들 아들의 불같은 성질을 잘 알고 있던 터여서 쉽사리 말리려 드는 사람은 보이지 않았다. 사람들의 웅성거림 속에서 며느리만 그 자리에 푹석 주저앉아 멍하니 깨진 조개들을 바라볼 뿐이었다.

광팔이영감도 더이상 바라보지 못하고 서둘러 판장을 벗어났다.

아무도 보는 사람이 없었는데도 판장을 빠져나오는 광팔이영감의 가슴이 두근거렸다. 아마도 이제 막 피어오르기 시작한 햇살 때문이라고 광팔이영감은 생각했다. 자리 도둑도 도둑이라면 도둑일까? 벌써 몇번째 했던 일이건만 그것도 도둑질이라고 다리가 떨려왔다. 그래도 어둠속에서는 그나마 마음이 놓였었다.

아니, 돌이켜 생각하면 처음 자리 도둑질을 할 때는 가슴이 한결 더 콩닥거렸다.

새벽닭이 울지 않은 깊은 어둠속에서 손전등 불빛에 의지해 판장을 훑어보던 광팔이영감의 입에서 한숨이 흘러나왔다. 별로 늑장을 부리지도 않은 듯한데 판장에는 벌써부터 가구들이 즐비하게 늘어서 있었다. 어쩔 수 없이 판장 끄트머리에 가구들을 늘어놓고 뱃머리에 걸터앉아 담배를 피워물었다. 하늘의 별 하나가 담뱃불로 옮겨와 하얀 한숨을 태우며 타올랐다. 걱정이었다. 좋은 자리를 차지하지 못했으니 조개값을 남들보다 적게 받는 것은 당연한 일일 테지만, 그보다도 며느리 볼 면목이 서지 않을 듯했다. 며느리가 배에 오르면서 도다리나 몰치 같은 잡어들은 광팔이영감의 몫이 되었다. 옛날 같으면 사람들을 불러모아 술추렴에 두리기상이나 차리고 말았을 것들이었다. 횟집이 많아지고 양식산이 자연산으로 둔갑하면서 양식을 할 수 없는 잡어들을 찾는 사람들이 늘어났고, 그걸 내다 파는 것도 제법 벌이가 솔찮아진 까닭에 요즘은 모두들 내다 팔았다. 광팔이영감은 그 돈으로 간혹 손주놈들 용돈을 주며 폼을 내보기도 했지만 노름밑천으로 쓰일 때가 더 많았다. 하루 이틀 뱃일에는 아무런 도움도 주지 않고 잡어를 얻어다 팔던 광팔이영감이 문득 며느리에게 미안한 마음이 들어 자리를 맡아놓겠노라고 큰소리를 쳤던 터였다. 그런데 하루도 지나지 않아 늑장을 부리고 말았으니 며느리에게 무어라 핑계를 늘어놓나, 아무래도 걱정이었다. 담배연기에 다시 한번 한숨이 섞여 나왔다.

타복타복 집을 향해 걸음을 옮기던 광팔이영감은 무슨 생각이 들었는지 잰걸음으로 다시 돌아와 손전등을 밝히고 판장에서 뱃머리까지 서서히 훑어보았다. 일찍 자리를 맡은 사람들은 모두들 집에 들어가 모자란 잠을 자고 있을 터였다. 닭이 울고 날이 밝은 뒤에야 들물을 타고 들어오는 배를 기다리는 사람들이 하나둘 나올 것이었다. 손전등을 끄고 시커먼 어둠속에서 광팔이영감은 가구들의 자리를 조금씩 조금씩 옆으로 옮기기 시작했다. 가슴이 콩닥콩닥 뛰어오르고 숨소리가 씨근벌떡 빨라지는 동안 판장 가운데 좋은 자리가 서서히 드러났다. 서둘러 그 자리에 자신의 가구를 옮기다가 광팔이영감은 그만 무엇에 걸려 넘어지고 말았다. 우드드득, 플라스틱 가구들이 떨어지면서 작은 소리들이 공판장을 돌아다녔다. 욱신거리는 엉덩이를 추스를 겨를도 없이 제 소리에 제가 놀란 광팔이영감이 한달음에 판장 저만치까지 줄행랑을 놓았다. 숨을 고르며 판장을 살피던 광팔이영감이 너털웃음을 흘리며 돌아왔다. 다시 가구들을 놓으면서 작은 여유마저 생겨 줄을 맞추기도 했다. 일을 끝내고 손전등을 밝힌 광팔이영감은 희미한 웃음을 머금고 집으로 돌아왔다. 그제야 엉덩이가 제법 욱신거린다는 것을 깨달았다. 매일 그런 것은 아니었지만 그뒤로 광팔이영감은 늑장을 부려 좋은 자리를 차지하지 못할 때는 그렇게 자리 도둑질을 하곤 했었다.

뼛 속이라도 걷는 듯 다리가 무겁기만 했다. 웅성거리는 소리가 광팔이영감을 놓아주지 않았다. 판장을 벗어난 지는 이미 오래였다. 허긴 판장을 벗어나면 또 무슨 소용이 있나? 집에 들어가면 며느리의 얼굴을 어떻게 마주볼까? 니미럴. 광팔이영감의 입에서 연신 같은 소리가 새어나왔다.

자신의 잘못이라는 것을 알면서도 광팔이영감은 다른 무엇인가에 잘못을 돌리고 싶었다. 니미럴. 아무래도 그놈의 빌어먹을 새만금인지 똥만금인지 하는 간척사업 때문이라고 생각해보았다. 요즘에는 환경오염인지 무엇인지 그런 어려운 말들을 써가며 간척사업을 잠시 중단하고 있었지만 이미 늦어버린 꼴이었다. 그놈의 간척사업만 시작하지 않았다면, 그래서 바다가 아직 깨끗하고 풍요로웠다면 그깟 자리다툼 따위는 결코 하지 않았을 터였다. 간척사업을 시작하기 전에는 바다 어느 구석에서나 흔전만전 조개들이 넘쳐나서 판장에는 따로 조개를 부릴 좋은 자리를 잡을 틈도 없었다. 그저 먼저 들어오는 배가 바깥쪽부터 조개를 부리면 다음에 들어온 배가 좀더 안쪽에 조개를 부릴 뿐이었다. 조개를 잡아온 뱃사람들이나 조개를 사는 뭍사람들 모두 서로를 믿으면 그뿐, 따로 가구를 놓을 옴나위도 없던 터였다. 간척사업이 시작되고 어느 때부터 조개가 줄고 서로가 서로를 믿지 못하면서 가구를 사용하고, 또 그렇게 자리다툼이 시작되었다. 간척사업에 따른 보상이 나오면서 사람들은 좀더 많은 보상금을 타기 위해 서로의 눈치를 살피기 시작했고, 차츰 서로가 서로를 믿지 못하고 서로가 서로를 돕지 않았다. 마을이 생기고 광팔이영감이 뱃일로 늙어오는 동안 어떤 태풍도 이렇게 모질고 거칠지는 않았다.

불어닥친 태풍의 깊이가 아무리 깊다고 해도 태풍은 그저 태풍일 뿐이었다.

썰물때가 되면서 해일의 힘을 잃어버린 태풍은 거센 비바람에 지나

지 않았다. 방파제가 무너지고 배가 서너 척 그에 휩쓸려 사라지긴 했
어도, 이제 태풍은 지나간 흔적일 뿐이었다. 썰물이 나면서 사람들은
너이상 용왕님을 부르는 비손을 하지 않았다. 그때부터는 그저 사람
의 힘으로 태풍과 싸울 뿐이었다. 누가 먼저랄 것도 없이 사람들은 하
나둘 위험을 무릅쓰고 흔들리는 배에 올라 아직 태풍을 견디고 있는
배들을 단단히 얽어묶었다. 그리고 물이 좀더 빠지면서부터는 태풍이
휩쓸어가지 못하고 심술궂게 물만 잔뜩 먹여 반쯤 가라앉은 배에 올
라 구석구석 들어찬 물을 퍼냈다. 니 배 내 배 할 것 없이, 너나 가릴
것 없이 사람들은 내리치는 험한 빗줄기 속에서 위태위태 흔들리는
온몸을 견디며 그렇게 하나된 몸짓으로 태풍과 싸워나갔다. 그건 새
로운 희망의 몸짓이었다. 태풍이 끝나고 바다 밑바닥이 뒤집히면 그
속에 깊숙이 묻혀 있던 씨알 굵은 조개들이 배 하나 가득 들어차리라
는 것을 사람들은 너무나 잘 알고 있었다. 태풍의 크기가 크면 클수록
희망의 크기는 그래서 더욱 크기만 했다.

　태풍이 지나가고 먼바다의 파도가 잔잔해지기를 기다리면서 사람
들은 지난 태풍의 상처들을 하나둘 치유해나갔다. 그물을 다시 손질
하고, 부서진 곳을 고쳐나갔다. 물먹은 배들은 뭍에 올려 꼼꼼히 배
밑바닥을 손보고, 배를 잃은 사람들을 위해서는 서로 얼마씩의 돈을
추렴해 부조를 하기도 했다. 바다가 다시 잔잔해지면서 배들은 그 어
느 때보다도 한결 많은 조개들을 잡아올렸다. 판장은 조개들로 넘쳐
나고 마을은 다시 잔치 분위기로 술렁거렸다.

　배를 뭍에 올려 밑바닥을 손보는 석구는 마음이 달아올랐다. 다른
배들은 다들 돈벌이에 한창인데 자신의 배는 외려 마른일에 며칠째
돈만 쓰고 있던 터였다. 그나마 그렇게 잔뜩 물에 잠긴 배를 건진 것

만 해도 다행이라고들 했지만 석구의 귀에는 들어오지 않았다. 아무리 급해도 다른 일도 아니고 배 손질을 그리 서두르는 게 아니라며 사람들이 말려봤지만 석구는 막무가내였다. 마른일은 밤에도 불을 밝히고 계속됐다. 그 바람에 물을 먹은 다른 배들이 아직 뭍에서 손질을 하고 있을 때 석구의 청진호는 다시 바다에 나갈 수 있었다. 사람들의 염려와는 달리 이번에도 청진호는 석구의 욕심이 큰 만큼 다른 배들 못지않게 조개를 가득가득 담고 돌아왔다.

아무래도 용왕님 전에 치성을 드리지 않았기 때문이라고 사람들은 소곤거렸다. 다시 불거진 사람들의 염려가 채 잦아들기도 전에 청진호는 돌아오지 않았다. 가을이 영글어갈 무렵이었다. 그물이 찢어지거나, 기계가 잔고장을 일으켜 조개를 많이 잡지 못하면 배들은 종종 사나흘쯤 밤샘작업을 하고 돌아오곤 해서 처음에는 다들 그런 것이라고만 생각했다. 그러나 일주일이 지나고 열흘이 지나도 청진호는 돌아오지 않았다. 밤낮 가리지 않고 방파제에 앉아 하염없이 청진호를 기다리는 청주댁의 모습만 사람들 눈에 밟힐 뿐이었다. 사람들은 다시 잊혀진 기억을 떠올렸다. 태풍이 불어닥친 것도, 하필이면 백중사리를 만나 파도가 해일을 만나 더욱 거세게 몰아치던 것도, 방파제가 무너지고 서너 척의 배가 태풍에 휩쓸린 것도, 모두 새 배를 장만한 석구가 용왕님 전에 치성을 드리지 않은 까닭이라고 소곤거렸다. 물 먹은 청진호를 석구의 욕심을 빌려 다시 바다로 부른 것도 다 그 때문이라고들 했다. 이제 청진호가 다시는 돌아오지 못할 저 깊고 깊은 용궁의 바다에 들었으니 그나마 다행이라고 했다. 그렇지 않았다면 더 많은 사람들이 성난 청룡의 먹이가 되었을 것이라고 했다. 사람들은 그렇게 돌아오지 않는 석구의 죽음을 인정하고 있었다. 인정하지 못하는 사람은 청주댁과 그의 아이들뿐이었다. 보름이 지나도록 방파제 끄트머리에 앉아 핏빛 붉은 노을 속 풍경 한자락으로 스미는 청주댁의 모습은 여전히 흔들리지 않았다. 그 옆에서 아직 죽음을 잘 알지 못하는 어린 아이들은 갈매기를 향해 돌팔매질을 하거나 부드러운 바다에 손을 담그곤 했다. 부서지는 파도가 아이들의 손을 간지럽힐 때마다 아이들은 까르르르 웃음 참지 못하며 마냥 즐거워하다가 싫증이 나면 엄마 품에 파고들어 잠들곤 했다.

발록구니마냥 뒤뚬바리 걸음으로 마을을 이리저리 싸돌아다니던 광팔이영감은 무슨 청승이라고 마을 뒷산에 올랐다. 아무렇게나 피어 있는 풀꽃들을 흔들며 바람 한줄기 다가왔다. 새삼, 바람 속에 바다가 젖어 있다는 것을 광팔이영감은 생각해냈다. 곧이어 자신의 몸 구석 구석에도 바다가 스며 있다는 것을 생각했다. 바다…… 세상 모든 높은 것들이 흘러와 고이는 바다는 그러나 하늘 가장 가까운 곳에서 하늘빛을 담고 있었다. 그 먼 하늘선 끝자락까지 바다는 이제 막 기울기 시작한 햇살을 받아 은빛 물비늘을 그리며 흔들렸다. 몇척의 배가 물비늘을 흔들며 먼바다로 거슬러 나갔다. 흔들리는 작은 나무배를 타고 먼바다로 나가던 아직 어리고 젊은 날, 광팔이영감은 화투판 꼬투리에 앉아 광을 파는 광팔이도 삶의 노을 속을 걷는 영감도 아니었다.

열대여섯, 이제 막 꼬마티를 벗으면서 배에 올랐다. 그때부터 새만금에 배를 내어주던 몇해 전까지 광진호 선장 만석이라 불리던 삶이었다. 뿌리도 없이 흔들리는 작은 나무배를 타고 늙어온 한평생 동안 어느새 바다를 닮아가던 터였다. 아무리 거세게 몰아치는 태풍에도 사람들이 죽어나가던 사변통에도 내어놓지 않았던 배를 새만금에 내어주면서 만석이란 이름도 함께 내어주었다. 그때부터 몸 속에 스며 있던 바다는 하나둘 소금기 같은 하얀 마른버짐으로 피어나는 것만 같았다. 그렇게 늙고 죽어가는 것이 바닷사람이라면 다들 당연한 일일 터였다. 다만 새 떠난 빈 둥지처럼 쓸쓸한 마음이 드는 것은 어쩔 수 없는 노릇이었다. 그것은 마치 자신의 젊음이 고스란히 담겨 있는 바다, 영원히 늙지 말았으면 싶은 그 바다가, 마치 억지로 생매장이라도 당하는 듯한 그런 기분이었다. 그러나 광팔이영감은 자신이 아무것도 할 수 없다는 사실 또한 잘 알고 있었다. 오히려 자신도 이장을 따라 기공식장에 가서 박수를 치고 일당을 받기도 했고, 새만금 간척 사업이 시작되고는 더 많은 보상금을 타내기 위해 남들처럼 아등바등 거리기도 했던 터였다. 다시 산 아래로 내려가 청진옥에 들러 화투판에나 낄밖에, 이렇게 훌쩍 늙어버린 사람을 다른 무엇이 또 기다릴까? 담뱃불을 비벼끄며 엉덩이를 털었다.

바다를 담았던 광팔이영감의 눈망울이 잠시 아른거렸다. 전깃줄에 걸려 있던 찢어진 연 몇이 작은 바람에 흔들렸다.

청진옥으로 향하는 광팔이영감의 마음은 여전히 무겁기만 했다. 밑천이 없으니 화투판에 끼지도 못하고 그저 동무놈들 눈치에 고릿돈이나 만지며 술이나 얻어마셔야 할 판이었다.

"아따, 배 들어오는 거 보고 온다더만 인자 오냐 이놈아. 그 시간이면 배는 거시기 산 꼭대기에도 올라갔겄다."

화투를 치던 영감들이 한두마디 퉁을 놓았지만, 무엇보다 광팔이영감의 귀를 잡아끄는 소리는 청주댁이 전해주는 며느리 소식이었다.

"아따, 아저씨 으디 기셨소? 아까 참에 판장에서 성태 어멈하고 동네 여편네들 하고 싸우고 난리가 났구만……"

"그, 그랬당가. 또 무담시 싸우고 지랄을 혔디야. 그, 글믄 별일은 없고? 어찌되았는가?"

광팔이영감은 부러 모르쇠를 떨며 언거번거 말휘갑을 늘어놓았다. 돌멩이로 조개를 박살낸 아들놈이 그에 만족하지 못하고 한바탕 또 며느리를 향해 뒵들이를 한 뒤에 어디론가 사라지면서 싸움은 끝이 났다고 했다. 아들놈은 또 술이 떡이 되어 집에 들어와 고래고래 욕을 하며 소리를 지를 테지만 사람 몸에 손이나 대지 않은 게 그나마 다행이었다.

방안에서 자꾸만 광팔이영감을 부르는 소리가 들렸다. 알았다고 대답을 하긴 했지만 광팔이영감은 방안에 쉬 들어가지 않고 청주댁이 있는 술청에서 뭉기적거렸다. 다시 한번 광팔이영감을 부르는 소리가 두 사람 사이로 날아들었다.

"아따, 광팔아 지금 거서 니 혼자 꿀 처먹고 자빠졌냐, 어쩌냐? 뭐 헌다고 이렇게 늦냐, 늦기를. 화투 안 칠텨? 빨리 오랑게."

"알았단게. 쪼매만 있어봐……"

방안을 향해 큰소리로 대답한 광팔이영감은 뒷머리를 긁적이며 청주댁을 향해 나지막하게 입을 열었다.

"청주댁, 나가 틀림없이 오늘 안 넘기고 줄 텐게 돈 있음 이만원만 주소. 하냥 앉아 있을라면 참말로 거시기혀서 말여……"

"거 고스돕은 무슨 재미라고 앉아서 그 지랄을 할라 그란다요, 돈도 없음시롱……"

말은 그렇게 하면서도 청주댁은 주머니에서 만원짜리 세 장을 꺼내 광팔이영감에게 내밀었다.

"옛소, 아무리 심심풀이라지만 이만원으로 무슨 고스돕을 친다요."

"이만원이믄 되는디, 하여튼 고맙네이."

그때까지 어둡기만 하던 광팔이영감의 얼굴이 조금 밝아졌다. 방 안에 들어간 광팔이영감은 바로 끼여들지 않고 한동안 가만히 화투판을 살피더니 그중 선을 많이 잡는 영감 옆에 자리를 잡았다. 며느리 싸움이 액땜이 되었는지 화투판 운수가 그만이었다. 손에 잡히는 게 광이고 고도리며 홍청단이었다. 판이 몇번 돌지 않아 광팔이영감 앞에는 돈이 두둑이 쌓여갔다. 살살 눈치를 살피며 광이나 파는 것으로 돈을 모으던 때와는 전혀 다른 그런 날이었다. 직접 화투판에 뛰어들어 돈을 따는 재미가 광팔이영감을 달뜨게 만들었다. 며느리 일은 모두 잊기라도 한 듯 그저 돈 들어오는 기쁨을 감추지 못하고 헤벌쭉 웃음만 흘렸다. 앞에 놓인 돈이 거의 십만원 가까이 되는 듯했다. 이대로만 계속된다면 모으려던 돈은 오늘이라도 당장 만들 수 있을 것 같았다. 오줌을 누마고 슬쩍 일어난 광팔이영감이 청주댁에게 다가가 삼만원을 건네고 뒷주머니 두 곳에 이만원씩을 집어넣었다.

뉘엿뉘엿하던 햇살이 기울도록 광팔이영감은 계속해서 돈을 긁어 모았다. 그러나 노을이 지고 어둠이 들어 판돈이 오르면서부터 광팔이영감 앞에 놓인 돈뭉치들은 자꾸만 다른 자리로 움직였다. 마침내 뒷주머니에 넣어두었던 돈을 끄집어냈다. 다른 날 같으면 다 잃었다고 엉너리를 놓으며 자리를 털고 일어났을 터였지만 아무래도 오늘은 다시 한번 끗발이 설 것만 같았다. 이십여만원 돈에 달뜬 마음은 그렇게 쉽게 수그러들지 않았다. 그러나 광팔이영감은 다시 한번 청주댁 앞에서 뒷머리를 긁적여야 했다. 도로 받은 삼만원도 금세 떨어지고 광팔이영감은 또다시 청주댁에게 아쉬운 소리를 했다.

"청주댁, 나가 오늘 끗발이 엄청 좋구만이. 긍께 거시기 이만원만 어떻게 더 안될 거나."

"그만하지 그라요. 시간도 늦었구만."

"아따, 끗발이 장난이 아니랑게. 내 손에서 약들이 팍팍 놀아버린다 이 말여이."

"아따, 아저씨, 한번도 이런 적이 없드만 오늘은 유독 이상허요. 나가 뭐랍디요. 그놈의 고스돕인지 왕스돕인지 그만하라고 안헙디요. 인자 그만하시요이. 먹고 죽을래도 그 돈은 없응게."

"청주댁 내일 수협 문 열면 바로 준다니까. 여기 봐 이렇게 십팔만 원이 넘게 들어 있잖여이."

뒷머리를 긁적이던 광팔이영감이 흘기눈을 뜨고 두리번두리번 조심스레 주위를 살피며 보물이라도 꺼내듯 주머니 깊숙이 넣어두었던 통장을 꺼내 청주댁 손에 집어주며 말했지만 말을 받는 청주댁의 표정은 오히려 더 굳어갈 뿐이었다.

"아따 이놈의 영감탱이, 됐은게 그만하랑게요. 안 글믄 나 참말로 화낼 것이요이…… 글지 말고 나하고 하냥 술이나 퍼묵읍시다. 오늘은 나가 살 텐게."

광팔이영감은 입맛을 쩝쩝 다시며 아직 끝나지 않은 화투판을 넘성거렸다. 다른 날보다 제법 판이 컸던지 수북이 쌓여 있는 돈뭉치가 만만하지 않았다. 다시 판에 낄 수만 있으면 그 돈을 다 주머니에 집어넣을 수 있을 것만 같았다. 그러나 어쩔 수 없는 노릇이었다. 수협은 이미 문을 닫은 지 오래였고, 며느리에게는 더더욱 갈 수 없었다. 그렇다고 아무리 사정을 해도 청주댁이 돈을 더 빌려주지는 않을 듯했다.

술을 마시는 동안 내내 광팔이영감의 눈앞에 끗발이 한창일 때 땄던 돈 이십여만원이 아른거렸다. 아이들이 학교에서 돌아오고 화투판이 끝나 개평으로 기어이 만원짜리 하나를 빼어내면서도 마찬가지였다. 어찌어찌해서 두 사람만 작은 술청에 앉아 술이 거나하게 올라오면서야 겨우 그 생각을 잊을 수 있었다. 대신 그 자리에 낮에 벌어진 싸움 생각이 들어섰다. 마음이 편치 않은 것은 마찬가지였다.

"니미럴."

버릇처럼 광팔이영감의 입에서 니미럴이 쏟아졌다.

"왜요, 돈 안 빌려준 게 그렇게 서운합디요?"

"아니여. 니미럴, 아까 참에 말여, 며느리가 싸운 게 말여…… 형서 그놈은 또 어디서 주먹질이나 안헐지 모르는디……"

술기운이 잔뜩 묻어 있는 광팔이영감의 말꼬리가 슬며시 사그라들었다. 아무래도 걱정이었다.

"걱정 마시오. 그리 염병을 떨면서도 사람 몸에는 손 하나 안 대는 것이 형서 그놈아도 인자 맘 턱 잡았는갑뜨만. 글고 며느리는…… 아니요, 그나저나 아무튼 아저씨는 복 받은지나 아시오이. 참, 조개 무친 거 쪼매 남았는디 드실라우?"

"아따, 그거이 남았는가. 글믄 진작 좀 내놓지…… 근디 오늘 참말로 나가 청주댁한테 잘 얻어먹네이. 참말 이 은혜를 어떻게 갚을 거냐."

아무래도 염치가 없어 공치사로 꺼낸 말에 청주댁의 간잔지런한 눈시울이 슬며시 젖어들었다. 불콰하게 달아오른 술기운 때문만은 아닌 듯했다.

"아따, 아저씨도 별 말씀 다 하시오. 나가 우리 아줌 아니었음 푸네기 하나 없는 이곳에서 어디 이렇게 사람처럼 살 수나 있었간디요. 서

146

방 죽고 저놈들이 저렇게 큰 것도 따지고 보믄 다 아줌 덕 아닌갑요. 근디 아저씨, 그때도 잘 살아왔는디, 어린 것들 땜시라도 나가 이 악물고 잘 살아왔는디. 왜, 요즘 이렇게 통 사는 재미가 없소이. 나가요 인자 사는 재미가 어찌 통 없단게요⋯⋯"

　이를 악물고 속울음을 삼키던 청주댁이 기어이 와르르 무너졌다. 막 여덟번째 쌀주발을 바다에 던지고 나서였다.
　당연한 굿주였건만 사람들은 다시 한번 청주댁을 두고 입엣방아를 찧었다. 하루 앞날까지만 해도 방파제에 앉아 멍하니 성경책을 들여다보던 그였다. 그날도 청주댁은 짙게 물드는 노을을 바라보며 방파제에 앉아 있었다. 며칠, 그렇게 계속된 생활 속에서 몸도 마음도 만신창이가 되었다. 아이들은 이제 바다에 나오는 걸 좋아하지 않았다. 나쁜 사람, 사람들 말대로 참말로 죽었다면 시체로라도 떠밀려 올 것이지, 그런 생각 어디쯤 가물가물 앉은 채 그대로 깜박 잠이 들었다. 조금 뒤 부르르 온몸을 떨며 소스라치게 벌떡 일어난 청주댁이 성경책이 떨어지는 것도 모르게 마을을 향해 내처 달리기 시작했다. 철썩, 제법 커다란 파도가 일었다 금세 사라졌다. 그리곤 그 저녁, 갑자기 청주댁은 넋건이굿을 올리겠다고 했다.
　부조를 끝낸 마을사람들은 먼저 풍악을 울리며 길을 놓았다. 죽은 석구네 집에서 시작한 길은 마을 구석구석을 더듬고 뱃머리를 돌아 까치바위에서 멈췄다. 그러나 풍악은 여전히 까치바위를 휘돌아 바다로 이어졌다. 들물이 설 때까지 오랫동안 풍악은 계속됐다. 덩실 더덩실, 사람들은 풍악 속에서 어깨춤을 추며 배가 고프면 주린 배를 시루떡과 막걸리로 채웠다. 한쪽에서는 정성스레 금줄이 만들어졌다. 금줄이 다 만들어지고 찬물때가 되어서야 풍악이 잦아들었다. 풍악을 놀던 사람들이 바다에 들어가 젖은 땀을 씻어내고 나와 다시 금줄을 들고 바다로 들어가면서부터 사람들은 입을 닫고 바다를 향해 절을 하거나 비손을 시작했다. 바다에 흠뻑 젖은 금줄이 까치바위에 둘러쳐졌다. 이제 남은 것은 무당에게 찾아가 조례를 잡고 굿이 있는 날까지 까치바위에 출입을 삼가는 일이었다.

돈을볕이 들었다. 청주댁은 기도를 마치고 서둘러 한우물에서 물을 길어 목욕을 했다. 하얀 무명옷 입고 아직 잠들어 있는 아이들을 살포시 안아본 뒤 까치바위로 향했다. 아무도 없는 까치바위에서 돌처럼 굳어 청주댁은 먼바다를 바라보았다. 저 넓은 바다 어디쯤 남편의 넋은 흐르고 있을까? 무정한 사람, 돈이야 조금 덜 벌면 그뿐이라고 그렇게 말했건만 그리도 큰 욕심을 부리더니…… 뒤미처 떠오르는 생각들에 청주댁의 눈에 눈물이 글썽였다. 그러나 그뿐, 눈물이 볼을 타기도 전에 옷고름을 들어 눈시울을 찍어낸 청주댁은 입술을 감물며 속울음을 삼켰다. 갯벌에서 놀던 갈매기 몇 마리가 끼룩끼룩 하얀 울음을 토하며 하늘로 날아올랐다. 그리고 얼마 지나지 않아 마을 아낙 몇이 함지 가득 진설 음식을 이고 금줄 안으로 들어섰다. 왼쪽에 넋반이 차려지고 오른쪽에 사제상이 차려지는 동안 청주댁은 괜한 군침에 꼴깍꼴깍 몇번이나 목을 놀려야 했다. 하긴 마을사람들 말에 따라 어제 저녁부터 물 몇 모금만을 넘겼을 뿐이었다. 제사음식 곁으로는 얼씬도 않던 사람이 남편 죽은 넋을 건지겠다는 자리에서 배가 고파 군침을 삼키는 것이 또 못내 가슴을 아리게 파고들었다. 청주댁은 다시 한번 군침을 삼키며 이를 악물었다.

들물이 서면서 풍악이 울리기 시작했다. 멀리에서 가까이, 가까이에서 멀리 풍악은 마을을 안았다 놓으면서 당겼다 풀면서 조금씩 조금씩 까치바위로 다가왔다. 상을 차리는 아낙들의 손이 바빠지고 풍악은 까치바위를 돌아 바다에 닿았다. 철썩철썩, 파도도 풍악에 맞춰 제 울림을 키우더니 마침내 소리는 바다를 안고 하늘로 오르는 모양이었다. 지잉, 소리를 끝으로 풍악이 멈추고 바닷가에 머물던 갈매기들은 푸드드득 하늘로 일제히 날아올랐다.

잿물을 뿌리며 다가오는 큰무당 뒤로 마을사람 하나가 쌀을 담은 함지에 올려진 돼지머리를 싣고 손수레를 끌었다. 그뒤로 작은무당이 등춤을 추며 따랐고 장고잽이가, 풍악패가, 마을사람들이 줄을 이었다. 금줄 앞에서 발을 멈춘 큰무당이 잿물을 들이켜 금줄을 향해 뿜었다. 덩국, 덩더국, 장구가 울리고 큰무당이 비손을 하며 신을 모시기 시작했다.

천하부정 지하부정을 모실 적에 해원단년은 칠구년 거주성씨는 박씨가올습니다 천하부정 지하부정 우리나라 이씨부정 저나라 천자부정 강남으로 호겨부정 만리타국에 사신부정 어주월강 서낭부정 상마루 새처부정 안에안당 성주부정 문간으로 사신부정 일귀등신에 각기 부정 천너머니 외길부정 구조상에 영실부정 신조상에 사줄부정 수리영산에 영실부정 해변전으로 어제그제 간 상문부정 만부정이 받아낼 때 박씨성에 못다 살은 혼신을 지노귀 다노귀를 대접할 때 가래지 말고 만부정이 썩 받아날 때 물 맑혀주쇼.

신청울림이 잦아들고 비손을 멈춘 큰무당이 대신칼을 둘러 칼춤을 추며 조금씩 조금씩 까치바위에 다가왔다. 땀으로 범벅되어 까치바위까지 온 큰무당이 갑자기 온몸을 부르르 떨며 그 자리에 주저앉았다. 삽시간에 얼굴이 붉디붉게 달아오른 큰무당이 갑자기 청주댁을 향해 버럭 큰소리를 내질렀다.

네, 네 이년. 이런 육시럴헐 년. 이, 이런 잡아죽일 년. 제 남편 넋 구하겠다고 나온 년이 다른 신을 가슴속에 앉혀놓고 있어? 이런 육시 럴헐 년, 이런 잡아죽일 년. 어, 얼른 바다에 뛰어들어. 바다에 들어가 정심(正心)을 다혀야 혀. 그렇지 않음 니 남편은 평생 구천을 떠돌아 이년아. 허어이, 허어이. 시위들 허소사, 시위들 허소사. 내 대감이 누구시냐 내 대감을 모실려오 불가사리 무신 적을 칼 하나로 물리치 고 아들 하나 얻었으니 앙얼될까 무서버서 서해바다 버렸더라 응아응 아 우리 아가 울지 마라 우리 아가 까치님의 은덕으로 까치바우 모셔 다가 먹여주고 재워주고 천자문을 읽혔더니 중국꺼정 닿은 소리 신 명으로 닿은 소리 최치원을 모시려오 내 대감을 모시려오, 허어이, 허어이.

어디서 날아왔는지 까치 한 마리 소나무 우듬지에 앉아 까까까 울기 시작했다. 주저앉아 있던 큰무당이 자리에서 벌떡 일어나 청주댁에게 다가갔다.

네 이년, 얼른 바다에 들지 않고…… 시위들 허소사, 시위들 허소사. 초가망 이가망 삼가망 양산에 본향가망 용왕님 가망에 씨 주신 가망이요, 부리불사는 신에 불사 여불사 할머니 남불사 할아버지……

청주댁이 바다에 몸을 담갔다. 가을바다의 찬 기운이 우르르 몰려들었다. 머리카락 한올한올까지 바다에 풀어헤치고 청주댁은 얼굴을 타고 흐르는 바닷물에 눈물을 감추며 뭍에 올랐다. 뭍에 오른 청주댁에게 잿물이 뿌려지고 굿은 안등신좌정거리를 돌아 영실감흥거리를 타고 세왕제석거리를 지나 사제풀이로 이어졌다.

길게 펴진 사제다래에 마을사람들은 너나 없이 죽은 이의 명복과 마을의 안녕을 빌며 돈을 깔았다. 그 위에 죽은 이의 바지저고리가 덮이고 사제풀이가 시작됐다.

　받으소사 받으소사 사제성방을 받으소사 해오년 칠구년에 거주성씨는 박씨 성씨 가신 망지혼령을 가시성을 넘겨달라 사제성방을 모실 적에 백이사제 어부사제 좌우사제 문직사제…… 지난날 가신망지 불쌍하고 가련하니 물귀신을 면하여 황천길로 보내달라 구슬베로 쌀베로 사제다래를 깔아놓고 인정별비 드렸으니 서른여섯 젊은 나이에 망지혼령 극락세계로 보내주고 사제성방이 받아나요, 사제성방 받으실 때 악한사제 물러내고 어린사제를 세우실 때 일직사제 월직사제 받아나요. 아에……

　칼춤을 추던 큰무당이 다시 한번 몸을 부르르 떨며 말을 이었다. 지금까지와는 전혀 다른 목소리였다.

　에, 오냐. 너희가 사제성방을 모실 적에 서른여섯에 간 용신혼령을 목에 열쇠를 열어 손에 고랑을 벗겨서 가시성을 넘겨달라느냐.

　장구가 말을 받았다.

　네, 그저 불쌍하고 원통하게 간 박씨 성에 용신혼령이 극락왕생하게 좋은 길로 인도하여 주십시사.

　그러면 박가 중에 권력으로 받을 때 한상물림에 구슬베 쌀베로 받고 인정을 받았으니 가시성을 넘겨준다고 여쭈어라.

　다시 한참을 춤추던 큰무당이 넋반으로 달려가 사자밥을 먹고는 목멘소리를 내었다.

　에, 오냐. 박씨 성씨에 용신혼령을 물 밖으로 들어내어 황천길로 보내달라는 대접이냐, 아니면 악한사제를 물러내구 어진사제를 세워서 일제 월직사제를 앞령 세워 화초세계 연화대로 보내달라느냐.

네, 그저그저 모든 수액 벗겨내어 극락세계로 보내달라는 정성이올습니다.

에, 오냐. 염려 마라, 지노귀 다노귀를 받으면서 용신구능을 벗겨서 명산대천에 명당자리를 잡아 극락세계로 인도하여준다고 여쭈어라. 어허 웃자. 용왕님이 오신다, 황룡 타고 오신다. 석구놈의 못난 넋 가지고 오신다, 오신다⋯⋯

큰무당이 다시 춤을 추기 시작했다. 한동안 그렇게 춤을 추다가 풀썩 무릎을 꿇자 그때까지 가만히 지켜보던 작은무당이 무명을 풀어 큰무당의 허리에 묶었다. 뒤미처 힘센 마을사람 둘이 무명을 두 손으로 움켜잡았다.

굿은 떠도는 석구의 넋을 구하는 넋걸이로 이어졌다. 작은무당이 무명천에 고이 싼 쌀주발을 바다에 던졌다. 해온단년 칠구년에 바다에서 죽은 박씨 혼령을 모실 적에 부모님 권력으로 동기간에 정성으로⋯⋯ 동동, 조그맣게 울리는 장구 사이로 작은무당의 가락이 이어지고 마을사람들의 비손 사이로 쌀주발이 올려졌다. 무명이 걷히고 쌀주발이 열리면서 비손을 멈춘 사람들의 입에서 웅성거림이 쏟아졌다. 쌀주발 속에 머리카락 몇올이 담겨 있었다. 사람들은 석구의 넋이라고 했다. 용왕님의 고마움에 덩실 어깨춤을 올리는 사람도 있었다. 마을아낙 하나가 오두마니 서 있는 청주댁을 이끌었다. 그러나 청주댁은 도리머리를 흔들 뿐 그 자리에서 꼼짝도 하지 않았다.

아니여, 아니구만이. 그냥 머리카락이구먼. 석구놈 넋이 아니야. 넋이로다 혼이로다 허공서천 저 넋이야 혼이라두 댕겨가요 넋이라두 다녀가요 천지만물 지경후의 인지는 축양하구 귀자는⋯⋯

다시 새로운 쌀주발이 바다에 들고 사람들의 비손 사이로 뭍에 오르고, 그렇게 예닐곱번이 거듭되는 동안 그러나 바다에 떠도는 석구의 넋은 쉬 건져지지 않았다. 여덟번째 새로운 쌀주발이 다시 바다에 던져졌을 때 갑자기 이를 악물고 서 있던 청주댁이 와르르 무너지고 마침내 주저앉은 청주댁의 입에서 허연 울음이 새어나왔다.

뭔 일이디야? 왜 인디야이? 상오 엄마 괜찮은겨이?

마을 아낙 몇이 다가와 청주댁을 달랬지만 도무지 속수무책이었다. 한번 울음이 터진 청주댁의 흐느낌은 꺼이꺼이 파도를 타고 흐를 뿐이었다.

거 내버려둬. 인자야 오시려나보구만. 어제오늘 성튼 몸이 저녁나절 병이 들어 부르나니 어머니요 찾나니 냉수로다 의원 불러 약을 쓴들 약덕인들 입을쏘냐 무녀 불러 굿을 한들 굿덕이야 입을쏘냐 할길없어 재미 서되 쓸고 쓸어 명산대천 찾아가서……

쌀주발을 거둬올리는 작은무당의 손이 더없이 바빠졌다.

어매, 어매, 저거이 뭐이디야이?

어찌꺼냐이. 저거이 석구놈 혼인갑구만이. 참말로 신기탄게. 참말로이. 저거이 어찌 저 속에 들어갔을까이.

마을사람들의 웅성거림이 다시 한번 높아졌다. 청주댁의 흐느낌 속에 열려진 쌀주발 안에는 어떻게 들어갔는지 머리카락 몇올이 붙은 작은 살덩이 하나가 들어 있었다. 곧이라도 핏물이 흐를 것같이 붉디붉은 살덩이였다. 청주댁의 흐느낌이 하늘에 닿고 사람들의 눈이 쌀주발로 모이는 동안, 갑자기 풍덩 뭔가 커다란 것이 물에 빠지는 소리가 났다.

아이구 아이구, 여보 사람들. 나 좀 건져주세유. 날 좀 건져주세유. 얼른유, 얼른유……

눈보다 귀가 먼저 물에 빠진 것이 무엇인지 알아차렸다. 무명천에 묶여 있던 큰무당이었다. 무명을 잡고 있던 마을사람을 물리치고 큰무당이 물에 뛰어들었던 터였다.

상오 아버지, 상오 아버지. 거기서 뭐한대유? 시방 거기서 뭐한대유……

주저앉아 있던 청주댁이 벌떡 일어나 물에 빠진 큰무당에게 달려들었다.

여보, 여보, 상오 엄마. 도대체 거서 지금 뭐하는 거여. 얼른 나 좀 건져주, 이놈의 고기들이 날 다 뜯어먹어서 미치겠구만, 바닷물이 추워서 미치겠구만. 얼른 날 좀 건져주. 제발루다 날 좀 건져쥬.

며칠 앞, 방파제 꿈속에서 어렴풋이 들렸던 남편의 목소리가 다시 한번 귓속을 울렸다. 청주에서 이곳으로 이사오고 몇달 지나지 않아 마을사람들 앞에서는 충청도 말투를 접고 전라도 말씨를 여지없이 따라하던 그였다. 집에 들어오면 다시 튀어나오는 충청도 말씨에 청주댁도 어린아이들도 깔깔거리며 웃었다.

물에서 건져진 큰무당의 손을 꼭 움켜잡고 청주댁은 또 한동안 아무런 말 없이 허연 울음만 꺼이꺼이 토해냈다. 썰물때가 되었는지 바다는 소리없이 스르르 제 몸을 비우고 하늘도 어느새 푸른빛을 접고는 저 멀리부터 붉은 단장을 해오고 있었다.

고상이 많았지유? 도대체 이 몰골이 뭐대유? 당신이 그렇게 가믄 나랑 애들은 워쩐대유? 그러고도 당신이 상오, 상미 아빠래유? 인제 나는 워쩐대유?

그렇게 투정을 부리고 있었지만 청주댁의 얼굴에는 여린 웃음 몇 줄기 흐르기도 했다.

아이들은 어딨는가? 보이지가 않는구만……

해성호 아줌이 봐주고 있을 거구만유. 걱정 마세유. 아이들은 잘 있은께유. 나가 잘 키울 거구만유. 당신 없이도 나가 잘 키울 거구만유. 틀림없구만유. 약속할 거구만유.

청주댁의 얼굴에 맑은 눈물 몇 방울이 볼을 타고 흘렀다. 두 사람은 그렇게 마주앉아 오랫동안 울고 웃으며 소곤거렸다.

인자 가야겠네. 나 땜시 자네가 고생이 많구먼. 인자 날랑은 잊고 새 사람 만나서 잘 사소. 나도 인자 가면 새 신부 만날라네.

큰무당이 눈을 돌려 마을사람들을 그윽한 눈으로 둘러보았다.

우리 이 사람 잘 좀 부탁합니다. 글면 안녕히들 계시고요.

말을 마친 큰무당이 마을사람들을 향해 큰절을 꾸벅 올리고는 그 자리에서 풀썩 쓰러졌다.

혼이로다 넋이로다 무지공산 삼혼혼령 맑은 혼을 모실 적에 혼에 혼신을 모셔다가 혼반에 모셔놓고 넋에 넋을 모셔다가 넋반에 모셔놓고 놀이영천에 대접할 때 혼이라도 다녀갈 때 넋이라도 다녀갈 때……

작은무당이 조용히 혼을 돌려보내고 용왕님을 모시는 풍악이 다시 한번 까치바위를 돌아 하늘로 이어졌다. 다시는 이 마을에 시련이 없도록 사람들은 덩실덩실 피어오르는 춤꽃으로 용왕님께 빌고 빌었다.

그러나 마을에는 다시 한번 시련이 몰아닥쳤다. 썰물로 드러난 갯벌 위에서 아이들이 죽은 이를 위해 뿌려진 동전들을 주웠다. 어른들은 동티가 붙는다고 했지만 이미 여러 번 동전을 주워 아무 일도 없다는 것을 알아차린 아이들을 말릴 수는 없었다. 그러던 며칠 뒤 아이들이 하나둘 시름시름 앓기 시작했다. 아무래도 석구의 넋이 아이들을 괴롭히는 것이라고 사람들은 다시 소곤거렸다. 그동안 계속 말을 잃고 살았던 청주댁이 말을 되찾은 것은 그즈음 어느 날이었다. 소식을 들은 청주댁은 다시는 바다에 나가지 않으리라던 다짐을 접고 바다에 나가 울부짖었다.

상오 아버지, 상오 아버지. 그 아이들이 무슨 잘못이 있다고 그런대요? 그 아이들이 무슨 잘못이 있다고…… 산 사람은 살아야지요. 산 사람은 어떻게든 살아야지요. 이렇게도 산 사람을 괴롭히면 우린 어찌 살라고 그런대요, 우린 어찌 살라고……

다른 아이들을 빌어 청주댁은 자신의 아이들을 위한 다짐을 그렇게 했었다. 며칠 뒤 아이들은 다들 거짓말처럼 말끔히 자리를 털고 일어났다. 그리고 또 몇달 뒤 청주댁은 바닷가 집을 세들어 청진옥이라는 작은 술집을 열었다. 광팔이영감의 안이 청주댁에게 조개무침을 가르쳤던 때가 바로 그때였다. 바다음식을 잘 모르는 청주댁에게 한달 가까이 일을 돌봐주며 음식을 가르쳤던 터였다.

"아저씨, 아무래도 지가 주책이지라. 요즘 이상스럽게 자꾸만 그때 생각이 나서는…… 근디 아저씨, 그 지긋지긋하던 때가 요즘은 오히려 징글맞게도 그리운 것은 또 무슨 까닭이래요?"

"청주댁, 요즘 무슨 일 있는가부네이. 왜, 어디 좋은 선 자리라도 들어왔는디 자꾸만 아이들 땜에 망설여지는가? 그럴 필요 없구만. 아직 젊을 때 좋은 자리 있음……"

"아저씨도 선은 무슨 놈의 선이래요, 이제 지는 여자도 아닌 것이 되았는디요."

청주댁은 그렇게 얼버무리고 말았다. 지난달부터 달거리가 끝났다는 것은, 그게 아무것도 아니라는 사실을 잘 알면서도 이제는 여자가 아니라는 생각에 요 며칠 그렇게 속앓이에 신경질을 부렸다는 것은 도무지 말할 수가 없었다.

"아따, 벌써 시간이 이렇게 되아부렀네이. 나 그만 갈라네. 참 여그 만원. 다른 돈은 나가 낼 틀림없이 갖다줄 텐게 걱정 말게이. 술 잘 먹었네."

"나 그 돈 안 받을라요. 내가 아줌 살아서 진 신세 갚는 셈 치고 그냥 며느리 좋아하는 딸기나 몇근 사다주시오."

"그게 뭔 소리여, 딸기는 무슨 얼어죽을."

청주댁은 기어이 돈을 받지 않는다고 했고 광팔이영감은 또 무슨 소리냐며 돈을 들이밀었다.

"오늘 며느리 그 욕봤다는 소리 못 들었소? 근게 하냥 딸기나 사다 주시랑게요."

술기운에 어질머리가 일면서도 며느리 소리에 광팔이영감은 마음이 다시 언짢아졌다. 그리고 뒤미처 스스로도 까닭을 잘 알 수 없는 화가 머리끝까지 치밀어올랐다.

"니미럴. 다 늙어 배도 못 오르는 몸이라고 청주댁이 시방 나를 얕잡아보는 것여, 뭐여. 청주댁이 걱정 안혀도 며느리 딸기쯤은 나도 사줄 수 있는 놈이라고, 니미럴."

광팔이영감이 갑자기 그렇게 큰소리를 들고 나오리라고는 생각하지 못했던 터였다. 가끔 틀어지기는 해도 이렇게 큰소리를 지르는 영감은 아니었다. 아무래도 심사가 꼬여도 단단히 꼬인 모양이었다. 청주댁은 어쩔 수 없이 말하지 말라던 광진댁의 당부를 저버려야만 했다.

"그게 아니고요, 아저씨. 사실은 아까 성태 어멈이 와서 삼만원 주고 갑디다. 오늘 아저씨 잡어 안 팔아서 돈 없을 거라고, 절대로 말하지 말라고 신신당부를 혔는데……"

"머, 뭐…… 후미."

말이 되어 나오지 못하는 마음들이 한숨으로 쏟아졌다. 여자들에게 둘러싸여 소리를 지르던 며느리의 얼굴이 광팔이영감의 눈 속을 지나 온몸을 콕콕 쑤시고 다니는 것 같았다. 검게 그을린 형광등에서 떨어지는 여린 불빛이 아리게 파고들었다. 나오지 않는 선하품을 부러 만들어내며 광팔이영감이 손등을 눈에 가져갔다.

"그, 그렸는가? 진즉 말 좀 혀주지 않고, 나가 그것도 모르고 말여이. 후으, 니미럴. 며느리 얼굴은 또 어떻게 볼 거냐. 허튼 미안혀이."

"지한테 미안할 게 또 뭐 있게요. 그나저나 아저씨는 복도 많소이."

"복은 무슨…… 나 갈라네, 아무래도 너무 오래 있었구만."

청진옥을 나와 타복타복 걸음을 옮기던 광팔이영감을 청주댁이 불러세웠다. 청주댁의 손에는 광팔이영감의 통장이 들려 있었다. 통장을 받아든 광팔이영감은 그 속에 고이 간직해둔 광고지를 꺼내들었다. 반으로 접는 최신식 손전화기가 새겨진 광고지였다. 한참을 들여다보던 광팔이영감이 광고지를 똘똘 구겨 어둠 저편으로 집어던졌다. 며칠 앞부터 며느리가 아들을 조르며 사자던 전기 압력솥이 머릿속에 떠올랐다. 아무래도 올제에는 시내에 나가봐야 할 것만 같았다. 멀지 않은 곳에는 상점들이 아직 불을 밝히고 있었다.

고래가 올 때

니미럴, 아침부터 마누라가 지랄을 떨어쌌더만.

마른하품을 뿜어대며 철수는 굴삭기가 다가오기만을 기다렸다.

오른쪽 다리에 잔뜩 힘을 주었지만 허방에 빠진 앞바퀴는 좀처럼 나오지 않았다. 첫탕도 전이어서 기를 쓰고 가속페달을 밟아도 그때마다 앞바퀴는 해토머리의 땅속으로 더욱더 스며들 뿐이었다. 동티가 붙을 것을 염려하면서 어쩔 수 없이 철수는 굴삭기의 도움을 청해야만 했다. 느리게 다가오는 굴삭기를 바라보며 문득 새벽부터 징얼거리던 마누라의 얼굴이 바투 다가왔다.

"늦었당게. 얼릉 안 인날쳐, 응? 새벽부터 일 나갈 인간이 무슨 술을 그렇게 마셔대는지 원. 그나저나 어쩔 거야, 응? 어제 경희 외할아버지한테 전화왔었어. 보증회사에서 무슨 경고장 날아왔다고……"

'경희 외할아버지'에 유독 힘을 주어 말을 풀기 시작한 마누라는 밀

160

린 빨래를 하듯 한참동안이나 잔소리를 늘어놓았다. 새벽부터 싫은 소리 듣는 것이 좋을 리 없지마는 아무래도 염치가 없어 마른기침 몇 번으로 입막음을 하고 나왔었다. 그런데 이렇게 허우적거리는 꼴이 마누라 잔소리 때문인 것만 같아 철수는 왈칵 솟아오른 짜증에 니미럴만 몇번이고 되뇌었다.

무언가 쿵 하고 철수를 흔들었다. 어느새 다가온 굴삭기가 삽을 들어 덤프 뒤꽁지를 장난처럼 살짝 건드렸다. 굴삭기 도움을 받은 덤프는 가속페달에 힘을 싣기도 전에 거짓말처럼 허방을 빠져나왔다. 경적을 길게 울리는 것으로 인사를 대신하고 철수는 서둘러 흙을 부릴 곳으로 차를 몰았다. 손이 빠른 사람들은 벌써부터 한탕을 뛰고 오는 모양이었다. 마음이 바빠왔지만 마누라 잔소리에 솟아오른 짜증은 여간해서 수그러들지 않았다. 요즘 같은 불경기에는 늘상 따라다니는 잔소리였다. 더욱이 덤프차 할부금을 몇달이나 내지 못해 보증선 장인에게까지 경고장이 날아가는 판이니 철수로서는 입이 열 개라도 할 말이 없기는 했다. 니미럴, 철수는 다시 한번 같은 소리를 뱉어내며 오른쪽 다리에 힘을 주었다. 탄력을 받은 차가 겨우 속력을 내기 시작하면서 닫힌 창을 조금 열고 담배를 찾아 물었다. 창틈 사이로 몰려드는 바람에 쉬 흩어지는 담배연기처럼 마누라 잔소리도 그렇게 쉽게 잊혀지면 좋으련만 생각은 자꾸만 머릿속을 맴돌고 아직 남아 있는 술기운만 찬바람에 흩어지는 듯했다.

아무래도 이년이나 더 남은 할부금이 문제였다. 처음 계산대로라면 지금쯤 남은 할부금을 모두 다 갚고서 마누라가 소원하는 것처럼 작은 임대아파트라도 하나 장만했어야 했다. 웬만한 직장 다니는 것보다는 덤프 기사로 벌어들이는 벌이가 나아서 마누라는 몇해 적금을 부으며 작은 아파트를 꿈꾸었다. 건설경기가 좋았고 무엇보다도 세계에서 그 크기가 제일이라는 새만금 공사판이 있었다. 마누라가 아파트를 꿈꾸는 동안 철수는 덤프를 꿈꾸었다. 남의 차 기사야 백날 해도 월급벌이뿐이지만 장비 있는 사람들은 몇해 이 악물고 고생한다면 어디 가서든 떵떵거리며 살게 될 것을 약속받은 셈이었다. 그리고 무엇보다도 차주인의 아니꼬운 꼴을 보지 않아도 좋을 터였다.

"니미, 나도 한때 꿈이 있었던 놈이여. 지금까지는 비록 노가다판에서 굴러먹었지만 말여, 인자 그놈을 시작으로 혀서 포크레인도 몇대 갖고 중기도 몇대 갖고이…… 한 삼사년만 고생허면 그때는 당신도 사모님 소리 듣게 될 거구만."

몇달 며칠을 싫다는 마누라를 설득해 적금 해약한 돈으로 겨우 인도금을 치른 덤프가 나오던 날, 오랜만에 마누라와 진득하게 땀을 흘리고 나서 담배를 피워물며 철수는 그렇게 말했었다. 돼지머리 두고 제사를 올리며 마신 술에 얼큰하게 취해 떠들던 바람들이 어쩌면 이루어질 수도 있을 것만 같았다.

소원하던 대로 새만금 공사장에 투입되면서 철수의 꿈이 현실로 다가오는 듯했다. 험한 바다를 막는 일이어서 때로는 몰아치는 태풍에 차가 흔들리기도 하고 그악스레 몰려드는 해일에 둑이 무너지기도 했지만 바다 한가운데 길게 뻗은 방조제를 달리는 것이 행복했다. 할부금 몇달치를 먼저 낼 수도 있었고 해약했던 적금보다 더 큰 적금을 들면서도 쪼들리지 않는 삶이 좋았다. 공사가 완공되는 몇해 뒤에 누릴 수 있게 될 풍요로운 삶이 철수를 마냥 달뜨게 만들었다.

진절머리가 절로 흔들리도록 바다가 무섭고 새만금 공사판이 무서운 적이 없던 것은 아니었다. 바다도 하늘도 쪽빛보다 맑아서 저 멀리 이름도 알 수 없는 작은 섬들이 그대로 눈에 들어오더니 갑자기 하늘에 마른번개가 날리고 검은 먹장구름이 몰아닥쳤다. 빗줄기가 굵어지고 잔잔하던 바다는 파도를 키우기 시작했다. 사람들이 하나둘 작업을 멈추고 서둘러 안전한 곳에 몸을 피했지만 철수와 몇몇은 방조제 끝을 향해 달리고 있었다. 덤프 가득 싣고 있던 흙을 아무 곳에나 부릴 수도 없는 노릇이어서 가던 길을 계속 가던 중이었다.

와이퍼를 아무리 빠르게 작동시켜도 앞이 보이지 않을 정도로 빗줄기가 굵어지고 몸집을 키운 파도는 둑을 넘어 덤프에까지 달려들었다. 선두를 달리던 차가 갑자기 급브레이크를 밟았다. 앞차와의 거리를 한 자도 남겨두지 않고 겨우 차를 멈추며 한숨을 돌릴 때 철수의 몸을 흔드는 충격이 목덜미를 치고들었다. 차는 다시 앞차를 들이박았다. 브레이크를 밟고 있어서 차는 범퍼와 전조등이 조금 상했을 뿐이었지만 그 때문에 바퀴는 진흙 깊숙이 파묻혔다. 둑을 달리던 여섯 대의 덤프들이 그렇게 들이박고 들이받치며 서로 엉켜들었다. 머뭇거릴 틈도 없이 차 속에서 사람들이 하나둘 튀어나왔다.

"씨벌, 뭔 짓이여. 갑자기 차를 세우면 어쩌자는 거여, 으, 어쩌자는 거냐고?"

사람들이 누구에게랄 것도 없이 그저 큰 소리로 저마다 한두마디 욕을 뱉어내며 몸보다 먼저 차를 살피는 동안 온몸이 축축이 젖어들었다.

"니미럴, 씨발이고 개발이고 다음에 지랄들 하고 얼릉 차 돌려. 뚜, 뚝이 무너졌다고!"

선두 차 기사가 악을 쓰며 뱉어낸 말에 사람들이 우르르 빗속을 뚫고 앞으로 달려갔다. 방조제가 완벽히 제 역할을 하려면 몇번은 더 무너져야 한다더니 바로 그들 앞에서 둑이 무너져내리고 있었다. 속수무책이었다. 겨우 덤프 두 대가 비켜나갈 수 있을 정도로 좁아 차를 돌릴 마땅한 틈이 없는 곳에서, 더군다나 언제 무너져내릴지도 모르는 둑 위에서 차를 에멜무지로 돌릴 수 없었고 앞도 잘 볼 수 없는 상황에서 후진을 한다는 것은 더욱 어려운 일이었다. 그러나 오래 생각할 겨를도 없이 둑은 점점 더 많이 무너져내렸다. 머리를 맞대고 궁리를 할 엄나위도 없이 차를 돌릴 수밖에 없었다. 어차피 다른 방법이 떠오르지 않았다. 죽기살기로 덤벼든다면 못 돌릴 일도 아니었다. 차 한대를 돌리는 동안 나머지 다섯 사람이 서로 이곳저곳에서 보아주면서 한대 한대 덤프들이 몸을 돌렸다. 다음 차를 위해 차를 돌리는 둑 한쪽에 싣고 있던 흙을 부리기도 했다.

진흙 속에 파묻혔던 바퀴를 힘들게 빼고 철수도 둑을 가로질러 차를 세웠다. 싸이드브레이크를 채우고 탑을 올렸지만 빗물에 흙이 엉켰는지 잘 흘러내리지 않았다. 흙을 내리려 싸이드브레이크를 풀고 탑을 올린 채 덜컹거리며 앞으로 조금 움직였을 때 갑자기 몸을 키운 파도가 탑을 때렸다. 휘청, 덤프가 흔들리는 사이 엉켰던 흙들이 와르르 무너지면서 뒷바퀴가 스르르 미끄러져내렸다. 앞바퀴를 허공에 두고 덩치 큰 덤프가 그대로 위태위태 둑에 매달렸다. 젖은 몸 사이로 식은 땀이 오롯이 솟구치는 걸 철수는 느낄 수 있었다.

"탑 내려. 탑 내리라니까."

그중 가장 오래 덤프를 몰았던 이씨가 조수석 문을 열며 그렇게 소리쳤다. 아무런 생각도 없이 그저 이씨에 말에 따라 철수는 탑을 잡고 있던 스위치를 풀었다. 덜컹거리며 덤프가 앞으로 쏠리는 순간 어느새 차에 올라탄 이씨가 다시 소리쳤다.

"야. 이 개새끼야. 뭐혀, 악세레타 안 밟고. 얼른 악세레타 밟아. 핸들 돌리고."

역시 아무런 생각 없이 가속페달을 밟고 핸들을 돌리고 다시 브레이크, 브레이크라는 외침을 들은 뒤에야 철수는 정신을 차릴 수가 있었다. 둑을 비스듬히 하고 차를 세운 뒤였다.

다행히 더 큰 사고 없이 돌아오는 길에 차들이 쏟아놓은 경적이 울려퍼졌다. 의지하는 것이라고는 와이퍼의 바쁜 움직임과 전조등 여린 불빛뿐이었지만 철수에게는 경적이 닿지 않는 더 먼 곳까지 이어진 꿈이 있었다. 크고작은 고비들이 그렇게 아무리 앞을 가로막는다 해도 철수는 언제까지고 헤쳐나갈 수 있을 것만 같았다.

다시 한번 빠아앙, 억센 경적이 철수의 귓속으로 날아들었다. 벌써 몇대의 차들이 부러 철수를 앞지르며 경적을 울리고 손가락을 들어 아래를 가리켰다. 아무래도 이상한 마음에 차를 세워 살펴보던 철수는 다시 한번 니미럴을 뱉어놓았다. 지랄할 놈의 여편네. 아무래도 일진이 사나운 날이다. 뒷바퀴 펑크가 난 것도 모르고 무슨 자랑이라고 태풍 속 방조제를 달리던 날들이나 생각하고 있었는지, 다시 차에 오른 철수는 계속해서 니미럴만 되풀이했다. 싣고 있던 흙을 부리고 타이어를 때우러 가는데도 덤프는 무겁게, 무겁게 느껴지기만 했다.

철수가 함바집 문을 열었을 때는 벌써 많은 사람들이 점심을 끝내고 난로 옆에 옹기종기 모여 봄 추위를 달래고 있었다. 남들은 못해도 대여섯 탕을 뛰었을 터인데 철수는 겨우 두 탕뿐이어서 우걱우걱 서둘러 밥을 밀어넣고 담배나 한대 얻어 필 생각으로 난로 곁으로 몸을 옮겼다.

"어이, 누가 담배……"

철수는 말을 다 잇지 못하고 멀어지는 사람들을 멍하니 바라보았다. 무슨 까닭인지 모여 이야기를 나누던 사람들이 철수가 다가서자 나무 떠난 나뭇잎처럼 소리없이 흩어졌다. 그제야 철수는 함바집 분위기가 다른 날과는 사뭇 다르다는 것을 눈치챘다. 부러 엉너리를 떨어가며 오전 일들이나 지난밤 속내 깊숙한 이야기를 나누던 모습은 어디에서도 찾아볼 수가 없고 몇씩 우세두세 모여 다른 무리들을 피하며 쑥덕거릴 뿐이었다.

"니미럴, 씨발. 뭔 일인디 그려? 무슨 선거판도 아니고 같은 일 하는 놈들끼리 잘하는 짓이다. 슬금슬금 눈치나 처보고이. 무슨 일이여, 응? 아, 누가 말 좀 해보랑게?"

철수는 버럭 소리부터 지르고 들었다. 아무래도 일진이 사나운 날이다. 동티가 붙어도 단단히 붙은 모양이었다. 니미럴, 빵꾸만 나지 않았으면으로 시작한 혼잣소리는 굴삭기만 부르지 않았으면으로 이어지고 다시 허방에 빠진 일과 마누라 잔소리로 이어졌다. 모두 소용없는 일들이었다. 한참을 중얼거리던 철수는 말없이 주위를 살펴보았다. 또 무슨 건수가 있는 눈치였다. 건수 들어온 몇몇 사람과 그렇지 않은 사람, 건수 있으면 있는 대로 모르면 모르는 대로 넘어가는 것이 노가다판의 상례라는 것을 철수도 모르는 것은 아니었다. 그런데도 마음이 편치 않았다. 이렇게 건수에서 제외된 것도 다 사나운 일진 탓이라고 생각하며 웃어넘기려 해도 돌아가 다시 듣게 될 마누라 잔소리부터 당장 처리해야 될 할부금 문제까지 많은 것들이 철수를 괴롭혔다. 한탕에 기껏해야 삼사만원, 그러나 건수는 보통이 그 두 배였다. 물론 그게 다 구린 일이라는 것을 모르는 것도 아니었다. 그게 무슨 상관이랴.

"아, 니기미, 씨발놈들. 그려 알았어, 알았다고. 니들끼리 잘들 해처먹어, 잘들 해먹으라고…… 니미, 누가 담배나 하나 줘…… 인자, 담배도 하나 못 주겠다! 에이 쌍, 거 참."

"어이, 철수. 여, 여기."

멀지 않은 곳에서 원식이 슬금슬금 다가와 담배를 내밀었다. 철수는 담배를 받는 척 다가가 원식의 팔목을 힘껏 거머쥐었다.

"어이, 원식이. 뭔 일이여이, 나도 좀 암세. 웅?"

부기사 시절을 함께 보낸 사이여서 원식은 이러지도 저러지도 못하고 그저 눈치만 살폈다.

"니미럴, 나도 좀 알자니까?"

잡고 있던 손목을 좀 밀었을 뿐인데 몸을 뒤로 빼고 있던 원식이 그대로 넘어지고 말았다. 주춤주춤 미안한 마음에 원식에게 다가가던 철수가 몸을 돌려 옆에 있던 의자를 발로 치며 다시 한번 크게 소리쳤다.

"에이, 빌어먹을 세상. 에이, 씨발놈의 세상. 니미, 쌍놈의 새끼들 잘먹고 잘살아라. 니미럴."

시끄러운 소리에 함바집 밖에 있던 사람들까지 하나둘 모여들더니 공사장 간부가 어디서 듣고 왔는지 쭈뼛거리며 다가왔다. 철수는 이때다 싶은 마음에 다시 한번 의자를 발로 걸어찼다. 어쩔 수 없었는지 나이 많은 덤프 기사 하나가 철수를 함바집 밖으로 이끌었다.

"아따, 자네도 참말로 독하시. 일른 다음부터 자네만 더 안 좋을 틴디이."

"형님. 내가 왜 모릅니까. 근디 어째요. 아침부터 빵꾸다 뭐다 고작

두 탕 뛰었소. 마누라는 맨날 잔소리지…… 참말로 죄송하게 됐읍다. 면목 없구만요."

"되았네. 다 그렇지, 뭐이. 요즘 누가 다 자네 안 같겠나. 허긴 벌써 여남은 명이나 알았는디 자네 하나 더 안다고……"

철수의 예상처럼 건수가 틀림없었다. 그것도 십만원짜리 건수였다. 속으로 쾌재를 부르면서 철수는 염치가 없다는 듯 무안한 표정으로 가끔 고개를 끄덕이며 나이든 기사의 말을 들었다. 누가 급히 흙을 쓰려고 하는데 워낙 급한 일이라 맞춤한 흙이 없다고 했다. 그것도 많은 양은 아니고 고작 열 대면 되는 양인데, 그 흙 때문에 공사를 늦출 수는 없다고 했다. 그래서 시에서 관리하는 매립용 흙을 부리기로 이야기를 끝낸 모양이다. 알다시피 일이 시끄러워지면 안된다. 그런데 벌써 여남은 명이나 알고 있으니 큰일이다. 어쩔 수 없이 일 끝나는 대로 선착순 열 대에게만 일을 주기로 했다고 한다. 그러니 더이상 소문 나지 않도록 해라, 이 정도였다.

철수는 몇번이고 머리를 조아리며 미안하다는 인사치레를 남기고 덤프가 있는 곳으로 향했다. 사나운 일진 탓을 하던 마음은 어디로 사라지고 십만원을 주머니에 넣기라도 한 듯 벌써부터 기분이 좋아졌다.

액땜으로 생각하기에 서너 탕 덜 뛴 것이 너무 크긴 했지만 그나마 십만원이면 어느 정도 보충을 할 수 있었다. 무엇보다 마누라도 모르는 현찰이 생긴다는 것이 좋았다. 십만원으로 무얼 할까? 어차피 밀린 할부금을 내기에는 턱없이 적은 돈이었다. 쇠고기나 두어 근 달아 장인에게 다시 한번 아쉬운 소리도 하고, 잔소리 늘어가는 마누라 속옷도 한벌 사고. 그리고 며칠 전부터 제 엄마에게 운동화를 사달라고 조르는 딸아이 운동화도 사줄 수 있을 터였다.

제 엄마에게 말하기 곤란한 일이 있거나 혼이라도 날 때면 쪼르르 달려오던 딸아이는 며칠째 철수의 얼굴도 보지 않으려 들었다. 아무래도 고래 때문일 터였지만 철수로서도 그에 대해서는 해명할 길이 막막했다. 살아가기 위해서, 다 잘 살아가기 위해서 뱉어낸 말들이었다.

새만금 공사가 환경단체 등의 여론에 밀려 잠시 중단된다는 소식을 들었을 때 눈앞이 노래지는 기분이었다. 새만금 공사를 믿고 차를 샀고 새만금 공사를 믿고 꿈을 꾸었다. 그런데 갑자기 공사를 중단한다니 미치고 환장할 노릇이었다.

그, 그 미친 놈들이 왜 생트집이래? 아, 좁아 죽겠는 땅덩어리 늘려 우리도 한번 잘살아보자는디 왜 지들이 지랄이야. 이 바다가 뭐, 지들 거여.

어떡헌디야. 참말로 어떡헌디야이. 지들한테는 환경인지 몰라도 우리한테는 밥줄이고 생명이잖여. 아, 요즘같이 건설경기도 안 좋은디 지금 물러나면 다 굶어죽으란 얘기잖여이.

그냥, 이러고만 앉아 있을 거여? 우리도 뭔가 해얄 거 아녀. 우리도 그놈들처럼 어디 가서 데모라도 좀 혀얄 거 아니여, 안 그려들?

그러나 별다른 뾰족한 수가 생기는 것은 아니었다. 덩치 커다란 중장비들을 우르르 몰고 도청 앞에서 새만금 공사를 다시 재개하라고 데모를 하기도 하고, 사람들 모아 진정서를 내어보기도 했지만 합동조사가 끝나는 날까지 기다리라는 말만 되돌아올 뿐이었다. 하루 벌어 하루 살아가는 사람들이라 데모라는 것도 며칠 가지 못했다. 언제일지도 모르는 공사 재개만을 기약하며 뿔뿔이 제 살길을 찾아 떠났다. 길어야 일년 뒤에는 다시 시작할 것이라며 중단된 공사는 두 해가 지나도 다시 시작할 줄을 몰랐다.

쫓겨나듯 새만금 공사장을 떠난 뒤 철수는 어쩔 수 없이 몇달 덤프를 놀려야 했다. 건설경기가 최악이어서 마땅한 자리를 구하기가 하늘의 별 따기만큼이나 힘이 들었고 어쩌다가 겨우겨우 일자리를 얻는다 해도 며칠이면 끝나고 마는 단발성 일뿐이었다. 그나마 울고 싶은 놈 뺨 때린다더니 받아야 할 대금은 어음으로 들어오기 일쑤였다.

하루이틀 늘어나는 노는 날만큼 적자도 늘어나 마침내 더 버티기가 힘이 들 정도였다. 곶감 빼먹듯 모아놓은 돈을 까먹기 시작하더니 가까운 친지들에게 할부금을 빌려 내는 달이 많아졌다. 마누라에게 덤프는 이제 행복이 아니라 애물단지였고 처분하지 못하는 것이 안타까운 고철일 따름이었다. 그러나 철수에게 덤프는 여전히 꿈이고 희망이었다.

새만금 공사만 다시 시작한다면 그깟 몇달 밀린 할부금이야 단번에 갚고 새로 적금도 큰 걸로 하나 들 수 있을 터였다. 바다로 뻗은 그 긴 방조제를 다시 달릴 수만 있다면 덤프 가득 돈더미를 실을 수 있을 것도 같았다.

"아, 또 뭔데?"

오후에는 좋아진 기분처럼 신호도 한번 걸리지 않고 일이 척척이더니 그도 아닌 모양이었다. 또 무슨 일인지 공사장 쪽 어린 일꾼 하나가 차들을 세웠다.

"데마찌, 데마찌."

"건 또 왜?"

"오다가 유조차 엎어진 거 못 봤어요? 민원 들어왔대요. 오늘은 이만 시마이예요."

"아, 나 참 내. 유조차 엎어진 거하고 우리하고 도대체 무슨 상관인데 그래, 응?"

"몰라요. 이 마을 사람들 맨날 먼지 날린다고 야단들이더니 그 사고 보고는 언제 터질지도 모르는 유조차가 엎어져 있는데 덤프들이 씽씽 달린다고 그랬다나, 아무튼 나 바빠요. 가만 보자. 에게, 오늘 겨우 다섯 탕이네."

니미럴, 그놈의 일진. 철수는 담배를 빼어물며 다시 일진 탓을 해보았다. 그러다가 문득 오후부터 일이 제법 잘 풀리고 있다는 걸 생각했다. 오후 한 시간 만에 남들은 많이 뛰어야 두 탕이었을 것을 신호 한번 안 걸린 탓에 세 탕이나 뛸 수 있었다. 주머니를 뒤지며 철수는 멀어져가는 어린 일꾼을 소리쳐 불렀다.

"어이, 철. 이봐, 철. 나 좀 보자고, 응?"

어린 일꾼은 철수의 소리에는 대답도 없다가 경적이 울리고 나서야 쭈뼛 고개를 돌렸다. 기다렸다는 듯이 철수가 서서히 덤프를 몰고 그쪽으로 다가갔다.

"어이, 봉철이……"

"아이 참, 아저씨도, 바쁘다니까요. 왜요?"

"어이, 봉철이. 내 부탁 하나만 들어주……"

"뭔데요!"

"그러니까 그게, 있잖여. 아무래도 다섯 탕이라면 그게 좀, 넘들한테도 웃기고 해서……"

철수가 더 말을 잇기 전에 어린 일꾼이 무 자르듯 베고 나섰다.

"안돼요. 안 그래도 지난번에 그 일 때문에 괜히 나만 짤릴 뻔했다구요."

"아, 그러지 말고. 이거 자네 담배나 사 피고…… 딱 봉게 적게 띈 차가 아홉은 되겠구만. 나, 많이도 말고 표시 안 나게 일곱으로만 해 줘, 응. 알았지. 우리가 그래도 같은 철인디, 한번만, 딱 한번만……"

손에 쥐고 있던 삼만원을 어린 일꾼에게 쥐어주며 조심스럽게 말했다. 살짝 돈을 살피던 어린 일꾼이 두리번, 주머니로 손을 가져가며 말을 받았다.

"아저씨, 오늘 너무 적으니까 내가 해드리는 거예요. 알죠? 다음부터는 절대 안된다는 거."

어린 일꾼이 멀어졌다. 무엇을 해야 할지 망설이던 철수가 일 끝나고 모이기로 한 곳으로 차를 몰았다. 민원 때문에 공사가 멈췄으니 모여야 할 시간은 한참이나 남았지만 시간을 보낼 곳도 마땅찮았고 다른 곳에서 시간을 보내다가는 혹시 늦을지도 모른다는 생각에 미리 가서 기다리기로 했다. 모두들 같은 생각이었는지 덤프들이 우르르 그쪽으로 향하는 것이 보였다. 여남은 대가 알고 있을 뿐이라더니 어디서 소문이 났는지 사거리 신호등에 서 있는 차들이 몇대, 철수 앞을 달리는 차들이 몇대, 그렇게 사방에서 몰려드는 덤프들이 스무 대는 족히 돼 보였다. 가속페달에 힘을 주어보지만 아무래도 차들을 다 제칠 수는 없을 것만 같았다. 똥줄이 타들어가는 기분이었다. 더 힘껏 가속페달을 밟던 철수가 다시 다리에 힘을 풀었다. 니미럴, 니미럴. 엎친 데 덮친 격으로 철수 쪽 진행 신호등이 노란불로 바뀌었다. 앞서 달리던 차들이 하나둘 정지등을 밝히며 속도를 줄였다. 어쩔 수 없이 브레이크를 밟으며 속도를 줄이던 철수가 갑자기 경적을 울리고 상향 전조등을 오르내리며 가속페달에 잔뜩 힘을 주었다. 마주 오는 차는 보이지 않았다. 부아앙, 높아진 엔진소리만큼 속도도 빠르게 올라가기 시작했다. 비상 깜빡이를 켜고 노란색 실선을 넘어 철수의 덤프가 속도를 줄이는 차들을 추월해나갔다. 한 대, 두 대, 세 대. 이미 빨간 불이 켜진 사거리 신호등 앞에서도 여전히 철수는 속도를 줄이지 않았다. 빠아아앙, 경적만 더 요란하게 울렸다. 신호를 대기하던 차들이 철수의 기세에 눌려 제 신호에도 출발하지 못하고 역시 경적만 요란스럽게 토해냈다.

휴우, 사거리 신호등을 지나서야 철수는 한숨을 내쉬고 속도를 조금 줄여 차를 몰았다. 이제 열 대 안에 들기에는 충분할 것 같았다.

예상했던 대로 벌써 여러 대의 차들이 모여 있었다. 아홉번째로 철수도 아슬아슬하게 도착했다. 아따, 그 사람도, 참. 열번째 들어온 기사는 웃으며 해도 그만 안해도 그만인 말을 던졌지만 철수 때문에 열한번째로 밀려난 기사와 다음에 도착한 몇몇 기사들은 쌍소리를 담아가며 철수에게 달려들었다.

"아, 브레이크가 안 들어서 그랬다니까, 그래. 잘못했어. 아, 나가 잘못했당게요. 예, 예."

큰소리를 뱉어내던 다른 때와는 달리 연신 잘못했다는 반응에 다른 기사들도 더 어쩌지 못하고 투덜거리며 멀어져갔다.

며칠 꿍해 있던 딸아이는 동물을 다루는 티브이 프로그램에서 고래가 나오자 철수에게 달려와 말을 걸었다. 아무래도 오래 전부터 하고 싶었던 말을 기회를 엿보며 미뤄온 듯했다.

"아빠, 고래다, 고래. 선생님이 그러는데 선생님 어렸을 적엔 요 앞 바다에도 고래가 살았대. 근데 왜 요즘에는 요 앞에 고래가 못 사는지 알아?"

"그, 글쎄……"

또 새만금에 대한 이야기겠다 싶어 철수는 부러 모르쇠를 떨었다.

뉴스를 보다가 새만금에 대한 이야기가 나오거나 술이라도 취해 억울하다는 생각이 들 때면 철수는 새만금 공사를 다시 시작해야 한다는 말에 힘을 주며 몇번이나 되풀이했다. 딸아이도 늘상 들어오던 소리라 새만금 공사를 꼭 다시 시작해야 옳은 줄 알고 있던 모양이었다. 학교에서 새만금 간척사업에 대해 가상 모의재판을 연다고 했다. 새만금 공사를 중단해야 한다는 쪽과 공사를 다시 시작해야 한다는 쪽으로 편을 나누어 진행되는 모의재판에서 딸아이는 망설임 없이 공사를 다시 시작해야 한다는 쪽을 선택했다. 학교에서 돌아온 딸아이는 철수에게 모의재판에서 자기가 공사를 해야 하는 쪽 변호사를 맡게 됐다고 자랑을 하며 왜 공사를 다시 시작해야 하는지 그 까닭을 물어왔다.

"아이고 우리 경희가 새만금 다시 시작하자는 변호사를 맡았어? 암, 해야고말고. 다시 시작해야지. 그러니까, 그게, 음……"

철수는 난감했다. 막상 왜 다시 간척사업을 시작해야 하는지를 물어오니 딱히 그 까닭을 설명할 수가 없었다. 우리 가족들이 잘먹고 잘살기 위해서라는 말을 초등학교 오학년인 딸아이에게 하기에는 아무래도 궁색했다. 철수는 새만금 사업을 다시 시작해야 전국에서 가장 낙후된 지역인 전라북도 경제가 살아난다는 것과 미래에 닥칠지도 모르는 식량문제를 대비하기 위해서는 여의도 140배 가량의 새 땅이 생기는 새만금 공사가 꼭 필요하다는 말을 그동안 공사를 하며 주워들은 대로 언거번거 늘어놓았다.

모의재판이 열리는 날 딸아이는 씩씩하게 집을 나섰다. 그러나 학교에서 돌아오는 길에 딸아이는 풀이 잔뜩 죽어 있었다.

육학년 언니 오빠들로 구성된 배심원회의에서 7 대 2로 새만금 간척사업이 부당하다는 결론이 나왔다고 했다. 그것도 평소 자신을 쫓아다니는 오빠가 배심원이 되어 무조건 자신의 편을 들어주었다고, 그래서 겨우 8 대 1을 면할 수 있었다고 딸아이는 거의 울 것 같은 표정으로 말했다.

그때부터 딸아이는 틈만 나면 철수를 설득하려 들었다. 두 시간이 넘는 모의재판에서 그리고 재판이 끝난 뒤 선생님의 보충설명에서 딸아이는 새만금 간척사업이 나쁘다는 걸 알게 되었다고 했다. 환경을 파괴하며 그렇게 엄청난 공사를 하는 것은 자신이 앞으로 살게 될 풍요롭고 아름다운 지구를 미래의 주인들인 자신들에게 허락도 없이 어른들 멋대로 못쓰게 만드는 나쁜 짓이라고 했다.

철수는 할말을 잃었다. 어쩌면 딸아이의 주장이 옳은 것인지도 몰랐다. 그러나 딸아이가 모르는 것이 있었다. 아무리 설명한다고 해도 어린 딸아이는 피부로 느끼지 못할 것이었다. 제 아빠에게 새만금 공사는 먼 미래가 아닌 당장의 삶이라는 것을 딸아이는 알지 못했다.

"환경이 파괴가 돼서 그렇대. 그렇지 않음 요 앞바다에도 고래가 살 수 있대. 아, 신나겠다. 아빠, 아빠도 어렸을 때 고래 본 적 있어?"

"그럼. 만져도 보고 안아도 보고……"

"정말. 정말이야, 아빠. 언제, 어떻게?"

아차 싶은 마음에 말꼬리를 슬며시 내렸지만 딸아이의 끝없는 추궁에 철수는 조심스럽게 옛 기억을 더듬기 시작했다. 모의재판이 있은 뒤로는 제 아빠의 말을 쉽게 흘려보내던 딸아이가 눈을 크게 뜨고 철수를 바라보았다.

"그러니까, 아빠랑 너네 작은아빠랑 어려서 할아버지 사는 바닷가에 살 때……"

호미 하나씩 들고 철수는 동생과 함께 물이 빠지기 시작한 갯벌을 걸어갔다. 이른 아침이어서 갯벌 위로 가득 물안개가 피어올랐다. 그냥 걷기가 심심했던지 동생이 학교에서 배운 섬집아기를 부르기 시작했다. 엄마가 섬 그늘에 굴 따러 가면 아기가 혼자 남아 집을 보다가 바다가 불러주는 자장 노래에 팔 베고 스르르르 잠이 듭니다. 노래가 멈춘 곳에서 걸음도 멈추고 둘은 조개를 캐기 시작했다. 단단해진 갯벌이 조금씩 물러져 발목까지 차고 오르는 곳이었다. 호미질을 할 때마다 조개가 몇개씩 걸리곤 했다. 꼬막도 있고 골뱅이도 있고 가끔은 비싼 생합이 나오기도 했다. 땡그랑 한 푼 땡그랑 두 푼 벙어리저금통이 아유 무거워, 동생이 다시 노래를 불렀고 철수도 따라했다.

형아, 얼마나 모았어?

많이 잡았어. 쫌만 더 허면 한 소쿠리는 된당게.

아니, 조개말고, 우리 모은 돈 말여.

응, 돈. 어제까정 삼천칠백원 모았구만, 왜?

아니여. 좋아서, 히.

안개 사이로 조금씩 햇살이 얼비치고 갈매기 몇 마리가 곁에 앉았다 날아오르곤 했다. 허리를 펴며 갈매기 날아간 곳을 바라보던 철수가 갑자기 동생을 불렀다.

용수야, 용수야. 저, 저게 뭐다냐?

멀리 바다 쪽으로 김 양식을 위해 심어놓은 말장 사이에서 커다란 물체가 흔들리는 것이 보였다.

뗌마 아니여?

자세히 보지 않는다면 거룻배가 엎어져 있는 것처럼 보였지만 아니었다. 아직 물이 다 빠지지 않은 바다에서 커다란 그 무엇은 파도에 흔들리는 것이 아니라 꿈틀거리고 있었고 그때마다 파도가 부서져 은결을 만들곤 했다.

뗌마가 저렇게 꿈틀거리간디. 가볼래?

발목까지 빠지는 갯벌을 철수와 동생이 질퍽질퍽 무거운 발걸음을 잊고 달리기 시작했다. 바닷물이 무릎 아래까지 차오르는 곳에 이르러서야 둘은 물체가 무엇인지를 확실히 알 수 있었다.

고, 고래다!

이이이잉, 이이잉. 알 수 없는 소리를 토해내며 고래는 말장 사이를 벗어나기 위해 필사적으로 몸을 뒤틀었다. 무릎 아래까지 물이 빠지면서 고래의 펄떡거림도 줄어들었다. 그제야 둘은 슬그머니 고래 곁으로 다가가 막대기로 찔러보기도 하고 좀더 용기를 내 쓰다듬어보기도 했다. 물이 다 빠지고서는 고래의 움직임도 거의 줄어들었다.

용수야, 아빠 데리고 와라. 이거 돈 많이 될 거여이.

형이 가. 왜 내가 가?

니가 동생인디, 그리고 내가 먼저 봤잖여.

꿀밤을 먹이고 동생을 보낸 뒤 철수는 용기를 내어 고래를 안아보았다. 조금은 거칠한 느낌과 함께 찾아오는 묘한 부드러움이 철수를 사로잡았다. 이이이잉, 고래가 힘없이 움직였다. 갑자기 아랫도리가 불끈 달아올랐다. 입고 있던 반바지를 무릎 밑으로 살짝 내리고 그대로 달아오른 아랫도리를 비비기 시작했다.

참았던 것이 불쑥 철수의 몸을 밀고 나왔다. 화장지를 찾아 배꼽 주위에 떨어진 것을 닦았다. 여섯시가 되려면 아직 세 시간이 더 남아 있다. 커다란 덩치의 덤프들이 모여 있으면 눈에 들기 쉽다고 가까운 곳에 흩어졌다가 여섯시가 되면 모이라고 했다. 시간을 보내기가 마땅찮았다. 늦은 점심을 먹는 바람에 하지 못한 구리스 주입도 하고, 구린 일에 동티 붙지 말라고 탑 안에 들어가 잘 나오지도 않는 똥을 억지로 누기도 했지만 시간은 여전히 많이 남아 있었다. 낮잠으로나 보낼까 하고 의자 뒷자리에 몸을 뉘었지만 통 잠이 오지 않았다. 이런저런 생각 끝에 철수는 차 안에 걸려 있는 나체 사진을 보며 손장난을 시작했다. 마누라와 몸을 나눈 것이 언제인지 싶었고 손장난이 끝나면 잠이 좀 오려나 싶었다.

눈을 초롱초롱하게 뜨고 맞장구를 치며 철수의 이야기를 듣던 딸아이는 마치 고래를 죽게 한 것이 제 아빠라도 되는 것처럼 눈물을 보이며 소리쳤다. 아이에게 하지 말아야 할 말을 감추고 제 할아버지랑 동네어른들 몇이서 동네 어판장으로 고래를 끌고 가서 비싼 값을 받고 팔았다는 이야기를 할 즈음이었다.

"아빠 나뻐. 불쌍하잖아, 그 고래. 아빠 나뻐. 맨날 돈밖에 모르고. 새만금 간척사업도 그만둬야 한대. 그래야 다시 서해에도 고래가 살 수 있대. 근데도 아빤 맨날 돈밖에 모르잖아. 나 아빠랑 얘기 안해."

어처구니가 없는 노릇이었다. 무엇이 나쁘다는 건지. 아무리 어리다지만 자식이라고 하나 있는 것이 제 아빠 속도 모르고…… 철수도 언짢아진 마음에 살짝 꿀밤을 한대 놓는다는 것이 딸아이에게는 제법 아팠던 모양이었다. 그뒤로 딸아이는 정말이지 철수의 얼굴을 보지 않으려 들었다.

"니미럴. 왜 나여? 왜 하필 나냐고?"

"아, 철수. 그렇게 역정만 내지 말고이. 흙이 여덟 대만 필요하대잖여, 긍게……"

필요하다는 흙이 열 대에서 여덟 대로 줄어들었다는 사실을 알게 된 것은 다시 모이고 얼마 지나지 않아서였다. 모두들 누군가 빠져주기를 바랐지만 아무도 그만두겠노라고 나서는 사람은 없었다. 눈치만 살피던 사람들 가운데 누군가 처음부터 선착순으로 일을 주기로 했으니 선착순 여덟 대까지만 일을 주어야 한다고 했고, 너도나도 그게 가장 합리적이고 옳은 일이라고들 입을 모았다.

"긍게, 뭐? 긍게, 뭐어?"

"이봐, 철수. 순리가 그렇잖여. 아, 선착순 허기로 했은게, 아홉번째랑 열번째는 빠져야지. 안 그려?"

"응, 그려. 순리 좋아하는 놈들이 지금까지 눈 빼고 기다린 건 생각 못허느만. 여하튼 난 못혀. 아, 형님. 뭐라고 좀 혀봐요. 지금까지 기다렸는데 이렇게 허무하게 형님은 그냥 갈라우?"

"아, 안되지. 그게, 그게. 사람들이 그러면 못쓰지이."

안타까운 마음에 돌아가지도 못하고, 철수와 사람들의 말싸움을 옆에서 조용히 지켜보고만 있던 열번째 기사가 마지못해 철수 편을 들었다.

"아, 씨발, 진짜. 그럼, 어떻게 하면 되겠는디, 어? 자네가 한번 말해봐."

철수가 기다렸다는 듯이 말을 낚아챘다.

"긍게, 어차피 다같이 일하기로 혔은게 한 차에서 이만원씩만 추렴해서 줘. 글믄 형님하고 나하고 그 돈으로 나눌 틴게."

"니기미, 지만 성질 있나. 이 개새끼야. 아예 공으로 먹었다? 니미,

씨팔놈아. 그러면 너는 차는 부리지도 않고 팔만원이고 우리는 기껏 차 부리고 팔만원이고."

사람들이 한두마디 철수를 욕하고 들었다. 가만히 지켜보던 열번째 기사도 좀 너무했나 싶었던지 철수 옆으로 바짝 다가와 좀 너무한 게 아니냐고, 받으려거든 만원씩만 받아도 우리들이 기다린 값은 되겠다며 속삭였다. 나무라는 시어머니보다 말리는 시누이가 밉다고 철수는 그렇게 말하는 열번째 기사에게 와락 화가 올랐다.

"니미럴. 형님은 좀 국으로나 계슈. 아님 그냥 집구석으로나 가던지, 예?"

저, 저. 열번째 기사가 철수의 서슬에 뭐라지도 그렇다고 나이든 체면에 가만히 있지도 못하고 저, 저만 입밖으로 내어놓을 때 갑자기 운전석으로 뛰어든 철수가 차를 공사장 입구로 몰았다. 겨우 덤프 한대 들고 나도록 좁은 입구에 비스듬히 차를 세우고, 빠앙, 빠앙, 빠앙, 빠아아앙, 철수가 경적을 울렸다. 이번에는 기사들끼리 알아서 하라며 먼산바라기만 하던 책임자가 몸이 달았는지 철수 쪽으로 달려와 헉헉거리며 말했다.

"자, 자네. 머, 뭔 짓이여, 이게? 시, 시끄럽게."

"니미럴. 아무튼 난 이대로 여기서 날 샐 틴게 니들끼리 흙 퍼다가 팔어먹던지 삶어먹던지 알아서 해봐. 잘먹고 잘살어보라고……"

빠앙, 빠앙, 빠앙. 웅성거리던 기사들 가운데 성질 급한 기사 하나가 갑자기 철수 쪽으로 뛰어와 운전석을 열고 철수의 멱살을 잡아챘다.

"이런, 씨발놈의 새끼를. 그냥."

주먹이 철수의 얼굴에 와서 박혔다. 기우뚱, 운전석 아래로 끌려내려온 철수가 벌러덩 넘어졌다. 비릿한 냄새가 코안에 확 달아오르더니 찝질한 코피가 입안에 스며들었다. 감은 눈 사이, 수평선을 가로지르며 바다로 길게 뻗은 방조제를 달리던 지난날들이 떠올랐다. 문득, 멀리서 철수를 따라 달리는 고래 한 마리가 스쳐지났다. 니미럴, 말짱에 걸린 고래만도 못헌 인생, 옷소매로 스윽 코피를 닦으며 혼잣소리를 뱉어내던 철수가 그대로 누워 고래고래 소리치기 시작했다. 그래, 죽여라, 죽여. 이 개새끼야. 응, 너 돈 많이 벌어논 모양인데…… 딸아이 운동화는 사다줄 수 있을는지. 바람이 매섭기만 했다.

—『청춘 2001』, 이룸 2001

전국노래자랑

차례가 바로 코앞으로 바짝 다가오면서 서울댁은 주머니에 넣어두었던 쪽지를 다시 한번 펼쳐들었다. 혹시 모른다며 일영호댁이 적어준 쪽지에는 서울댁이 송해를 붙들고 해야 할 말들이 꼼꼼히 적혀 있었다. 그러나 긴장 때문인지 글자들은 봄날 아지랑이처럼 눈앞에서 하늘거릴 뿐이었다. 큰소리를 내어 읽어보아도 말짱 헛일, 소리는 달팽이관만 슬쩍 건드리고 어디론가 총총 잰 발걸음을 놀리며 사라지는 것만 같았다. 귓속에는 앞차례 여자의 어설픈 가락만 윙윙거렸다. 미련한 여편네 저 솜씨로 무슨 노래자랑엘 다 나오고 지랄이디야. 땡 소리에 무대 밖으로 내려오는 여자를 괜스레 탓하며 서울댁은 쪽지를 주머니에 넣고는 손거울을 꺼내들었다.

거울 앞에 앉은 서울댁의 얼굴에 잘 익은 호박 같은 웃음이 일렁거렸다. 함께 따라온 아낙들이 타박을 놓아도 그때뿐, 서울댁은 저도 모르게 히죽해죽 어숭그런 웃음을 흘려놓았다. 장난 좋아하는 동무 말처럼 연지곤지 두 볼에 살포시 얹으면 그대로 새색시가 될 것만 같았다. 낼모래 환갑 치를 여자가 새색시라니, 서울댁은 그게 어색하고 생뚱맞아서 웃음을 흘렸고 그러면서도 또 오랜만에 남들 앞에 곱게 단장한 제 모습이 좋아서 다시 웃음을 흘렸다. 둘째아들이 장가가고 예닐곱 해 만에 해보는 꽃단장이었다. 처음엔 그저 소금기에 잔뜩 절어 지푸라기처럼 거친 머리를 손질하려 했던 것이 함께 따라온 동무들 말에 동해 마사지도 하고 화장도 했던 터였다.

"글도 티비에 나올 틴디, 까침박이 낳은 명가수 최금희씨가 어찌 이 몰골로 나간다고 그런디야. 세란아, 머리 손질만 하지 말고 우리 성님 맛사지도 좀 혀고 그래봐라이."

"그깟 거 나가면서 맛사지는 무슨……"

말은 그렇게 하면서도 서울댁은 가만히 얼굴을 내맡겼다. 마사지가 끝나고 분을 바르고 색조화장을 하면서 겨울철 물 빠진 염전처럼 하얀 버짐 가득한 얼굴이 조금씩 조금씩 고운 태를 둘러갔고 아낙들의 놀림도 점점 늘어갔다.

"할망구가 다 되었는지 알았더만 아적도 곱네이. 허긴 서울댁이 처음 왔을 때 여적 고왔어야지."

"누가 아니랴. 저 여편네 말여이, 서울 여편네 아니랠까비 얼굴이 뽀야가지고…… 그 태가 다 가덜 안혔구만. 꼭 새색시 같어."

"아따, 이 여편네들 참말로 지랄허고 자빠졌는갑다. 터지면 어쩔려고 자꾸 풍선을 태우고 그런다냐이."

"근디, 니 목은 좀 괜찮냐?"

"날계란을 하루에도 몇개씩 먹던디 괜찮치 뭐. 안 그요, 성님. 근디 말여요, 성님들. 목소리가 문제가 아니고요, 이렇게 고운 양반이 무슨 말 헌다고 시장이 들어줄란가요. 좀 불쌍혀 보여얄 텐디, 안 그요?"

"글고 봉게 그러네이. 안되겄다, 세란아. 인자 그만허고 그년 다시 촌년 만들어야겄다."

아낙들의 함박웃음이 좁은 미용실을 굴러다녔다. 배시시 서울댁의 여린 웃음이 초승달로 기울었다.

아낙들 장난말에 동티라도 붙었는지 그렇게 꼭두새벽부터 설치며 단장한 곱디곱던 얼굴은 어디로 사라지고 손거울 속에는 낮도깨비마냥 어설픈 얼굴 하나가 서울댁을 가만히 보고 있었다. 괜스레 아낙들을 탓하다가 삐질삐질 흘러나오는 식은땀을 탓하다가 한숨을 끝으로 서울댁은 서둘러 손가방을 열어 분을 꺼내들었다.

"6번이요. 6번······"

자신을 부르는 소리라는 것을 뻔히 알면서도 서울댁은 부러 모르쇠를 떨며 분을 찍어발랐다.

"6번 최금희씨 없어요? 최금희씨······ 어, 진짜 오늘 왜들 이렇게 속을 썩이냐. 그냥 바로 7번으로 갑시다. 7번 준비됐죠."

그제야 서울댁은 예, 예 소리를 지르며 무대 위로 뛰어올랐다. 어쩔 수 없는 노릇이라는 걸 잘 알면서도 서울댁은 자꾸만 땀으로 얼룩진 얼굴이 마음에 걸렸다. 그러나 그것도 아주 잠깐, 서울댁의 머릿속에는 더 큰 걱정이 떠올랐다. 쪽지를 그렇게 여러 번 보았으면서도 어떻게 송해를 붙들고 말을 풀어나가야 할지 도무지 감이 잡히지 않았다. 다시 한번 쪽지에 적혔던 말들을 생각해볼 뿐이었다.

송해오빠, 안녕하세요. 참말로 참말로 반갑구만요.

예, 예. 아이구 이거 이거 씩씩하기도 하셔라. 그래, 어디서 오셨수?

예, 저는요. 저그 까침박서 온 최금희라고 하는디요. 지가 거그 까침박 방파제서 포장마차를 하는구만요. 근디 지가 드릴 말씀이 있는데 쪼까 혀도 되겄는감요?

아, 그러믄요. 그래 무슨 말씀을 허시게.

긍게, 그게 별일은 아니고요. 시장님도 이 자리에 나오신다고 혀서요. 시장님, 안녕하시지요. 지가 아까참에 말씀드린 것처럼 저그 까침박서 포장마차를 하는구만요, 근디요……

그러나 생각은 머릿속에서만 맴돌 뿐, 쪽지에 적혔던 글들은 말이 되어 입밖으로 나오지 않았다. 무대 밖에서 너무 꾸물거린 탓인지 생각과는 달리 송해가 다음 순서를 모신다는 말 한마디만 남기고 휑하니 무대 저편으로 가버린 까닭 때문이겠지만, 그렇지 않다고 해도 서울댁은 송해를 붙들고 아무런 말을 할 수 없을 터였다. 씩씩하던 생각과는 딴판으로 무대에 발을 올려놓으면서부터 서울댁의 입술은 바짝 말라 아무런 말도 할 수 없었다. 온몸이 떨리고 발걸음은 무겁기만 했다. 어떻게 무대 가운데까지 그 무거운 발을 끌고 왔는지도 모를 지경이었다. 나이 때문에 흐느적흐느적 하나둘 무너져가는 몸뚱이에 그나마 하나 제대로 남아 있던 눈마저 또 어떻게 됐는지 앞에 보이는 것이라고는 그저 먹먹한 어둠뿐이었다. 환호성인지 야유인지 잘 분간하기 힘든 소리들이 파도처럼 귓속을 일렁이더니, 그 사이사이 귀 익은 음악 한줄기가 들려오기 시작했다.

마이크를 잡은 손에 힘이 들어갔다. 떨리는 온몸을 어쩌지 못해 서울댁은 차라리 두 눈을 꼭 내리감았다. 온풍기 바람이 서울댁의 머리를 잠시 흔들었고 그사이 숨어 있던 식은땀 몇 줄기가 쪼르륵 얼굴을 타고 흘러내렸다.

차, 차 참을 수가 없도록 이 가슴이 아파와아도

여자이기 때문에 말 한마디 못하고

헤아릴 수 없는 설움 혼자 지닌 채

답답하던 가슴이 조금 풀리는 기분이었다. 떨리는 몸도 조금은 진정이 되어가는 것 같았다. 긴장 때문에 첫 박자를 틀린 게 아무래도 마음에 걸렸지만 노래를 부르기 시작하면서 서울댁은 겨우 마음을 진정시킬 수 있었다. 감았던 눈을 살포시 뜨고 무대 앞을 바라보았다. 거기 실내체육관을 가득 메운 사람들, 몇은 손을 흔들고 몇은 손뼉을 치고 또 몇은 일어나 춤을 추면서 서울댁의 노래를 듣고 있었다. 다시 한번 숨이 멎는 듯했지만 서울댁은 이제 노래를 타고 흐를 뿐이었다.

고달픈 인생길을 허덕이면서……

다 아물지 않은 목청에서 목쉰 가락이 애잔하게 흘러나왔다. 서울댁은 그렇게 고달픈 인생길을 쉽게 넘지는 못했다. 멀지 않은 곳에서 서울댁을 응원하는 사람들이 보였다. 반가운 마음이 채 다 들기도 전에 어딘지 모를 서운한 마음이 먼저 다가왔다.

까침바우 명가수 최금희 화이팅 포장마차를 살린다 화이팅팅

노래자랑에 나가 포장마차 얘기를 하면 어떻겠냐고 했던 것은 다른 이가 아닌 바로 서울댁이었다. 그런데도 서울댁은 마을사람들이 들고 있는 글자들이 자신을 응원하는 것이 아니라 포장마차를 응원하는 것만 같아, 어쩐지 서운한 생각이 불쑥 머리를 들고 일어나는 것만 같았다. 무엇보다도 노래로 겨우 달래놓은 마음이 포장마차로 흔들리는 게 싫었다. 그러나 어쩔 수 없는 노릇이었다.

위태위태 기우는 겨울해를 머리에 지고 출랑이가 달려왔다. 가을

한철인 망둥이를 잡겠다고 찬바람에 온몸을 벌벌벌 떨며 괜한 미끼만 탓하던 서툰 낚시꾼들이 물리고 떠난 술상을 치우며 한숨을 돌릴 쯤이었다. 겨울 매서운 바람 속을 헉헉거리며 달려오는 촐랑이를 보며 또 무슨 큰일이 벌어졌나 서울댁은 가슴이 덜컹 내려앉았다. 무슨 놈의 여편네가 촐랑거리며 물어다주는 소식마다 놀부 박씨 같은 것들이었다. 큰아들이 또 어디서 싸움을 하고 있네, 장씨는 또 술에 취해 주정을 부리네, 둘째아들이 교통사고를 당했다네…… 잠잠해질 때쯤이면 그렇게 물어오는 소식들로 서울댁의 가슴속에는 언제나 썩은 박들이 주렁거렸다. 아니나다를까, 오늘은 또 무슨 일이 벌어졌나, 마음을 다잡기도 전에 촐랑이의 목소리가 귀를 파고들었다.

"성님, 성님. 아따, 지금 뭐하요? 어촌계 사무실로 언능 오라고 전화 좀 혀랬더만. 이집 며느리한테 전화 안 왔습디요?"

"전화는 개뿔이…… 으쩐 일여?"

달그락거리는 소리가 제법 크게 들리도록 설거지하던 그릇들을 내려놓으며 서울댁이 부러 퉁명스럽게 말을 받았다. 그러면 또 저쪽에서는 입이 한발이나 나와 통통 부은 목소리를 낼 터인데도 무슨 일인지 촐랑이는 그저 히죽거릴 뿐이었다. 그 모습에 찾아온 까닭이 큰일 벌어진 때문은 아니라는 걸 알면서도 서울댁의 마음은 여전히 답답하기만 했다.

"여편네가 다 늙은 서방 거시기를 만지다 왔나. 왜 그리 히죽이죽 웃고 지랄이다냐. 뭔 일이냔게?"

"아따, 참말로. 숨 떨어지오. 언능 온다고 숨차 죽겄구만…… 사이다나 한잔 주시오이."

"니는 어찌된 여편네가 넘들 다 사오는 사탕 하나 안 사옴시롱, 만날 주라는 건 그렇게도 많냐이."

서울댁이 냉장고를 뒤져 반쯤 남아 있던 사이다를 병째 내밀고는 다시 설거지하던 곳으로 몸을 옮기며 지청구를 놓았다. 이번에는 촐랑이도 지지 않고 몇 마디 말을 던졌다.

"아따, 성님. 참말로 너무하요. 거 새것도 아니고 이깟 넘들 먹다 남은 거나 줌시롱…… 내참 내참, 이거 내 정신 좀 봐요. 성님, 아따 금희성님. 거 좀 찬찬히 허고 언능 볼펜 갖고 이리 좀 오시오이."

말꼬리를 내리던 촐랑이가 무슨 생각이 들었는지 호들갑을 떨며 목소리를 높였다. 그 장단에 서울댁은 바뻐야, 말을 하면서도 손을 쓱쓱 닦으며 다시 촐랑이 앉은 곳으로 다가섰다.

"성님, 언능 이거 하나 써주시오. 언능. 아, 언능요."

"뭔디 그리 호들갑이여?"

"소문 못 들었소. 다음주 수요일에 노래자랑 온다고 안흐요. 이게 바로 그 신청선디, 나가 까침박 명카수 최금희씨 생각나서 이렇게 가지고 안 왔소."

"가수는 무슨……"

촐랑이 손에 예심신청서를 넘겼을 뿐인데도 가슴이 설레었다. 바다를 넘는 하루의 마지막 햇살이 숨을 헐떡거리며 포장마차 안으로 몰려들었다. 그 빛에 서울댁은 살며시 눈을 내리감았다. 잘 정돈된 조명들이 서울댁을 향해 일제히 빛을 내뿜고 있는 것만 같았다. 허엄, 허험. 앉았던 자리에서 일어나 목을 한번 가다듬고 상 위에 있는 숟가락 하나 들어 두 손으로 살며시 감싸쥐고 주위를 한번 둘러본 다음에 서울댁은 노래를 부르기 시작했다.

손 대면 토옥 하고 터질 것만 같은 그대

봉선화라 부르으리, 더이상 참지 못할 그리움을……

봉선화 연정을 넘어, 다 함께 차차차를 부르고 네 박자를 지나, 네가 나를 모르는데 난들 너를 알겠느냐, 타타타를 부를 즈음 삽을 어깨에 메고 장씨가 나타났다.

"아따, 이 사람이 밥때 됐음 밥 차려놓구 부를 생각은 않고 웬 시덥잖은 노래를 다 부르고 지랄이디야. 배 고픈게 언능 밥이나 좀 주소."

문 여는 소리도 모르고 노래를 부르던 서울댁에게 장씨는 먼저 지청구부터 놓았다.

"이놈의 영감탱이가…… 누가 상 준다요? 하지 말라는 일 기어이 애를 쓰고 허믄서 왜 나한테 짜증을 낸다요?"

"니미, 누구는 다 늙어서 이딴 짓을 허고 싶어서 헌디야. 그럼 저것 땜시 손님이 얼마나 줄었는디 그냥 저대로 놓고 장사를 한다냐."

"근다고 포크레인이 파놓은 길을 사람 혼자서 어떻게 메운다요……"

서울댁의 머릿속에 며칠 전 일들이 스쳐지나갔다. 회색빛 단속 완장을 찬 시청 직원들이 나타났을 때까지만 해도 포장마차를 하던 사람들은 일상처럼 그들을 바라볼 뿐이었다. 민원이 들어왔다고 했고 그래서 더이상 장사를 할 수 없다고 했다. 포장마차를 하던 사람들은 처음 무슨 일이 날까 두려워했지만 방파제는 항만청이 관리하는 곳이고, 그 위에 세운 포장마차 역시 항만청이 관리해야 한다며 곧 시청 직원들의 말을 무시했다. 맞는 말이었는지 시청 직원들도 어떠한 물리적 압박을 가해오지는 않았다. 그저 하루에 한번 방파제를 막아 만든 매립장 주위를 서성이다 갈 뿐이었고, 나중에는 다른 손님들처럼 포장마차에 들러 술을 팔아주기도 하고 해물을 사가기도 했다. 그날도 포장마차 사람들은 고개를 문밖으로 빼꼼히 내어놓고 서로 자기네 포장마차 안으로 들어오기를 기다리고 있었다. 그러나 다른 날과는 달리 시청 직원들은 시계를 바라보며 매립장을 서성거리기만 했다. 시간이 좀더 흐르고 소방차가 다가올 때만 해도 사람들은 무슨 일이 벌어질 것인지 알지 못했다. 덩치 좋은 공익근무요원 몇과 함께 굴삭기 한대가 더 나타난 뒤에야 사람들은 일이 크게 벌어지고 있다는 걸 알 수 있었다. 고개만 빼꼼히 내어놓았던 사람들이 하나둘 방파제 입구로 모여들었고, 성질 급한 일영호댁은 벌써부터 시청 직원들에게 다가가 무슨 말을 나누고 있었다.

"뭔 일이디야. 어쩐 일여?"

"누가 아남."

"글쎄이, 뭔 사단이라도 났남. 뭔 일인디 저러코롬 사람들을 많이 몰고 왔디야."

"아무래도이, 저그 저 포크레인으로 포장마차를 다 뽀개려고 하는 건 아녀."

"아따, 거 방정맞은 소리 헌다, 참말로. 가만히들 있어봐이, 저그 일영호댁 오는구만."

모여든 사람들이 까닭을 몰라 입방정만 한창일 때 일영호댁이 씩씩거리며 사람들 곁으로 달려왔다. 모여 있던 사람들이 너나없이 한두마디씩 궁금한 마음을 쏟아냈다.

"몰라, 저 미친놈들 매립장에 차 못 들어가게 길 판다고 저 지랄이디야."

"그건 또 왜?"

"민원 들어왔디야. 시 매립장에 일반차들이 들락거린다고. 뭐, 공원 공사허는디 방해가 된다나, 뭐다나."

"지미, 언놈이 또 그런 씨알도 안 먹히는 소리를 해싼다냐. 손놓고 있을 때는 언제고 말여이. 차 몇대 얌전히 대어논 게 공원 공사허고 도대체 무슨 상관이여, 상관이. 글고 말여, 아니헐 말로다가 저 땅이 본래 누구 땅이었는디. 생생한 바다 막어다가 공원 만든다고 사기칠 때는 언제고 지기미⋯⋯"

방파제를 이어 바다를 막기 시작한 건 새만금 간척사업 공사가 한창 진행중인 무렵이었다. 쓰레기가 넘쳐나면서 더이상 매립장을 만들 곳이 없던 시(市)에서 그만큼의 보상을 하고 바다를 막겠다고 했다. 그전에도 같은 얘기가 여러 번 있었지만 그때마다 마을사람들은 시청 앞으로 몰려들었다. 시에서 막겠다던 곳은 방파제 안쪽 마을과 가까운 작은 바다였다. 들물과 썰물로 만들어진 갯벌은 가꾸지 않아도 저절로 자라는 조개들이 많아 배 없는 사람들에게 제법 쏠쏠한 벌이를 주던 곳이었다. 그런 곳에 쓰레기 매립장 따위는 절대로 만들 수 없다고들 했다. 그러던 것이 새만금 공사가 시작되고 바다는 조금씩 조금씩 썩어들어가 더이상 그 작은 앞바다에서는 어떤 벌이도 되지 않을 만큼 조개가 줄어들었다. 시에서 다시 한번 매립장 이야기를 꺼낸 것은 그즈음이었다. 매립이 끝나면 그 위에 황토흙을 덮고 꽃을 심어 작은 해양공원을 만들겠노라 했다. 바다가 막히면 어디론가 떠나야 할 사람들, 이제 더이상 바다가 삶이 될 수 없던 사람들은 몇백, 혹은 몇십만원의 보상금을 꿈꾸며 합의도장을 찍었다. 그러나 그들에게 돌아온 건 몇십만원의 돈이 아니라 허탈한 마음을 감출 수 없는 또 한번의 배신감이었다. 새만금 간척사업의 보상금을 둘러싸고 마을사람들이 몇패로 나뉘어 서로 아등바등 시끄러울 때, 매립장 보상 책임을 맡았던 어촌계장이 보상금을 들고 줄행랑을 놓았다. 어촌계 소유로 되어 있던 바다는 그렇게 뭍이 되어 쓰레기와 함께 썩어갔다. 매립장은 그리 길지 않은 시간이 지나 쓰레기로 가득 찼다. 그리고 다행히도 약속처럼 그 위에 흙이 덮이기는 했다. 그러나 그뿐 황토흙을 뿌리거나 꽃을 가꾸지는 않았다. 어디서 날아왔는지 몇곳에서 갈대들이 무리를 이루고, 아이들이 장난삼아 뿌린 살사리 꽃씨 몇알만 위태위태 바람에 그네를 타는 가냘픈 꽃으로 피었다 질 뿐이었다.

"인자 와서 그런 말 헐 건 없고 후딱 아저씨들이랑 애들이랑 여하튼 사람들이나 불러야 안 쓰겠어. 저거는 못 파게 해야 쓸 거 아녀."

누군가 그렇게 말했지만 굴삭기는 벌써 땅을 헤집고 있었다. 일영호댁을 시작으로 아낙들 몇이 달려들었지만 공익근무요원들의 힘센 팔뚝에 막혀 바둥거리다 못해 고래고래 욕지거리를 뱉어낼 뿐이었다.

이삼십분, 굴삭기가 길을 파고 돌아간 뒤 누구보다 손해를 보는 쪽은 서울댁이었다. 남들보다 늦게 자리를 잡아 방파제 안쪽에 포장마차를 열었던 터여서 구경삼아 왔던 사람들은 방파제 입구 쪽 몇집에서 물건을 팔아주고 돌아가곤 했다. 그래도 처음에는 마을사람들이 부조하듯 이집 저집 돌아가며 물건을 팔아주던 것이 쏠쏠하더니 달이 지나면서 그도 시들해졌다. 장씨가 꾀를 낸 건 그즈음이었다. 쇠톱과 절단기로 조금씩 조금씩, 장씨는 바다를 향해 막혀 있던 매립장 철조망을 뚫어갔다. 이틀이 지나 서울댁의 끝집 포장마차로 곧장 들어올 수 있는 자리에 바다로 향한 문이 열렸다. 그때부터 매립장에 차를 두고 바다로 향하던 사람들이 무람없이 끝집 포장마차에 들러 물건을 팔아주기도 하고 아직 남아 있는 파도소리를 안주삼아 술을 마시기도 했다. 한 집 두 집 철조망을 뚫어 마침내는 포장마차가 있는 곳 모든 곳이 덩그러니 문이 되었지만, 흙을 퍼다가 턱을 낮추고 발판을 만들어놓은 곳은 끝집 포장마차뿐이어서 사람들은 여전히 끝집 쪽으로 더 많이 드나들었던 터였다.

"인자 낼부터는 얼추 차 한대쯤은 다닐 것이네이…… 근디 뭔 좋은 일이라도 있는감. 웬 노래를 다 부르고 그려?"

어느새 찾아든 어둠이 세상 모든 것들 사이로 축축이 젖어들었다. 불빛으로 물기를 말리지 못하는 바다의 깊은 어둠속으로 별들이 촘촘히 박혀 있었고, 멀리에서는 밤샘작업을 하는 배들의 작은 불빛들이 슴벅슴벅 담뱃불처럼 나타났다 사라지곤 했다. 담배연기 사이로 보이는 서울댁의 등이 어두운 바다처럼 눅눅해 보이기만 해서 장씨는 슬그머니 말을 흐리며 그렇게 물었다. 여전히 서울댁은 그저 달그락 소리를 내가며 설거지를 할 뿐이었다.

"어이, 목말라 안되겄네. 나 맥주 한잔 주소."

서울댁은 여전히 말이 없고 작은 콘테이너 포장마차 안으로 달그락 달그락 그릇 씻는 소리만 날아다녔다. 밥을 먹으며 싫은소리 몇 마디 더 던진 게 아무래도 마음에 걸렸는지 장씨가 다시 한번 웃음을 담아 서울댁의 등을 향해 말을 던졌다.

"허이구 이 사람. 화 많이 났는가? 나가 힘들어서 짜증 좀 부렸구만. 손님도 없는데 나 맥주 한잔만 주소. 자네도 생각 있음 일루와 한잔 허고."

"나 같은 게 화낼 자격이나 있남. 옜소. 몸도 안 좋은 사람이 만날 그놈의 술은."

그제야 서울댁이 맥주를 들고 슬그머니 장씨 옆에 자리를 잡았다.

"근디 참말로 뭔 일 있는가? 웬 노래여."

"다음주 수요일에 전국노래자랑 온다고 안혀요. 나는 싫다는디 출랑이가 자꾸만 명가수가 빠지면 되냐고 졸라싸서……"

"아따 긍가, 글믄 나가 나가야는디…… 안되겄네. 나도 나갈라네."

"동네 망신시킬 일 났소? 참으시오이."

"그게 뭔 소리여. 자네 내 노래 실력 모르는감. 한번 들어볼랑가."

그사이 맥주 한병을 다 비운 장씨가 노래를 부르겠다고 자리를 고쳐 잡았다.

불러봐아도 울어봐도 못 오실 어어머님을
원통해 불러보오오고 땅을 치며 통곡해요……

음정 박자 모두 엉터리인 노래가 들물을 불렀는지 쏴아 쏴아아 아스라이 멀리서 파도소리가 서툰 장단을 맞추고 들었다.

참말로. 왜 이렇게 늦어. 니 땜시 다 기다렸구만.

늦긴 뭐가 늦어야. 시작헐려면 아직 서너 시간은 더 남았구만.

일찍 가서 밥도 먹고 연습삼아 노래도 한곡씩 불러본다는 소리 못 들었냐?

그냥, 평소 실력이믄 쓰지 그깟 예심 나가면서 무슨 연습을 한다고……

아따, 그년 지랄허고 자빠졌는갑다. 그런 년이 대낮부터 간 노래방에서 날 저문 것도 모르고 그렇게 같은 노래만 죽어라고 불러제꼈냐, 이년아.

안쪽에서 갑자기 튀어나온 목소리에 관광버스를 가득 메운 사람들이 웃음을 터트렸다. 예심을 시작하려면 세 시간이 넘게 남아 있었지만, 함께 모여 가자는 이장의 목소리가 며칠 앞부터 찌르르 잠을 끊는

확성기를 타고 흘렀던 터여서 그저 구경 가는 사람들까지 빽빽이 버스에 오른 뒤였다. 수협이나 어촌계에서 몇 상자씩 맥주와 소주를 얻어내고, 집집마다 한두 가지 곁두리를 장만해 떠나는 길이어서 그것만으로도 흔전만전 넘치는 잔치를 즐기는 기분이었다.

마을에서 시내까지는 길어야 삼십여분이면 넉넉할 터인데, 예약한 식당에 내릴 때에는 벌써부터 비틀비틀 몸을 가누지 못하는 이들도 더러 있었다. 노래 잘하라고 한잔, 오랜만에 이렇게 마을사람들이 함께한 것이 너무 반가워서 한잔, 그렇게 마신 술이 사람들을 취하게 만들었다. 마을사람들이 너나없이 즐거워 덕담을 나누며 좋아하는 것이 참 오랜만이기는 했다. 힘들고 험한 뱃일을 하는 사람들이 모여사는 마을이라 혼례나 장례 같은 큰일이 아니라도 가족처럼 돕고 가족처럼 나누던 정답고 즐거운 마을이었다.

그러던 것이 간척사업이 시작되면서 더 많은 보상금을 타기 위해 사람들이 몇패로 나누어지고 마을에는 험담과 시기와 싸움이 끊이질 않았다. 보상이 끝나면서 그런 것들도 점점 줄어들었지만 한번 쌓인 마음의 벽은 여간해서는 잘 허물어지지 않았다.

술과 이야기로 배를 불린 사람들이 노래를 부르기 시작했다. 전국노래자랑은 아니어도 오랜만에 이렇게 함께 어울려 즐거운 사람들에게 노래방 기계가 있는 작은 식당은 그 어떤 무대보다 훌륭했다. 예심에 나가는 사람들도 그렇지 않은 사람들도 얼큰한 술기운을 빌어 때론 어설프고 때론 멋들어진 노래를 불렀다. 한 많은 이 세상 사연도 많아 가신 님을 그리워하며 눈물도 찔끔 흘려보고, 시골영감 처음 타는 기차 안에서 뿜어대는 방귀에 코를 움켜잡으며 웃음도 흘려보고, 푸른 물결 춤추고 갈매기떼 넘나들던 곳에서는 다 함께 합창을 하기도 했다.

　서울댁도 다른 사람들처럼 만원짜리 한장 이장에게 건네고 노래방 기계가 있는 곳으로 다가갔다. 처음 예심신청서에 적었던 「봉선화 연정」 위에 두 줄을 북북 긋고 다시 써넣었던 「여자의 일생」이 확성기를 타고 흘러나왔다.

　참을 수가 없도록 이 가슴이 아파 와도

　여자이기 때문에 말 한마디 못하고

　헤아릴 수 없는 설움 혼자 지닌 채

　고달픈 인생길을 허덕이면서 아아

　참아야 한다기이이에……

　노래를 부르는 서울댁의 눈에 파도가 일렁였다. 지독하게도 많이 참으며 살아왔던 날들이었다. 맨손뿐인 남편을 만나 겨우겨우 조그마한 구멍가게 하나 얻어 제법 남부럽지 않을 무렵 남편의 노름으로 도망오듯 까침바우 작은 마을로 내려온 날들부터, 막내 낳은 뒤 몸도 다 풀지 못하고 배에 올라 파도에 죽을 고비를 넘겼던 날들이며, 큰아들 놈 노름빚에 남편 몰래 속을 앓았던 날들까지 기쁨보다 설움이 한결 많았던 세월이었다.

　노랫소리 높아가면서 헤아릴 수 없는 설움의 세월이 파도로 맺히고 다시 눈물로 맺혀 쪼르륵 볼을 타고 흘렀다.

　설움이 힘으로 피어났던지 스무 명이 넘는 마을사람들 가운데 예심을 통과한 사람은 서울댁뿐이었다. 축하전화 몇통에 서울댁은 마치 가수라도 된 기분이었다. 목소리 좋아지라고 매일 날달걀을 먹고, 바쁜 시간 쪼개어 노래방에 가 연습을 하기도 했다.

　틀림없이 최우수상을 받을 거라는 생각에 행복했고, 앵콜을 부르는 생각에 행복했던 며칠이었다.

그러나 막상 무대에 올라서는 떨리는 마음뿐이었고, 포장마차 화이팅팅은 다시 한번 박자를 놓치게 할 뿐이었다.

아아 차, 참아아.

땡.

땡 소리가 그렇게 크고 날카로울 수가 없었다. 땡 소리 한번에 모든 게 물거품이 되었다. 앵콜도 포장마차 파이팅도 없이 서울댁은 서둘러 무대 밖으로 진둥한둥 바쁜 걸음을 옮겨야 했다. 더이상 눈앞이 어둡지도 귀가 윙윙거리지도 않았다. 그저 얼굴이 화끈화끈 달아오를 뿐이었다. 차례가 남은 사람들은 노래를 부르고 차례가 지난 사람들은 다른 일에 정신이 쏠렸는데도, 땡 하고 내려온 자신을 흉보는 것만 같아 대기실에서도 서울댁은 마음이 편하지 않았다. 부끄러웠다. 이렇게 땡 하고 말 걸 노래자랑에 한번 나가는 것이 무슨 대단한 자랑거리라고 동네방네 소문내고 다닌 게 부끄러워 화끈거리는 얼굴이 도무지 식을 줄을 몰랐다. 바람이나 좀 쐬면 나으려나, 서울댁은 손가방을 챙겨들었다.

기다렸다는 듯 바람이 문을 밀고 나오는 서울댁에게 몰려들었다. 잔뜩 찬기운을 담고 있는 바람이 오히려 시원했지만 답답한 마음을 다 달래지는 못했다. 대기실로 걸음을 옮기다 말고 서울댁은 지나가는 택시를 잡았다. 혹시나 인기상이라도 하는 마음이 없지는 않았지만 어림없는 노릇이었다. 남들을 웃기지도 재미있는 노래를 부르지도 살랑살랑 춤을 추지도 않았다.

집으로 돌아오는 길이 유난히 짧게만 느껴졌다.

날씨마저 꾸물꾸물 서울댁의 마음을 닮아 있었다. 마을사람들 모두 서울댁이 땡 먹었다는 걸 알고 있을 것만 같았다. 며느리에게 맡기고 온 포장마차가 아무래도 걱정이었지만 마을로 바로 들어가기가 싫었다. 마을을 얼마 앞두고 서울댁은 차를 돌려달라고 했다. 시내는 아니더라도 가까운 삼거리 노래방에라도 가 못다한 노래를 불러야겠다고 마음먹었다.

"어매, 이게 누구요. 까침박 명가수 아니유. 근디 얼굴이 왜 이 모냥이디야……"

노래방 주인여자가 부지런히 살가움을 떨다가 무슨 생각이 들었는지 말꼬리를 흐렸다.

"왜 잘 안됐수? 언니, 설마 땡 먹은 거유?"

"그래, 이년아. 땡 먹었다. 왜?"

"어매, 어매. 참말이요? 우리 언니가 땡 먹었음 누가 딩동댕 먹었대. 말도 안돼. 거 심사위원 귀머거리 아니요? 틀림없을 거유. 그치 않음 한국 최고의 가수 최금희 노래를 듣고 어느 놈이 땡을 한대. 거 참 안되겠다. 가만히 계시오. 내 맥주 좀 내올게."

"돈 없어야. 그냥 가기 서운한게 나 노래나 몇곡 부르다 갈란다."

"참말로 언니도. 누가 돈 받는대? 우리집서 연습하고 땡 했는데, 내가 무슨 염치로 가만히 있어. 오늘은 내가 살 테니 걱정 마슈."

그렇게 시작한 술자리가 삼십분이 넘고 한 시간이 넘어갔다. 한낮의 노래방에 두 여자가 앉아 살아온 설운 얘기를 안주삼아 술을 마시며 부르는 노래는 듣는 사람이 없어도 좋았다.

"글도 언니는 나보다 낫잖우. 나야 남편이 있나, 자식이 있나. 평생 술집에서 굴러먹은 것도 지겨운데 다 늙어서도 이렇게 노래방에서까지 술이나 팔아먹고 살잖우. 에이 안되겠다. 우리 인자 슬픈 노래 그만하고 신나는 노래합시다. 왜 그게 뭐지…… 그래 여기 있다."

　비 내리는 호남선 남행열차에 흔들리는 차창 너머로

　빗물이 흐르고 내 눈물도 흐르고 잃어버린 첫사랑도 흐르네

　깜박깜박이는 희미한 기억 속에 그때 만난 그 사람

　주인여자가 어느 희미한 길 위에서 만난 남자를 떠올리며 다시 한번 기억 속 남행열차를 타고 어디 꿈 많고 살기 좋은 멋진 곳으로 떠날 때에 새벽부터 함께 미용실에 들렀던 마을 아낙들이 노래방으로 몰려들었다.

　"거 뭐래, 내가 여기 있을 거라고 안혀…… 아이구 미친년, 챙피한 건 알아갖고. 일루 도망오면 우리가 못 찾을 줄 알았냐 이년아."

　마을 아낙들이 자리에 앉으며 위로삼아 한두마디 타박을 놓았고, 미안하고 고마운 마음에 서울댁은 그저 얼큰한 웃음을 지어 보였다.

　"아따, 그년. 무슨 염치로 웃고 지랄이디야. 에라, 이년아. 내 술이나 한잔 받아라."

　술자리는 금세 요란법석 더 재미있는 자리로 변해갔다. 남편 흉을 보기도 하고 아이들 자랑도 하고 노래도 부르면서 낮이 가고 밤이 깊어갔다. 가까운 중국음식집에서 탕수육과 자장면을 시켜 배를 채운 아낙들은 또다시 웃고 떠들며 술을 마시고 노래를 불렀다.

　"근디 애들이랑 남편이란 작자들은 밥이나 챙겨먹었는지 몰러?"

　"냅둬. 지들은 손이 없어 발이 없어. 우리도 다 늙었는디 하루쯤 이렇게 맘대로 놀지도 못해서 어디 쓰것어."

　말은 그렇게 했지만 다들 조금씩 걱정이 되고 있는 것은 사실이었다. 더욱이 포장마차 하는 아낙들이 많아서 맡겨놓고 온 포장마차 걱정까지 함께 밀려든 것도 사실이었다.

"몰러, 그냥 술이나 먹지 뭐. 그보다 말여이. 시장한티 말도 못하고 인자 포장마차는 어떡한디야?"

"아따 자꾸만…… 뭣이 걱정이여? 고깟놈으 것 시장이 콧방귀도 안 꼈을 테고. 다시 한번 똥바가지나 들면 되지 뭐."

"맞어, 맞어. 참말로 말여이. 해화호 아저씨가 똥 딱 찌끄렸을 때 그놈들 표정 봤지. 지금 생각혀도 참말로 고소혀 죽겄당게. 야 말이여, 일영호. 야는 나이도 어린 게 그냥 무서워갖고 손 부들부들 떨면서 찌끈다이, 찌끈다이 하는 게, 참말로."

아낙들이 그날을 떠올리며 다시 한번 킥킥킥 신나게 웃고 떠들었다.

찌끈다이, 참말로 찌끈다이. 니들 거서 한발만 더 오면 참말로 찌끈다이.

시청 직원들도 공익근무요원들도, 그리고 중무장한 전경들도 더이상 다가오지 못하고 엉거주춤 제자리에서 서성였다.

똥물이었다. 냄새만으로도 사람을 질식하게 만들 것 같은, 고춧가루까지 섞인 지독한 똥물이었다.

소문이 사실로 다가왔다. 늦은 밤 달려온 촐랑이가 또 한번 사람들을 놀라게 했다. 날이 밝으면 시청에서 굴삭기 몇대와 크레인 몇대를 몰고 온다고 했다. 전경들도 열댓은 함께 온다고 했다. 사람들은 설마 하면서도 어쩔 줄을 몰라 끙끙거리며 머리를 맞대야 했다. 그도 그럴 것이 매립장으로 들어가던 길을 파헤친 다음부터 시청에서는 아주 노골적으로 포장마차를 못하게 하려 들었다. 은근한 협박을 하더니, 끌어다 쓰는 전기를 못 쓰도록 한전에 이야기를 하기도 했다. 아낙들이 또 한전으로 달려가 돈 내고 쓰는 전기를 아무런 말 없이 끊어놓았으니 손해를 책임지라고 한바탕 소동을 부렸다. 그리고 며칠 잠잠하던 터여서 사람들은 말 많은 촐랑이 말이라고 해도 웃어넘길 수 없다는 걸 잘 알고 있었다.

"아따, 그놈의 미친놈들 땜시 성가셔서 이 짓도 못혀먹겄네이. 왜 다른 데는 다 냅두면서 우덜만 같고 지랄이디야, 참말로."

"지금, 그런 소리나 허고 있을 띠가 아니고이. 참말로 내일 온다면 무슨 수를 써얄 거 아녀……"

뜬눈으로 밤을 지새며 머리를 맞댔지만 별다른 뾰족한 수가 떠오르지 않았다. 늘어나는 빈 술병처럼 시나브로 날이 밝아왔다. 며칠 앞부터 아랫배가 살살 아프다던 서울댁이 화장실을 다녀오며 꾀를 냈다.

"저그 말이여이. 똥깐에 똥이 하나 가득인디 그거나 녹여다가 그놈들한테 찌끌면 함부로 다가오지는 못할 텐디, 안 그려?"

남자들 몇이 커다란 기름통 몇개를 구해다가 불을 놓았다. 처음 코를 움켜잡았던 손도 놓고 사람들은 킥킥거리며 재미있다고, 소주를 기름통 안에 붓기도 하고 고춧가루를 붓기도 했다. 새벽부터 포장마차 주위에 똥냄새가 가득했다. 똥냄새를 맡으며 사람들이 하나둘 꾀를 내어놓았다.

모든 것이 준비되어갔다. 장씨는 캠코더를 들고 방송국에서 나온 양 이리저리 싸우는 곳을 쫓아다니기로 했고, 아낙들은 똥물을 들고 다가오는 사람들을 막기로 했다. 그리고 마지막으로 아들이나 아들 동무놈들을 부르고 사람들을 모아 단단히 싸울 채비를 다하고 있었다.

해가 제 빛을 세우면서 먼저 크레인 두 대가 좁은 매립장 길을 달려왔다. 굴삭기 한 대가 그뒤를 따랐고 공무수행 딱지가 붙은 차 몇대가 그뒤를 따랐다. 그리고 전경을 가득 실은 닭장차 두 대가 그뒤를 따라왔다.

캠코더를 든 장씨가 비틀거리며 차에서 내린 사람들 사이로 달려들었다. 만질 줄도 모르는 캠코더를 사람들 가까이 들이밀었지만 사람들은 그저 장씨를 지나칠 뿐이었다.

"에이, 씨발넘의 것. 이거 안할란다. 야, 이놈의 자식들아, 없는 사람들 먹고살자고 하는 짓을 니들이 그러믄 쓰냐, 이 씨발넘들아."

잔뜩 힘을 주어 말했지만 사람들은 벌써부터 취해서 비틀거리는 장씨에게 콧방귀만 날릴 뿐이었다.

시청에서 몰고온 사람들은 생각보다 훨씬 많았다. 그저 공익근무요원 몇 데리고 오리라던 생각은 커다란 오산이었다. 어쩔 줄을 모르던 아낙들 몇이 똥물을 들고 먼저 크레인과 굴삭기 기사들에게 다가갔다.

"안 가? 안 가? 씨발. 후딱 안 가면 이거 팍 그냥 찌그려버릴 텨."

"아따, 그것 쪼가 치우시오이. 나가 무슨 죄가 있다고…… 간당께요, 가요. 돈 안 벌믄 그만이지, 왜 나한테 이런다요."

빨리 돌아가지 않으면 똥물을 뒤집어쓸 각오를 단단히 하라는 엉너리에 크레인과 굴삭기가 그 큰 덩치를 이끌고 뒤뚱뒤뚱 왔던 길을 서둘러 빠져나갔다. 돈보다 윗사람 눈치에 어쩌지 못하는 시청 직원들과 전경들만 같은 자리를 지키더니 마침내는 닭장차에서 내린 전경들이 금세 전투태세를 갖추었다. 한 발 두 발 전경들이 포장마차 앞으로 다가왔다.

"찌끈다이. 니들, 한발만 더 오면 이거 찌끈다이."

팽팽한 긴장감 속에 온몸을 덜덜 떠는 아낙들 사이로 어느새 장씨가 나타났다. 그렇게 방송국에서 나온 척을 한다고 다짐을 받아뒀건만 십여분쯤이나 가지고 다니던 캠코더는 어디에 두고 왔는지 보이지 않았다. 시청 직원의 콧방귀에 몽니난 마음을 어쩌지 못하고 술을 몇잔 더 거나하게 마시고 온 장씨가 서울댁 손에서 바가지를 뺏어들었다.

장씨가 비틀거리며 똥을 반 넘게 땅에 흘리면서도 용케 시청 직원들 사이에서도 제법 높아 보이는 이 쪽으로 달려가 확 똥물을 끼얹었다.

"옛다 이놈들, 똥물이나 처먹어라."

어떻게 손써볼 틈도 없었다. 그때부터 찌끈다, 찌끈다, 말만 하던 아낙들이 시청 직원들이며 전경들을 향해 뜨거운 똥물을 뿌리기 시작했다. 전경들도 시청 직원들도 똥물 세례에 주춤주춤 뒷걸음을 놓았다. 그즈음 정신을 차린 시청 직원 하나가 소리를 지르며 전경들과 시청 직원들에게 욕을 하기 시작했다. 제법 높은 사람이었는지 시청 직원들도 전경들도 더이상 뒷걸음질을 하지 못하고 그렇다고 앞으로 나아가지도 못하고 엉거주춤 같은 자리를 지킬 뿐이었다.

다시 한번 더 큰 목소리로 시청 직원의 욕소리가 들리고, 그 소리 끝에 앞으로 앞으로 뛰쳐나오는 전경들과 마을사람들 사이에 한바탕 싸움이 벌어졌다.

똥물이 엎어졌다. 넘어지고 일어서고 모든 사람들이 똥물을 뒤집어쓰고 싸움은 계속됐다. 그사이 여기저기서 사람들이 몰려들었고, 조금 뒤 일영호댁이 풀썩 실신을 하고 말았다. 온몸을 부르르부르르 떨며 파랗게 질린 입술 사이로 하얀 거품이 포말처럼 보였다 사라지곤 했다. 언제 왔는지 카메라를 멘 진짜 방송국 사람들이며, 마을사람들이며 모두들 일영호댁이 쓰러진 곳으로 달려들었다.

조금 뒤 똥바가지만 들고 있던 사람들 사이로 웃통을 벗어버린 일영호댁 남편이 커다란 짱돌 하나를 전경들을 향해 집어던졌다.

"이 씨발넘들, 오냐. 오늘 니들 죽고 나 죽자. 덤벼, 덤벼. 씨발넘들아. 왜? 왜 못 덤벼. 이런 개 같은 새끼들."

일영호댁 남편이 주먹으로 가슴을 쿵쿵 때리며 전경들 앞으로 달려들었다. 시간이 한참 흐르고 똥을 끼얹던 서울댁이 쓰러진 일영호댁을 흔들며 몸을 숙였다.

"성님, 나 추워 죽겄어. 인자 그만 일어나면 안될까?"

쓰러져 있던 일영호댁이 한쪽 눈을 살며시 뜨고 작은 목소리로 서울댁을 향해 말했다.

"야, 미친년아. 쫌만 참어야. 봐라 내가 뭐라더냐이. 니가 그렇게 쓰러진께 저놈들 다 도망가고 카메라도 우리 편처럼 우리 쪽으로 안 오냐이."

일영호댁의 팔뚝을 꼬집으며 작은 목소리로 말하던 서울댁이 갑자기 일어나 벌럭벌럭 소리를 지르며 시청 직원들이 선 곳으로 달려들었다.

"아이고 아이고. 이거 사람 죽였네. 저놈들이 사람을 죽였네. 아이구 죽일 놈들. 아이구 죽일 놈들. 그래 나도 죽여라, 나도 죽여라."

몇몇 전경들이 서울댁을 막아섰다. 서울댁의 몸부림에 투둑 어깨에서 팔 빠지는 소리가 들렸다.

"아이구, 아이구 내 팔. 내 팔."

그뒤로 사람들이 이곳저곳에서 돌멩이를 들거나, 호미를 들거나, 낫을 집어들었다. 싸움은 어쩔 수 없는 더 깊은 수렁으로 들어가고 있는 것만 같았다. 그제야 시청 직원들도 전경들도 몸을 뒤로 빼고 저만치 물러났다. 거짓으로 쓰러져 차가운 땅에 그렇게 오래 누워 있던 일영호댁과 좀더 실감나는 거짓을 꾸미려다가 진짜 어깨가 빠진 서울댁이 구급차에 실려 병원에 가면서 싸움은 조금 수그러들었다. 일이 커질 것만 같았던지 시청 직원들이 전경들을 데리고 마을을 빠져나갔다. 그리고 며칠, 똥냄새 때문에 포장마차에는 찾아오는 사람이 적었지만 더이상 시청 직원들이 얼씬거리지는 않았다. 다만, 노래자랑 본선이 벌어지기 이틀 앞이던가 잠깐 나타나서는 뜯어놓은 철조망은 시청에서 관리하는 것이니 몇일까지 다시 원상복구 시켜놓지 않으면 법적 책임을 묻겠다는 푯말 몇개만 매립장 곳곳에 심어놓고 사라졌다.

그 사이사이 쉰 목으로 노래연습을 하던 서울댁이 송해를 붙들고 사정얘기를 해야겠다고 포장마차 아낙들에게 자랑 아닌 자랑을 했던 터였다.

"니미, 어쩌. 죽이라고 혀. 우리 년들도 평생 그 험한 바다하고 싸워온 년들이여, 안 그려들. 지들이 우리를 어쩔 거여, 어쩔 거냐고?"

"글고말고, 암만. 우리가 어떤 년들인디…… 아이구, 잘 묵었다. 안 갈란가. 인자 가야지."

밤이 깊었고 아낙들은 많이들 취해 있었다. 가니 더 놀다가니 말들이 많더니 다들 그만 일어나기로 했다.

"어디 갈 거여? 우리 똥냄새 나는 포장마차 가서 한잔 더 안헐라우?"

"글까, 걱정도 되고이."

"니기 그깐 놈의 것 하루 안 간다고 굶어죽냐. 난 그냥 집에 가서 오랜만에 두 다리 쭉 뻗고 잠이나 실컷 잘란다. 에이, 니기."

서울댁이 포장마차로 가자는 사람들을 뿌리치며 집에 들어갔다. 오랜만에 온 집이었다. 이번 겨울에는 집에서 잠든 날이 거의 없었다.

콘테이너 한쪽을 트고 그 옆에 다시 포장을 씌운 어설픈 방에서 더 많이 잠들었다. 아직 젊은 날, 며칠 계속되는 지겨운 밤샘작업처럼 밤마다 들려오는 지겨운 파도소리 속에서도 잠만 잘 오더니 왜 그런지 따뜻한 방에 누워서는 도통 잠이 오지 않았다. 장씨는 포장마차에서 잠을 자고 있는지 보이지 않았다. 아무래도 고집쟁이 늙은 남편이 걱정돼서 서울댁은 다시 옷을 챙겨입고 비틀비틀 흔들리는 몸을 이끌고 바다가 보이는 끝집 포장마차로 몸을 이끌었다.

깜짝.

포장마차들은 모두 불이 꺼져 있고 저 앞에 환한 무언가 우뚝 서 있다. 술김이라고 도깨비나 보았는지 발을 멈췄던 서울댁이 성큼성큼 다가가 끙끙거리며 푯말을 뽑더니 바다를 향해 있는 힘껏 집어던졌다.

장씨는 또 어디서 술을 마시고 있는지 보이지 않고 포장마차의 찬 기운만 쓸쓸히 서울댁을 맞이했다. 그저 멍하니 포장마차 작은 창으로 보이는 바다를 바라보던 서울댁이 창문을 닫고 전기장판 온도를 높이고 이불 속으로 몸을 뉘었다. 멀리서 쏴아아 파도의 노래가 들렸지만 좀처럼 잠이 오지 않았다. 이런 생각 저런 생각, 꼬리를 문 생각 끝에 철조망이 떠올랐다. 철조망을 뜯은 걸 책임지우겠다는 날이 모레였다. 잠은 안 오고 또 무슨 책임을 물으려는지 걱정만 커갔다. 아무래도 다시 철조망을 가져다놓아야 할 것 같았다. 책임을 묻겠다면 어설프게라도 철조망을 세웠다 다시 걷어내면 그만일 터였다.

철조망을 버린 매립장 구석으로 손전등을 들고 서울댁이 타복타복 느린 걸음을 놀렸다. 낮부터 꾸물거리던 하늘에서 기어이 눈이 쏟아지기 시작했다. 쿨럭쿨럭, 하얀 피를 가졌다는 최치원이 각혈이라도 하는지 눈발이 굵기도 했다. 손전등 불빛을 세우면 눈에 반사되는 빛에 오히려 앞은 더욱 먹먹하기만 했다. 술이 깨려는지 머리가 지끈지끈 아파왔고 몸은 으슬으슬 추워졌다.

푸르륵, 새 한 마리 놀라 날아가면서 깜짝 놀란 서울댁의 발걸음이 그대로 멈춰섰다. 애써 걸음을 옮기며 무서움을 달래려 서울댁은 흥얼흥얼 노래를 부르기 시작했다.

참을 수가 없도록 이 가슴이 아파와아도
여자이기 때문에 말 한마디 못하고
헤아릴 수 없는 설움 혼자 지닌 채
고달픈 인생길을 허덕이면서
아아 참아야 한다기이이에……

앞으로 더 얼마를 참고 살아야 할지, 손전등 불빛도 없이 무거운 철조망을 질질 끌고 포장마차 작은 불빛이 보이는 곳까지 돌아오는 길이 너무 멀고 아득하기만 했다. 땡 소리도 딩동댕 소리도 없이 노랫소리만 내리는 눈처럼 점점 굵게 하늘을 날아다녔다.

——『내일을 여는 작가』 2000년 여름호

무화과가 있는 풍경

요요요, 요 이놈. 말허는 본새 좀 보게이. 야, 이놈아. 니놈 수에 훈수 두는 건 할애비 수라 괜찮고 내 수는 똥싸개 수라 안되누만, 예끼 이놈아. 어여 담배나 내놔 이놈아.

　그놈이 참 미친놈일세그려. 니놈은 그래 거시기도 안 싸고 밑을 닦냐 이놈아.

　여자들 개짐은 뭐 피를 봐야 허고, 아기들 기저귀는 똥을 싸야 찬다냐. 외통이 박통보담 더 무서운 건 니놈이 더 잘 알면서 그러냐, 그러기를.

　훈수로 이긴 놈의 새끼가 입은 살아가지고. 니그므, 거시기가 무서운지 우스운지는 내 코빼기도 본 적이 없으니께 잘 모르겠지만서도, 전매청이 망허니 어쩌니 혀도 담배가 총 맞고 뒈질 일은 없을 틴께 그렇게 거시기 좀 떨지 말랑께.

212

훈수 때문에 이겨야? 지나가던 개가 웃겄다, 이놈아. 나가 그 수 만 들라고 버린 수가 몇인디. 장기판 서너번만 기웃거린 세살 먹은 애한 테 물어봐라 그게 어디 훈수 때문이 이긴 판이냐고…… 잔소리 마른 소리 말고 아, 언능 담배나 사와라.

아따, 성님들은 아들멩기롬 만나기만 하믄 쌈이요, 쌈이.

니그므, 쓰벌. 넌 좀 가만히 있어봐봐 야. 안 그래도 열받아 죽겄는 디……

장기 잘 두다가 성님은 왜 나한테 화를 낸다요.

글믄 니 훈수 땜에 졌는디 나가 거시기 안혀냐. 거시기 안혀?

아, 그놈. 무슨 놈의 그런 뚱바리가 다 있다냐이. 야, 이놈아. 누가 니놈 속 모를깜시. 왜, 담배 사다줄랑게 맘이 쓰리지야. 니놈 밴댕이 속이 그렇지 뭐. 암만 그렇고말고.

니그므, 쓰벌놈이 주발허고 자빠졌는갑다. 엿다 이놈아. 이걸로 담 배 사 피고 천년만년 학처럼 살아라이…… 누가 그깟놈의 거시기 몇 갑이 아까버서 그려. 거시기가 그란 게 아닌게 그라지.

야, 이놈아. 담배 달랬지 누가 너보고 돈 달래더냐…… 왜 가시게? 가시려거든 가야지 뭐…… 어어, 야, 허발아. 허발아. 참말로 가냐. 야 야, 야 이놈아…… 그놈도 참.

얼라, 오늘은 참말로 가네요. 영출이성님 무슨 일 있는가벼요이. 아 침부터 얼굴이 별라 안 좋아 뵈더만.

저 속을 누가 아시나요지 뭐. 어찌, 이기고도 기분이 찜찜혀네이. 에이구, 나도 들어가봐야 쓰겄네.

왜요, 성님도 가시게요? 글지 말고 심심헌디 나하고 막걸리 내기나 허지라. 삼판으로다가……

그럴까나. 글믄 김치는 전데리 자네 집에서 내와이. 두부는 진 사람이 사기로 허고.

그라지요이. 근디 성님. 우리 출출헝께 하냥 먹으면서 둘라요? 나가 언능 집사람한테 얘기 잠 허고 올께요이.

어이, 전데리. 허발이 아적 집에 안 갔겄지. 글도 이따가라도 오면 막걸리 먹으러 오라고 전화 한통 허고 오소이⋯⋯

⋯⋯⋯

암도 전화를 안 받는디요.

없지? 없을겨. 에구, 그놈 어디를 또 낮도깨비모양 싸돌아다닐지.

아따, 성님. 만날 그로코롬 싸움시롱 글도 영출이성님 없으믄 서운한갑소이. 내외지간도 아니고 참말로 성님들 보믄 신기허당게요. 허긴 근게 남들이 성님들보고 주발허발, 합혀서 주허발이라고 안흐겄소.

예끼 이놈아. 아무리 글도 헐 말 안헐 말이 있지, 원. 근디 남들이 참말로 주발허발 주허발이라고 허냐? 허발이놈 말로는 허발주발 허주발이라고 헌다더만⋯⋯

농담이래도 그렇치. 성님들은 흉내낼 것이 없어서요, 그걸 흉내내요. 남북한이니 북남조선이니 하더만, 참말로. 주허발이나 허주발이나 엎어치나 메치나요, 그려. 어여 장기나 둡시다.

야, 이놈아. 그래도 그게 아니여. 허가 앞이 하고이 주가 앞이 하고 얼마나 다른디. 장기로 따지자믄 먼저 두는 초나라허고 한나라의 차인디 그게 어디 작간디.

아따, 성님. 거 참 말 잘혔소. 여하튼 한초가 다르고 급이 다른디 어찌 실력도 다른디 하냥 같이 둔다요. 성님, 긍게 차 하나 떠주시오이. 어찌요. 괜찮지라.

괜찮기는 개 코딱지가 괜찮여? 아 하냥 나허고 백중지간(伯仲之間)이라메. 근디 차는 무슨 차를 띤다야. 어디 새만금 간척사업이 땅에서도 벌어진다? 인자 배가 아니고 차를 달라고 혀?

성님도 참. 그거야 나가 괜시리 혀본 소리고, 날 풀리고 하냥 여서 장기 둬서 한번이라도 나가 성님 제대로 이긴 적이 있다요. 생각해보랑께요. 없죠, 없당게요. 근디 무슨 백중지간이라요. 엊그제 지나간 백중사리라면 또 몰라도. 글지요. 어띠요. 차 하나 떠줄라요, 안 떠줄라요?

안되여. 차는 좀 그러고이. 나가 쫄 하나 사 하나 떠줄게. 어며, 그만하믄 할 만허지.

그놈의 거, 괜한 존심만 상허지 그깟놈의 사쫄은 떠서 뭐한대요. 차라리 그냥 둘라요. 어여 둡시다.

잘 생각혀봐야. 참말로 자네허고 나허고 실력 차이가 나면 얼마나 난다고이. 쫄하고 사면 장기에 삼분의 이여. 차장기랑 상장기랑 어깨를 겨루는 것이 쫄장기고이, 그 가운데서도 쫄장기 잘 두는 사람이 개중 무섭다고 안허든가벼. 뒤로는 절대로 못 가고 앞허고 옆으로만 댕기는 것이 우리네 삶허고 또 그렇게 같을 수가 없고, 혼자서는 별라 힘이 없응께 여럿이 함께 이웃허는 모습이 또 우리네 삶이다, 이 말씀이여. 우리가 바로 쫄이고 쫄이 바로 우리랑께. 근디 그런 쫄이 자존심 상혀? 그럼 관둬야지, 암, 관두고말고.

아따, 거 쫄 박사 나셨소. 성님이나 그럼 그 쫄로 잘혀보시고…… 자, 그럼 먼저 둡니다요.

둬, 둬야지. 담배도 나오고 막걸리도 나오고. 어여 두더라고. 근디 여옥이 어멈은 막걸리를 술도가 가서 받아온다냐. 왜 이렇게 안 오는겨?

돼지고기 넣고 김치 좀 볶아오라고 혀서 쪼까 늦을 텐디요. 왜요? 많이 출출허요? 글믄 나가 가서 막걸리랑 두부랑 먼저 받아오까요?

아니여. 그럴 필요까정 뭐 있남. 하냥 입이 궁궁헝께. 근디 우덜 여서 장기판 벌인 게 무슨 잔치판 벌인 것도 아닌디 뭘라 그런 걸 만들라고 혀, 귀찮게…… 얼라, 글고 본께 오늘이 전데리 자네 생일이여?

성님도 참. 나야 엄동설한에 고추 달고 세상 본 놈인디요. 글고 시방 세상에 누가 생일이라고 고기 먹고 그런당가요.

긍께이. 글고 보믄 세상 참 빠르게 변하고 또 당차게도 변혀이. 허긴 미국이란 나라가 그 험흔 꼴을 당허는 세상잉께……

험한 꼴은 뭐가 험한 꼴이라요. 난 아주 그냥 시원혀 죽겄습디다. 세상에 잘난 척도 그런 잘난 척이 없고, 지들만 사람인 줄 알고 하늘 높은 줄 모르더만. 아주 그냥 십년이 아니라 백년 묵은 체증이 싹 내려가는 기분이더만이. 아유 시원혀라.

예끼, 이 사람. 어디 가서 그런 말 함부로 허지 말어. 죽은 사람이 얼만디 그런 말 허믄 낮귀신한테도 원한 사는 법이여.

아따, 성님. 나가 비록 나이롱이지만 그래도 명색이 교회 집사고, 마누라 등쌀에 원수를 사랑하라는 성경책을 읽기로 따진다믄 명절날 외상장부 넘기듯이 했는디, 오죽허믄 이런 말을 다 혔겄소. 미국놈들이 어떤 놈들이요? 여자 거시기를 우산꽂이로 아는 놈들이 바로 그놈들인디. 물론, 다 그런 거는 아니지만요. 그래도 그놈들 얼굴 하얀 게 무슨 자랑이라고, 아 자랑만 허믄 나가 이렇게 말도 안허지요. 그게 무슨 훈장이라고 꼭 원님 덕에 나발 부는 꼴같잖은 팔푼이마냥 세계 평화를 위협네 어쩌네 지랄들을 떨어요, 지랄도 꼭 개지랄을 떠니께 그 짝이 난 거 아니겄냐고요. 안 그요?

누가 아니라던가. 근디 말여, 이포역포(以暴易暴)라고 미국에서는 또 가만 있지 않을 텐디, 그짝에 새우등이나 온전할지 몰러어.

새우등은 새우등이고 오늘은 성님등이나 온전할랑가 모르겠네요. 장군입니다.

그런 똥장군으로 무슨 등을 터친다고 그려. 옜네. 멍군.

똥장군이래도 자꾸만 부르믄 그것이 무섭당게요. 무서워요. 아따, 우리 마누라 인자 오느만요…… 아, 뭐헌다고 이제야 와. 막걸리 한 잔 얻어먹으려다가 없는 손자 생일 세겄네 이 사람아.

얼라 당신도 손자가 없긴 왜 없다고 그런다요. 서울에도 있고 전주에도 있고 부산에도 있고, 쌔부렸구만…… 안녕하셔요, 아저씨. 얼라, 근디 승리호 아저씨는 어찌 안 보인다요?

응, 그려. 왔는가. 허발이놈은 장기 한판 지고 삐져서 어디 갔구만. 근디, 뭐헌다고 이렇게 차려와. 하냥 김치하고 두부만 있으면 그만일 걸. 아무튼 고맙네이.

아저씨, 승리호 아저씨랑 또 싸웠어라? 지금은 싸울 때가 아니고 회개할 때랑게요. 참말로, 인자 또 미국이랑 저 미개한 나라랑 전쟁이 나면 하늘의 문이 열릴지도 모른당게요. 그때 아저씨만 천국에 못 가면 쓰남요. 긍게 내일은 딴 디 가지 마시고 저랑 꼭 같이 교회 나가잔께요. 아저씨 알았지라?

응, 그려, 그려. 그러세이.

아저씨, 지하고 약속하셨소이. 글믄 많이 드셔라. 대낮이고 또 무엇보담도 하나님이 지켜봉게 술은 적당히 허시구요.

대낮이래도 오늘은 반공일잉게 저녁이나 한본새라 괜찮여. 참, 신앙댁. 허발이한테 전화 좀 혀줘이. 일루 막걸리 마시러 오라고.

예. 그럼 노셔라……

아따, 이거 켕겨서 어디 술이 입으로 들어가겄남. 자네도 나더러 예배당 가자고 이렇게 차려오라고 헌 거 아니여?

지가 언제 성님더러 교회 가잡디요. 나도 마지못해서 댕기는 거 잘 알믄서 그라요이, 그라기를.

자네 안은 다 좋은디 볼 때마다 예배당에를 가자싸서 그게 탈여.

성님이 그런디 나는 오죽허겄소. 젊었을 때는 안 글더만 인자 저 이도 늙었는가 자꾸만 저렇게 뭔가를 잡을라고 헌다니까요…… 얼라, 얼라라. 장기가 언제 이렇게 됐다냐이.

여적지 잘 두다가 왜 갑자기 우럭 만난 미꾸라지마냥 놀래, 놀래기를. 여하튼 장이네그려.

아따, 그놈의 여편네가 와서는 정신없게 해쌌더만, 참말로…… 성님, 한수만 물릅시다.

한수 물러주는 것은 어렵지 않네만, 존심이니 점심이니 따지던 호기는 다 어디로 갔을꼬?

성님도 그냥 시원허게 물러주면 되는 걸 꼭 그렇게 쓴소리 단소리를 함께 달고 그란다요.

아, 이 사람아. 시원은 한여름에나 시원이지. 저그 위쪽에서는 인자 쪼매만 있음 단풍놀이 가잘 텐디 시원을 찾어, 찾기를.

거 참 성님도…… 안 바쁘믄 막걸리나 한잔 주시오.

안 바쁘지, 하냥 밥이나 먹고 똥이나 싸는 놈이 바쁠 일이 뭐가 있남. 엤네. 쭉 들어이. 자네가 사는 술인디 많이 묵어야지. 먹고 나도 한잔 주고.

첫탕부텀 가득 차믄 이 동네 사람들 다 서울에 땅 갖고 있게요. 첫

탕에 없으면 두 탕에 있고 두 탕에 없음 막탕에라도 들고 다 그라지라. 길고 짧은 거 대봐야 알고, 마지막에 누가 웃는지는 판 끝나봐야 알고……

아따 아저씨는 배도 안 부리는 사람이 어찌 그리 잘 아신다요.

긍게 말여. 밧데리만 훤한 줄 알았더만 그게 아닌가보네이. 근디 너는 언제 와서 거 있던 것여?

참말로 아저씨도, 참새 똥오줌 쌀 시간은 되겠네요. 그나저나 안녕들 하시지요. 초나라는 그저 백골이 난방이시네요.

이 사람아, 자네가 그렇게 말해주니 나야말로 백골이 난방? 냉방일세그려. 근디 바쁘신 양반이 어쩐 일이여, 이 촌로들 노는 디를 다 찾아주시고……

아저씨도, 제가 내남없이 마을을 위해 봉사를 하다봉게 쪼매 바쁘긴 혀도 어르신들 찾아뵐 낯짝도 없을까비 그런대요? 혀서 다름이 아니고요, 어지끄 밤에 케이비에쓰 아홉시 뉴스 보셨지요. 물론 거그서 제가 전국적으로다가 나가는 것은 아니지만서도 전북적으로는 나가는 전북권 뉴스 시간에 전북 도민을 대표해서 거 뭐시기 인터뷰한 것도 보셨을 테구요이……

어이, 전데리. 장이여. 장 받어.

장이네요. 혀서 장은 멍으로 받으면 되는 것이구요. 긍게, 계속 말씀드리자면 제가 아홉시 뉴스를 통해서도 말씀드렸지만……

얼라, 이번에는 틀림없는 외통이네이. 한 판 졌네요, 졌어요.

아저씨들 참말로 내남없이 마을을 위해 봉사를 하겠다는 제 말씀 좀 들어보시랑게요. 긍게 제가 어지끄 아홉시 뉴스를 통해서도 말씀드렸지만 한다 못한다 해라 말아라 말도 많고 탈도 많은 새만금 간척사업을 다시 진행하기로 정부의 결정이 난 상황에서 또 무슨 놈의 뜽 딴지처럼 집단어업허가제를 도입하겠다고 하는 것에 대해서 전혀 납득이 가지 않는다 이 말씀입니다. 혀서 우리가 가만히 있을 것이 아니라 우리의 생존권을 위해서 싸워야 한다 이 말씀입니다.

차 하나 떠줄거나 말거나. 전데리, 어뗘?

차요…… 하냥 둘라요. 처음부텀도 아니고 뭐. 얼라, 막걸리가 다 떨어졌네요. 가만 있어봐라. 어이, 철규. 거기 그러고 섰지 말고 담뱃집 가서 막걸리나 두어 병 가져오더라고.

아저씨는. 마을을 위해 내남없이 봉사한다고 바쁘당게 자꾸만 그러신대요.

봉사를 허신다, 그래서 바쁘시다. 글믄 헐 수 없고. 허지만서도 나는 자네가 자네 말대로 도민을 대표혀서 뉴스에도 나오고 혔다길래 큰 인물인 줄 알았더만 그도 아닌갑네. 아무리 무식한 촌로라지만 어른을 공경할 줄 몰라서야 원. 그나저나 다음 선거가 얼마 안 남었지, 아마.

밧데리 아저씨도, 제가 안 간다는 것이 아니고요. 허던 말이 있으니께 그런 것인디…… 글믄 다녀와서 마저 허지요, 뭐.

무슨 선건디 저치가 저렇게 찍소리를 못허고 가?

선거는 무슨 선거요. 그 시답잖은 수협 대의원 선거지. 비짓국 먹고 용트림하고 몽당비가 우쭐댄다더만 세 명 나와서 네 명 뽑히는 디서, 것도 당선이라고 유세를 떨어쌌더만 인자는 재미가 붙었는지 사전선거운동을 한다고 저 지랄을 안 떠요.

것도 정치는 정친갑네. 이도 머리에 있으면 검어진다고 안허덩가. 얌전허던 놈이, 이……

자, 여기 막걸리 대령입니다요. 대평호 아저씨부터 한잔 받으시고…… 밧데리 아저씨도 한잔 받으시고…… 받으셨응게 인제 찬찬히 드시면서 제 말 좀 차분히 들어주셔요이. 긍게 새만금이 다시 시작허기로 헌 마당에서 집단어업허가제를 도입한다는 것은 도무지 납득이 안된다 이 말씀인디요. 긍게 그게……

전데리 참말로 그렇게 둘 텨?

왜요? 얼라, 상질이네. 성님, 나가 잘못 봤구만요. 여그가 아니고 여그.

참말로 아저씨들도 생존권이 달렸당게요. 그 장기는 이따가 두시고 제발덕분에 좀 들어보랑게요. 나중에 또 앞으로 가는 기 옆으로 가는 기 나무라는 소리 좀 말고요, 예.

야, 이놈아. 장기는 손으로 두고 말은 귀로 들으니께 걱정 말고 허던 이야기나 계속혀봐. 그려 뭐이 우리덜 생존권을 달아놨는디?

참말로 아저씨도. 어지끄 아홉시 뉴스에서 제가 도민을 대표해서 말했던 것처럼 집단어업허가제가 말이 집단이지 그게 일정 구역을 몇몇 개인에게만 어업허가권을 내어준다는 말이랑게요. 글믄, 어떻게 되간디요, 예. 글믄, 그 구역에는 아무나 못 들어가게 되는 것이고 그렇게 되믄 또 철 따라 댕기는 제비 새끼들마냥 조개 따라다니는 우리 같은 영세 어민들은 그야말로 설 땅을, 아니지요이, 설 바다, 그러니까서리 배 띄울 자리를 잃어버리는 것이랑게요. 생각들 해보잖게요. 안 그래도 새만금으로 바다는 썩어 조개는 줄고 그나마 환경조사 한다길래 쌍수를 들고 환영했더니 그거는 인제 물거품도 그런 물거품이 아니라 얼마 안 있으면 그나마 막힐 판인디 또 그 속에서 무슨 땅 따먹기 하는 식으로다가 언 놈 언 놈한테 집단어업허가권을 내주니 마느니 하고 있으니 내남없이 마을을 위해 봉사한다는 마음 하나로 살아가는 제가 이렇게 나서지 않을 수 있겠는감요, 예?

거, 참 사설도 길다. 그려, 그려서 생존권 보장 측면으로다가 싸우시겠다. 어떻게 싸우실 건데…… 성님, 장군입니다. 그려.

싸워야지요. 코 베가도록 그냥 앉아만 있을 수는 없은게요. 혀서……

가만 있어봐라. 이 장군이 어디서 왔나? 북에서 오셨나 남에서 오셨나, 옜네. 멍군님도 가시네이.

아따, 참말로 아저씨들. 그놈의 장기 때문에 무슨 이야기를 못허겄네요이. 참말로 쪼매만 이따가 두시랑게요.

장기는 손으로 둔대도 니는 자꾸만 그런다이. 그려, 어떻게 싸우실 건데? 또 데모라도 허러 가시게?

가야지요. 가야고말고요. 마을을 위해 내남없이 봉사하는 우리 대의원들과 청년위원들이 가서 싸워야지요. 근디 아저씨들도 알다시피 몇 명이 간다고 그게 힘을 얻을 수는 없으니께요. 그렇다고 오매불망 바쁘신 동네사람들을 다 모시고 갈 수도 없는 노릇이고요……

칠규야. 너 어촌계 사무실에서 찾더라.

예, 오셨어라. 근디 아저씨는 볼 때마다 남의 좋은 이름을 그렇게 바꿔서 부르신대요.

아따, 그놈. 다시는 안 볼 놈처럼 가더만 그려 뭐 먹을 게 있다고 다시 온냐?

참내 성님도…… 찾고 그럴 때는 언제고 자꾸 그런다요. 영출성님, 일루 와 막걸리 한잔 받으시요. 안 그래도 이 성님이 성님을 찾는다고 난리를 안 폈소.

야 이놈아. 내가 언제 그랬다고 그려…… 아무튼 뭐허냐. 왔으믄 앉아서 막걸리나 마시잖고.

막걸리나 된께 지놈이 나를 찾지 거시기만 같았어라…… 근디, 해거름도 멀었구만 무슨 술여?

하냥 출출혀서 내기 안허요.

그려. 글믄 거시기가 어떻게 되는디? 주발이놈이 또 거시기허쟈?

저기요, 아저씨들. 제가 받아온 막걸리는 물론이고요, 그 내기하신다는 막걸리값도 마을을 위해서 내남없이 봉사한다는 마음 하나로 살고 있는 제가 마을 어르신들에게 봉사하는 마음으로다가 진즉에 내고 왔구만요.

그려이. 인자사 참말로 자네가 마을을 위해서 봉사허신다는 마음이 쬐금 드는구만. 안 그요, 성님들?

아저씨도. 제가 봉사를 한번이라도 잊은 적이 있간디요. 그려서 드리는 말씀인디요, 제발 덕분에 제 말을 쪼매만 들어보시랑께요. 긍게 우리가 싸우긴 싸워야는디……

누가 싸워? 아따이, 그려서 칠규 너를 어촌계서 거시기혔는갑다. 후딱 가봐라.

아저씨, 그게 아니고요. 긍게 제가 어지끄 케이비에스 아홉시 뉴스에서도 말씀드렸듯이 생존권을 위한 투쟁을 벌여야 한다 이 말씀이당게요.

투쟁은 화투허다 말고 쟁기질허는 것이 투쟁인디……

아따, 참말로 아저씨도. 내남없이 마을을 위해 봉사하는 관계로 시간이 별라 없당게요. 혀서, 마을사람들이 다 가지는 못허고 우리들 대의원들과 청년위원들이 시청 앞에서 벌인 성스러운 데모에 이어 이번에는 다른 마을들과 연대하여 좀더 거국적으로다가 도청 앞에서 투쟁을 하기로 했다 이 말인디요. 혀도, 우리들만 가기에는 좀 그렇고 마을분들의 뜻을 하나로 모으는 뜻으로다가 이렇게 어민 서명운동을 벌인다. 이 말씀이당게요. 혀고요, 혀서 마을을 대표하는 어르신들인 아저씨들이 먼저 솔선수범으로다가 여기 이름 옆에다가 지장만 찍어주시면 된다 이 말씀이구요. 제 말 알겠지요?

글믄, 니 지금 손도장 받겄다고 아까부터 그렇게 말휘갑을 놓은 것여? 참말로이. 어디 보자, 나 이름 요깄네요. 철규야?

예, 아저씨.

니가 찍으라고 혀서 찍는다마는 나는 말이다. 투쟁이니 뭐니 혀싸지 말고 니가 옛날처럼 작업이나 열심히 혔음 좋겄다. 인자 우리들은 늙어서 이렇게 하냥 넘이 받아주는 술로다가 똥이나 만들면서 광일미구(曠日彌久)허고 있지만서도 너는 다르잖여. 젊고이, 이 바닥 손금 보드끼 허는 인물이 인자 몇이나 있간디. 니 말대로 새만금 막히기 전에 한푼이라도 더 벌어놔야지 안 쓰겄냐. 봉사도 좋고 대의원도 좋지만 뱃놈이 뱃일을 혀야 보기 좋은 것이지, 그렇게 하냥 배도 돌보지 않고 돌아댕기면 누가 좋아허간디.

………

칠규야. 근디, 이거 찍으면 또 거시기가 좀 있는 것이냐…… 아, 왜들 그렇게 봐. 거 참말로이. 전데리야, 니도 언능 찍어주라.

나야, 뭐 반쪽짜리 어민이래도 허라면 허고 말라면 말지만, 우리들 지장 몇개가 무슨 힘이 있을랑가 그게 궁금허요. 간척사업을 왜 허간디요. 쌀 경제력을 높이겄다, 이것이 간척사업의 목적인디 지금은 어떠간디요. 풍년 몇년에 쌀 남아돈다고 쌀 정책을 포기허는 나라가 이

나라예요, 이 나라. 그러고도 새만금은 왜 계속헌다고 그 지랄들을 떨어쌌는지…… 하여간 대중없는 나라여, 대중없는 나라랑께요.

밧데리 아저씨 말씀이 옳구만요. 긍게 제가 또 이렇게 마을을 위해 내남없이 봉사를 하겠다는 마음도 먹는 것이구요. 아무튼, 아저씨들…… 다음주 수요일에 대의원선거 있는 거 아시지라. 다들 한분도 빠짐없이 꼭 선거에 참석하셔요이. 그래야만 제가 또 오래오래 마을을 위해 봉사를 할 수 있응게요. 알았지요. 그러면 저는 이만 가볼게요. 재밌게들 노셔라.

참말로 사설도, 사설도 길다. 길어. 긍게 시방 나를 찍어주시오, 그 말 땜시 여적지 저런 사설을 다 허고 있었구만.

냅둬야. 거시기헐 필요 뭐가 있간디. 그나저나 인자 막걸리도 다 떨어져가누만, 니들 장기는 어떻게 되냐?

첫판은 나가 졌고, 아무래도 이 판도 질 것 같구만요. 근디, 왜요?

왜긴 왜여. 니들 막걸리 내기 둔 거를 칠규가 거시기했다메. 글믄 진 놈이 마저 사와야지, 안 그냐?

아따, 성님도. 그게 뭔 말이오. 철규가 내고 갔다고 혀서 하냥 아무케나 됬는디…… 이미 얻어마신 막걸리를 또 내라고 허는 것이요, 시방.

거시기 장기서 누가 내주면 그게 내기여? 아니지? 아닌게 니들이 한번 더 사야지, 주발아 안 그냐?

나 물지 말어야. 나는 그려도 좋고 안 그려도 좋은 사람이여.

영출성님. 하냥 나보고 사라고 혀시오. 그놈의 새만금 판에 아무리 굶어죽어도 나가 성님들한테 막걸리 몇병 못 사겠소.

그, 그럴 텨…… 글믄, 언능 가서 몇병 더 받아와봐야. 글고, 주발아, 이놈아. 너 나하고 담배 내기 한판 더 두자. 거시기 없기로 허고 이, 전데리놈 입 못 열게 허고.

인제 니놈하고는 장기 안 둘란다.

왜 또 이놈아?

니놈이랑은 장기를 이겨도 손해 져도 손핸디 두기는 뭐한다고 뒤. 글고 마상을 차처럼 부리는 놈허고 장기 둬서 이길 수야 있간디.

야야, 야, 이놈아. 나가 언제 그랬다고 그런다냐, 그러기를…… 봤냐?

왜, 나가 하냥 모를 줄 알았냐? 요 며칠 하도 니놈 장기판이 이상혀서 아까 참에 봉게 마상이 그렇게 가데. 글도 이놈아, 나는 니가 혹시나 전데리한테라도 깔봄 당헐까 모른 척혔더만 훈수니 어쩌니 험시롱 그렇게 싸가지없이 돈을 놓고 가, 이놈아?

………

저기 전데리 오느만. 오늘은 관두고 술이나 마실란다…… 전데리, 자넨 괜찮여? 나는 술이 취혈랑가 아주 죽겄네이.

그깟 걸로다가요. 성님도 많이 약해졌소이. 근디, 왜 장기들 안 두시오?

주발이 저놈이 인자 안되겄으니께 꼬리를 살짝 내린다이. 허긴 실력이 돼야지 거시기를 허지, 안 그냐. 근디 전데리, 아침에 벌로 볼 때는 몰랐는디 나무에다가 무슨 놈의 이름표를 저렇게 달아났냐?

아, 그거라. 심심혀서 하냥 가지마다 이름표나 한번 붙여봤구만요. 어띠, 보기 안 좋남요?

거시기가 좋고 나쁘고 이놈아. 넘들은 해성호니 신광호니 담뱃집이니, 다들 잘만 붙여놓고 우덜이 무슨 동네 강아지도 아니고이 허발이

주발이가 뭐냐, 이놈아.

아따, 성님. 성님들이야, 나허고 한 가족이나 한본 아니요. 긍게 그냥 장난삼아 보기 좋고 부르기 좋으라고 그란 걸 가지고 그라요이.

뭔디 그려, 어디 보자…… 얼라, 글고 봉게 저게 뭐다냐…… 주발이, 허발이, 해성호, 신광호, 서울댁, 종금상회, 담뱃집…… 그리고 나그네라. 전데리, 너 어제까지만 해도 톱질헌다고 야단이더니 저건 또 뭐냐?

그거야. 아직 여물지도 않은 놈을 자꾸만 따겠다고 지랄허던 점룡이 땜시 화가 나서 그렇지 저 나무를 베기를 왜 벤대요. 무슨 놈의 사람들이 조금 기다렸다가 열매나 제대로 여물거든 조심혀서 따먹으면 누가 뭐라고 헐까비, 때도 되기 전부터 가지를 꺾고 그 난리를 안 치요. 보다보다 못혀서 자기 이름 붙인 거나 조심스레 따먹으라고 나가 저렇게 가지마다 이름을 안 붙여놨소. 성님, 안 멋지요이? 인자, 저렇게 붙여놨응게 이번 가을에는 아무 가지나 막 손대지는 않을 거요, 안 그요?

허허 참, 살다살다봉게 별 거시기를 다 보네이. 야, 이놈아. 아무리 그렇대도 그렇지. 그깟나무 갖고 장난을 다 혀? 거 참…… 글고 글믄 나머진 근다고 치고이. 거시기 뭐시냐, 나그네는 또 뭐여, 나그네가?

아따, 성님은. 딱허믄 척허고 알어야지. 나그네야 당연히 동네 지나가는 나그네 몫이지 뭐긴 뭐라요, 참말로. 글고 그깟나무가 아니래도 자꾸 그러신대요. 아담과 이브가 선악과를 따먹고 벗은 몸을 가린 것이 바로 무화과나무 잎이구요, 사람들이 처음으로 재배한 나무가 이 무화과랑게요. 글고 무엇보담도 우리 여옥이 낳은 기념으로다가 나가 죽은 장인한테 얻어다 심은 나무가 이 무화관디 그게 어디 그깟이당가요.

그깟이 아님 이깟이고 이깟이 아님 저깟이지. 허허, 참. 야, 이놈아. 니놈 하는 꼴이 귀여워서 그런다. 소학교 책상을 가져다가 놓고 공부를 헌다고 앉아 있지를 않나, 애들이나 가지고 노는 거시기 거 뭐냐, 이, 킥 머시기래더냐 여튼 거시기를 타고 댕기지를 않나. 아무튼 인자는 전데리 니놈 엉뚱한 짓거리들이 귀엽기도 다 혀이. 참말로이.

성님도, 환갑 진갑 다 지난 노인네한테. 차라리 욕을 허시오, 욕을…… 현일성님?

응, 왜?

성님 아직도 그 책 가지고 있지라?

응, 뭔 책 말여?

그, 왜 있잖어요. 성님이 배 내릴 날 잡아줄 때 보던, 그 뭣이냐……

만세력 말이구만. 글쎄, 안 드다본 게 벌써 대여섯 해는 될 것인디이. 근디 건 왜?

다름이 아니고요. 우리 여옥이……

얼라, 전데리. 너 여옥이 거시기라도 보낼 생각인만. 그냐?

예. 보내야지요. 지도 나이가 있고……

그럼, 맘 잡은 거여?

참말이냐이. 그놈, 천년만년 데리고 살 것처럼 거시기 떨었싸더만…… 주발아. 이놈 거시기 좀 좋은 날로다가 잘 잡아줘라. 글도 니가 한때는 그 짓으로다가 술깨나 얻어먹었잖어.

손 놓은 지가 언젠디 그걸 다시 잡어. 안돼여. 글고 누가 요즘도 날 잡고 그러간디. 하냥 잡은 날이 좋은 날이지…… 나, 니 안한테 욕먹기 싫다야.

마누라가 먼저 시킵디다…… 어제, 나가 현일성님 보는 디서 톱 들고 저 무화과 베버린다고 난리를 안 칩디요. 그때는 참말로 베어버릴 생각이었당게요. 별라, 그런 생각이 안 들더만, 여옥이 그년이 시집갈 때가 된게 자꾸만 죽은 장인이 생각남시롱, 가지 하나 열매 하나에도 잔뜩 신경이 안 쓰이요. 사람들이 그걸 알간디요. 모르니께 하냥 웃고 말아야지요, 안 그요이. 헌디, 다른 놈도 아니고 얄미운 놈이 미운 짓만 골라 헌다고 미워 죽겄다는 점룡이 그놈이 와서 여물도 않은 놈의 걸 딴다고 지랄 난리 부르스로 가지를 작살내는디, 나가 마음이 짠혀서 혼났당게요. 우리 여옥이도 늦다면 늦고 빠르다면 빠르지만서도 나 눈에는 아직도 철부지 어린애로만 보이는디……

거시가. 여옥이가 시방 열넷이냐, 다섯이냐. 어리긴 뭐가 어려 이놈아.

글고 봉게 여옥이가 몇이여?

나가 마흔을 하나 남기고 낳았는게 지금이 스물다섯이구만요.

야, 이놈아. 그 나이믄 애를 낳어도 서넛은 낳았겄구만, 어리기는…… 주발이 이놈이 보기는 이렇게 독기처럼 멍청허게 생겼지만 그래도이, 이놈이 날 잡아 내린 배 가운데 허투루 된 배는 하나도 없당게. 참말이여이. 암튼, 전데리야. 글고 가만 있지 말고야 거 시원허니 맥주로다가 몇병 받어와봐라, 막걸리말고이. 막내딸 시집날 받아주는디 맥주는 돼야 거시기가 안 사나이.

성님도. 맥주가 문제겄소. 나가 저그 좋은 디로 한번 뫼셔야지라. 잠만 계시요이. 나가 시원헌 맥주허고…… 현일성님. 글믄, 약속허신 걸로 알겄소.

야, 야, 전데리…… 허발이 너는 덜렁 맥주를 받아오게 허믄 어떻게 허냐. 인자 봉게 낮부터 이것 저것 내온 것이 다 그 때문이구만. 모르 겄다, 이놈아. 니놈이 책임져라이. 시방 그놈의 것이 어디에 처박혔는 지도 모르는디.

그놈도 참. 요즘에는 배 내려도 찾아오는 사람 하나 없다고 거시기 헐 때는 언제고 엄살이여, 엄살이. 근디, 전데리 저놈아, 그렇게 싫어 라더만 기어이 맘을 접었나보다이?

누가 아니래냐. 어제까지만 혀도 시집을 안 보내면 안 보냈지 경윤 이놈은 안된다고 그 난리를……

성님들 나 욕하고 있었지라. 귀 간지러워서 혼났네요.

왜, 욕먹을 짓 한 거를 알긴 아는 모양이다이…… 근디, 전데리야. 여옥이 경윤이랑 맺어주는 거 맞지?

예. 자식 이기는 부모 없다고 지들이 그렇게 죽자 사자 좋다는디 어 쩔 수 없더만요.

가들이 죽자사자 거시기헌 지가 어제 오늘이간디…… 근디 갑자기 무슨 맘으로다가 허락을 혀. 혹시 여옥이가 거시기라도 덜렁 만들었 냐?

아따, 거 씨. 참말로 성님도. 설령 그렸다 쳐도 헐 말 안헐 말이 있지.

뭐, 씨. 씨, 씨. 뭐 이놈아. 이놈의 새끼가 하냥 곱게 봐줄라고 혔더 만 인자 거시기 위에 앉아 상투를 비틀려고 허네이. 허 나 참. 허허 나 참.

되았다, 됐어. 거 좋은 술 처먹고 뭔 언성을 높이고 지랄들이여.

……영출성님. 지가 잘못혔어라. 솔직히 여옥이 생각만 허면 내가 이렇게 흥분을 안혀요. 여옥이년 낳을 때 우리 마누라가 서른여섯인 가 그랬지라, 아마. 그때 마누라가 거짐 죽다 안 살아났소. 그려서 근

230

지 여옥이한테는 내 유독 정이 안 가요. 그것 어렸을 때, 긍게 그때는 집이 낮아서리 사리라도 만나면 물이 방안까지 안 쳐들어왔소. 그때 마다 자식새끼들 다 깨워서 물 퍼내도 여옥이년은 국민학교 졸업할 때까지 나가 다라이에 태워 이 무화과에 묶어놓고 안 그랬소. 그런 것이 언제 저리 커서 시집을 간다고 생각헌게, 나가……

글고 봉게 그려이. 옛날에는 거시기 사리 때믄 여기가 뭐여, 주발이 네 집 앞까지 물이 들고 그렸잖여……

암튼 그렇게 키운 딸년인디, 판검사한테는 아니더래도 학교 선생쯤 에게는 시집을 보내고픈 게 부모 맘 아닌가베요. 글고 아닐 말로다가 경윤이놈도 괜찮지라. 성님들도 알다시피 그놈이 그래도 동네에서는 게중 착실 안허요. 근디, 지랄헐놈의 점룡이, 그 어린 놈이 지 아들하 고 우리 딸년하고 연애를 한다고 나허고 하냥 막 헐라고 안헙디요. 부 모란 것이 알아도 모른 척허고 몰라도 모른 척해야 그 지랄을 떨어 싼게 나가 점룡이 꼴 보기 싫어서도 반대를 안혔쇼. 영출성님. 왜 가 시게요. 나가 잘못혔당게요, 아직 화 안 풀렸소?

아니여. 거시기 오줌 싸러 가는 것여.

암튼요이. 점룡이 그놈 꼴 보기 싫어서 죽어도 둘이 안된다고 혔더 만 그게 아닌가베요이. 저 나무가 말혀주더만요. 어제 나가 저 나무에 톱질을 안혔소. 근디 톱질을 얼마 허지도 않았는디 옹이에 걸렸는지 잘 나가던 톱이 똑 부러집디다. 하냥 열이 받아서 술 몇잔 먹고 잠들 었는디 이놈의 나무가 자꾸만 꿈에 보이는디…… 거 참말로, 아무래 도 나가 잘못허고 있는 갑다 허고 깡통으로 톱질헌 자리를 때워줄려 다가는 저렇게 이름표를 안 달았는감요…… 둘이 맺어줘야지, 뭐. 그 려서 나가 점룡이놈이 미워도 이름표는 그래도 저기 가장 좋은 디에

다가 안 달았소. 맺어줘야지. 나가 살 것도 아니고요. 안 그요, 현일성 님. 긍게, 좋은 날로다가 날 좀 잘 받어주셔야 허요이. 잘 받아줘얀당 게요. 성님. 알았지라. 약속허셨소이…… 얼라, 이 성님, 잠이 들었나. 성님, 성님, 주발성님.

———『실천문학』 2002년 봄호

오늘의 날씨

새벽시장에 다녀오던 길로 장씨는 창고에서 쟁기부터 찾아들었다. 물건도 채 다 내리기 전이어서 서울댁의 지청구가 날아들었다.

"참말로. 사람이 어찌 그런다요, 무거 죽겄구만. 이것부터 내리고 하란 말이요."

허어, 흠, 흠. 장씨는 아무것도 듣지 못한 듯 밭은기침만 모르쇠로 뱉어내며 먼산을 바라보았다. 까치바위가 서 있던 자리 위로 슬몃 떠오르는 햇살이 바투 달려들었다. 퉤퉤, 침 뱉은 손바닥을 기세 좋게 두드리고 나서 장씨는 쟁기를 움켜잡았다.

며칠 전부터는 씨를 받아다 심은 상추가 여린 새싹을 올망졸망 내밀더니 하루가 다르게 쑥쑥 자라는 모습이 그렇게 대견할 수가 없었다. 쟁기질을 잠시 멈추고 허리를 두드리며 앉은 장씨가 조심스레 손을 뻗어 상추밭에 돋아난 잡초들을 뽑아냈다. 상추에 맺힌 이슬방울들 위로 햇살이 말갛게 떨어졌다. 상추 끝에 매달린 이슬방울이 위태위태 그네를 타더니 기어이 땅 위로 떨어졌다. 이슬에 담겨 있던 햇살이 터지며 마파람이 한줄기 달려들었다.

손바닥을 털며 자리에서 일어난 장씨의 몸이 자꾸만 오스스 떨려왔다.

똥물을 뒤집어쓴 시청 직원들이 장씨의 서슬에 더이상 어쩌지 못하고 철거반원을 데리고 모두 돌아가고 나서였다.

철거 경고장을 몇 차례 보내도록 아무런.반응이 없자 시(市)에서는 굴삭기로 길을 파기도 하고, 전기를 끊기도 하고, 크레인이며 전경들을 동원하기도 했다. 그때마다 포장마차 사람들은 죽기살기로 덤벼들었다. 차갑게 얼어붙은 겨울땅 위로 몇 사람이 쓰러지고 그 모습이 뉴스와 신문에 나오면서부터는 시에서도 잠잠해졌다. 이미 터를 잡은 지 오래여서 모른 척 흐리멍덩 넘어가려 해도 들어오는 민원 때문에 어쩔 수 없는 노릇이라며, 가끔 경고장을 보내고 가끔은 직접 나와 시늉뿐인 철거 명령을 내리곤 했다. 경고장에 만성이 될 즈음 청주댁이 끝집 포장마차에서 제법 떨어진 곳에 포장마차를 세운다고 했다. 임자 없는 땅이라 뭐라 할 수 없는 일이었지만 사람들은 청주댁에게 몰려들었다.

"청주댁, 그게 사실이여? 여그가 말여이. 생각보다 이문이 별라 없어. 철거니 뭐니 신경만 쓰이고 힘만 들고⋯⋯"

"그래야, 청주댁 니는 여적지 판장서 청진옥 잘허다가 뭐 먹을 게 있다고 거길 두고 여깃다가 또 포장마차를 한다고 그려, 그러기를이. 안할 말로다가 시에서 우리더러 또 누가 포장마차 세우려거든 신고를 하라고 했는데 우리가 그럴 수는 없는 노릇이고이. 하냥 청주댁이 좀 안했으면……"

달래기도 하고 은근히 협박도 했지만 청주댁은 포장마차를 시작했다. 기어이 하겠다고 들면 어쩔 수 없는 노릇이었다. 잠잠하던 시에서 사람들을 보내고, 날아드는 경고장이 다시 부쩍 많아졌지만 으레 그러려니 사람들은 신경을 쓰지 않았다.

한달이 채 지나지 않아 이상한 손님 하나가 끝집 포장마차를 찾아들었다. 함께 온 두 사람을 안에 들어가게 하고 혼자 가만히 서서 해산물들을 살피던 손님이 무릎을 굽혔다. 겨울이어서 물이 찰 터인데도 아랑곳하지 않고 물 속에 손을 넣어 해산물들을 하나하나 꺼내 천천히 들여다보며 값을 묻기도 하고, 사람들이 무얼 즐겨 찾는지를 묻기도 했다. 해산물을 꼼꼼히 살피는 품이 기껏해야 피조개 한 접시짜리라는 생각에 건성건성 마른하품을 뿜어대며 마지못해 대답을 건네던 서울댁의 얼굴이 활짝 밝아왔다. 생합을 한 접시, 피조개를 한 접시, 꽃게무침을 한 접시, 그리고 우럭도 한 마리, 솔찮은 주문이었다. 먼저 우럭을 잡아 아가미 쪽으로 칼집을 내 피가 빠지게 했다. 수족관에서 건져질 때부터 펄떡거림을 멈추지 않은 우럭이 몸짓을 키워 펄쩍 튀어올랐다가 함지에 떨어졌다. 생합을 건져내던 서울댁의 얼굴에 차가운 바닷물이 날아들었다. 앞치마를 들어 쓱쓱 얼굴을 닦고 나서 함지에서 꺼낸 우럭을 힘껏 땅바닥에 패대기치고 서울댁이 생합을 까기 시작했다. 호일에 싼 피조개를 석쇠에 올려놓고 꽃게를 잡는 사이 언제 나왔는지 주문을 했던 손님이 다시 나와 서울댁이 하는 양을 가만히 바라보고 있었다. 머쓱해진 마음에 해도 그만 안해도 그만인 말을 언거번거 늘어놓았다.

"꽃게를 너무 많이 잡았는갑다. 암만해도 셋이 먹기에는 많을 성싶은디…… 손님, 더 온다요, 뭐 드릴까요? 왜 그렇게 서서 바라본다요, 참말로."

"아니요…… 근데, 아줌마. 조개랑 그런 것들을 다 어디서 구한대요?"

"이거요, 우리 배에서 잡아오는 것도 있고 시내에서 사오는 것도 있고…… 근디, 왜요?"

"아니, 그냥 듬뿍듬뿍 많이도 주시는 것 같아서, 아줌마 장사 잘하시겠네요…… 그렇게 주고도 남아요?"

"안 남는다믄 거짓말이지요이. 하냥 밥은 먹고살 정도로 남구만요. 글고 우리 배에서 잡아오는 게 많으니까 이렇게 푸짐허지 따른 집은 이렇게 주기나 하간디요…… 얼라, 글고 봉게 참말로 왜 그렇게 서 계신다요?"

"나도 아줌마 장사하는 거 잘 봐뒀다가 여서 장사나 할까 싶어서요."

"그래, 한번 해보시요이. 그냥, 먹고살 만은 헝께……"

농담삼아 받아주었던 말이 얼마 지나지 않아 진담으로 달려들었다. 이상한 손님은 익산에 있는 횟집에서 주방장을 하던 사람이라고 했다. 청주댁이 새로 세운 포장마차와 끝집 포장마차 사이에 새로운 포장마차를 세우겠다고 했다. 주방장과 함께 온 일꾼이 방파제를 살피며 이것저것 포장마차를 세우기 위해 필요한 것들을 하나하나 꼼꼼히 적었다. 끝집 포장마차를 찾아왔을 때는 이미 상당한 준비를 하고 염탐삼아 들른 길이라는 걸 그제야 서울댁은 알게 되었다. 싱싱하고 싼 맛에 찾아드는 곳이라지만 새로 또 포장마차가 생기면 아무래도 걱정이었다. 시에서 날아드는 경고장은 그렇다 치더라도 손님이 줄어들

터였다. 아무리 임자 없는 곳이라도 타지 사람에게까지 자리를 내어줄 수는 없는 노릇이라며 으름장을 놓기고 하고, 어촌계와 시의 이름을 빌어가며 협박을 해도 고개를 숙이는 것은 그때뿐, 주방장은 몇번이나 방파제를 찾아와 자리를 살피고는 했다. 그리고 어느 어슴새벽 주방장이 콘크리트 레미콘을 끌고 방파제를 찾아들었다. 말리는 사람도 드잡이할 사람도 없는 시간이었다. 윙윙거리는 소리가 끝집 포장마차로 날아들었지만 단잠에 빠져 있던 장씨와 서울댁을 깨우지는 못했다. 아침이 오고 사람들이 포장마차 문을 열 시간에는 어빡자빡 쌓여 있는 방파제 바위틈이 모두 막히고 넓지막하게 건물 들어설 자리가 만들어진 뒤였다.

손님 맞을 준비도 잊고 사람들이 끝집 포장마차로 몰려들었다.

"아따, 참말로. 서울댁 니는 뭐한다고 저리 되도록 가만히 있었냐?"

"긍게요이. 성님은, 아저씨랑 함께 가서는 모가지라도 잡고 말려보지 그랬다요. 아님, 우리들한테 전화라도 좀 주던지……"

"니미, 포장마차에서 새우잠 자는 것도 서러운 사람이 무슨 죄라고 나보고 뭐래. 피곤해 죽겠는 사람이 오밤중에 일어난 일을 어찌 안대?"

레미콘까지 불러 터를 잡은 마당에 주방장을 말릴 다른 마땅한 핑계나 협박거리가 도통 떠오르지 않았다. 시멘트가 말라 본격적인 공사가 시작되고 얼마 지나지 않아 주방장의 포장마차는 금세 제 모습을 드러내기 시작했다. 하우스 철근에 포장을 씌워가며 조금씩 조금씩 크기를 키우던 다른 포장마차와는 달리 주방장의 포장마차는 포장마차라고 불리기에는 황송할 정도로 제법 멋진 조립식 건물이었다.

하루하루 포장마차 사람들이 얼굴 맞대는 시간이 늘어났다.

"아따, 어척혀야 쓸 거냐이. 성님들 참말로 저대로 놔둘 판이요? 환장하겠구만."

"긍게 말여. 어쩐다냐. 저 양반이 유명한 주방장이었다는디…… 에이, 씨. 이게 다 청주댁 다 니 때문이여. 그렇게 말려도 말을 안 듣더만…… 인자 어떡할 거여?"

"왜, 또 나여. 나가 무슨 죄가 있다구……"

"참말로 그냥 시청 직원들한테 꼰질러볼까요. 포장마차도 아니고 저런 건물이 들어선다는디 가들이 가만히 안 있을 텐디……"

"얼라, 글고 봉게 그 수가 있었구만이. 그려, 그러자야. 안 그래도 전에 청주댁이 포장마차 세웠을 때도 귀뜸 안해줬다고 얼마나 지랄을 했냐."

"아무리 그래도……"

말리는 사람도 있었지만 모두들 시청에 신고를 해야 한다는 쪽으로 이야기를 모아갔다. 그러나 아무도 내가 전화를 거마고 나서는 이는 없었다.

"청주댁 니가 해라. 일이 이렇게 된 것도 따지고 보면 다 니 때문인 게이."

청주댁은 펄쩍 뛰며 그럴 수 없다고 했지만 사람들은 그렇게 알고 모두들 청주댁을 떠밀었다. 하루이틀 청주댁에게 전화를 했냐고 물어도 고개만 흔들며 대답이 없더니, 며칠 지나지 않아 지붕이 올라가던 날 시청에서 보낸 사람들에 의해서 건물이 와장창 무너지고 말았다. 미친 듯이 고함을 치는 주방장의 눈을 피해 사람들이 저마다 포장마차 안으로 몸을 숨겼다. 건물이 무너지고 바락바락 악을 쓰는 주방장의 목소리가 파도에 잠겨들 즈음 여세를 몰아 시에서는 다른 포장마차를 부수려 들었다. 포장마차 밖으로 고개만 물끄러미 내어놓았던 사람들이 한동안 우두망찰 어쩔 줄을 모르다가 그제야 철거반원들에게 우르르 달려들었다. 그사이, 덤프트럭 몇대가 다가왔다. 말려볼 겨를도 없이 덤프트럭은 탑을 들어 싣고 온 흙을 붓기 시작했다. 길이 막히는 것은 둘째치고라도 내어놓은 해산물에 흙이 들어가게 할 수는 없었다. 철거반 쪽에 몰려 있던 사람들이 진둥한둥 흩어져 각자의 포장마차에 돌아갔을 때는 이미 늦은 뒤였다. 여기저기서 고함치는 소리 악쓰는 소리가 뛰쳐나왔다.

"니, 니미. 이런 개 좆만도 못헌 놈의 새끼들을 보게이. 그려, 이, 이 씨발놈들아. 아예, 여기에 내 무덤을 만들어봐라이. 아예 내 무덤을 만들어, 이 개새끼들아. 무덤을……"

"이, 이게 뭔 짓이래. 빨랑 나와요, 빨랑. 글다가 무슨 일이라도 나면……"

사람들이 미처 말려볼 겨를도 없이, 벌겋게 달아오른 눈동자를 하고 거렁거렁 소리를 지르던 장씨가 그대로 쏟아지는 흙 밑에 벌렁 드러누웠다. 장씨의 갑작스런 행동에 시청 쪽 사람들이 우두망찰 그대로 멈춰섰다.

"어어, 저 사람 저거 도대체 뭐야…… 야, 임마. 박계장. 너 가만히 서서 뭐하는 거야. 아, 정말 그렇게 서 있지 말고 가서 덤프라도 좀 어떻게 하라고 해 임마. 무슨 사고 나면 니가 책임질래?"

박계장이라고 불린 이가 덤프 쪽으로 뛰어간 사이 지난 겨울 싸움을 기억해낸 아낙들이 간이화장실에서 똥을 퍼왔다.

"안 가, 안 가. 그래, 이놈들아 옜다, 똥물이나 처먹어라 이 쌍놈의 새끼들아."

여전히 무르춤히 서 있는 시청 쪽 사람들에게 아낙들이 똥을 퍼붓기 시작했다. 울그락불그락 목멘 소리만 뱉어내던 사람들이 슬금슬금 꽁무니를 빼기 시작했다.

"빨리, 안 가. 똥물 더 처먹을래, 응? 응?"

"아따, 이놈의 방울소리가 시방 어디서 난다냐?"

아낙들 사이에서 와자그르한 말웃음이 흘러나왔다. 파도에 잠겼던 주방장의 고함소리가 꺼이꺼이 울음이 되어 웃음 사이로 섞여들었다. 서로의 얼굴을 물끄러미 바라보던 사람들이 다시 진둥한둥 각자의 포장마차로 돌아갔다. 그제야 장씨도 서울댁의 손에 끌려 흙더미를 헤치고 나왔다.

"당신 참말로 미쳤소. 글다가 큰일이라도 나면 어쩔라고……"

"니,니, 니미. 이깟 일에 큰일이 나믄 나가 장태호간디. 인자 저 인간들 또 한참은 뜸헐 것이네이, 빌어먹을 놈들…… 얼라, 근디 솔찮이 춥네. 나 소주 한잔 주소."

"벌벌 떨믄서 큰소리는…… 아따, 그나저나 당신 모습이 참말로 꼭 무슨 전설의 고향에나 나오는 귀신 같소이. 언능 집에 가서 몸이나 씻고 오시오. 나가 뜨끈헌 국물 하나 만들어놓을 텡게."

서울댁이 아무리 떠밀어도 장씨는 몸에 묻은 흙을 손으로 툭툭 털어내며 소주만 찾을 뿐이었다. 안주도 없이 김치 몇 조각에 소주 한병을 다 비우고 나서 장씨는 포장마차 앞에 쌓인 흙을 치우기 시작했다. 한참 흙을 치우던 장씨가 무슨 생각이 들었는지 삽을 내려놓고 톱을 들었다. 흙으로 범벅이 된 해산물을 고르던 서울댁이 나무 자르는 소리 망치질하는 소리에 무슨 일인가 싶어 고개를 길게 빼들었다.

"뭘라고 그러요?"

"이 흙이 인자 봉게 황토흙이네이. 참말로 좋은 흙인디 밭 갈아먹으면 딱이겄어서 나가 작품을 한번 만들어볼라고 안 이러나."

"아따, 당신도 참말로. 그 밑에가 세상천지에 썩은 쓰레기뿐인디 거기에 무슨 밭을 만든다고 그런다요? 애시당초 호박잎 높이 떴은께 괜시리 힘 빼지 말고 어여 치우고 집에 가서 씻고나 오시요이."

"니미, 그 쓰레기가 여적지 썩고 있간디. 인자 좀만 기다려봐이. 여기서 나오는 상추랑 고추만 갖고도 한철은 보낼 턴께…… 근디, 좀 있다가 누울 것인디 그랬나. 흙이 쬐끔 모자라서 작품이 영 아니겄구만."

흙이 떠밀려가지 못하도록 나무로 틀을 만들고 하루를 낑낑거리며 그 안에 흙을 채우고 나서야 밭은 겨우 만들어졌다. 밭이 생기고 나서 장씨는 오며가며 날이 풀리기만을 기다렸다. 어여 날이 풀려야 밭 갈아서 씨 뿌릴 텐디를 입에 달고 살더니, 쟁기며 호미를 새로 사들고 들어온 뒤부터는 할일이 없을 때마다 그것들을 들고 밭 주위를 휘적거리곤 했다.

봄이 오고 상추가 실하다는 소리를 듣는 집에서 씨를 얻어다 뿌리던 날에는 어슴새벽부터 일어나 냉장고를 열고 소주를 들었다 백세주를 들었다 부산을 떨었다. 여남은이나 들고내리기를 되풀이하던 장씨가 마침내 백세주를 집어들었다. 고수레를 올리는 장씨의 마음이 흐뭇해졌다. 큰 아들놈은 고맙게도 노름을 끊고 뱃일에 열심이었고, 둘째놈도 이제 제 앞가림은 하고 사는 형편이었다. 가라는 장가는 안 가고 사진이나 찍고 다니는 막내놈이 걱정이었지만 그도 다 생각해둔 바가 있었다. 고시레, 고시레, 아침놀 사이로 장씨의 조심스런 목소리가 스며들었다.

"아따, 무슨 생각을 그렇게 한다요? 밥 안 먹을라요?"

마파람 속에 서 있는 장씨에게로 서울댁의 목소리가 날아들었다. 어느새 제 빛을 세운 햇살을 뒤로 하고 장씨가 포장마차 안으로 걸음을 옮겼다.

새벽시장에서 사온 이른 봄나물이 식탁에 올라 입맛을 돋웠다. 우걱우걱 게눈 감추듯 입안으로 밥을 우겨넣고는 장씨가 서울댁을 향해 말을 건넸다.

"어이, 용근이한테서 전화 오믄 부르소이. 나, 저거 마저 하고 있을 텐께."

"참말로 숨이나 좀 돌립시다요. 물에 빠진 사람 건지러 가는 것도 아니고…… 근디, 그 손바닥만헌 밭뙈기에 무슨 일이 그렇게도 많다요, 많기를."

"자네 손은 저만헌가? 인자 보소이. 글도 저기서 벼라별게 다 나올 것이구만…… 자네 참말로 나중에 후회하지 말고 지금부터 잘 보이더라고, 이쁜 사람만 줄 판인게이."

고추밭을 만들겠다는 생각을 접고 장씨는 오이도 심고 가지도 심고 토마토도 조금 심어볼 생각이었다. 상추 여린 싹처럼 그것들이 모두 대견하게 자라나 열매를 맺으면, 좋은 날 하루 받아 돼지고기 몇근 달아다가 고추를 뚝뚝 분질러 넣고 상추에 싸먹을 생각에 입안 가득 침이 고였다. 식탁에는 오이랑 가지무침도 올라올 터였다. 노름하는 큰아들놈이 미워 덩달아 소홀했던 며느리랑 손주도 부르고, 둘째놈 내외도 부르고, 서울 사는 막내놈도 불러들여 오랜만에 가족들이 한 자리에 모여볼 생각을 해보았다. 몸이 바빠졌다. 쟁기질을 마치면 안동네에서 농사로 늙어온 용근을 데리고 시내에 나가 모종들을 사들일 생각이었다. 포장마차를 나와 밭으로 가는 장씨의 몸으로 햇살이 달려들었다.

　트렁크 가득 모종을 싣고 돌아오는 길이 가볍기만 했다. 서두른다고 서둘렀는데도 햇살은 벌써 머리 위를 지나치고 있었다. 이놈아, 어여 일어나여. 이것들이 잠 깨기 전에 심어줘야 놀라지 않고 튼실허니 잘 자라는 법이래도. 일어나기 싫어 뒤척거리던 아직 어린 장씨를 깨우며 장씨의 아버지가 늘상 하던 말들이 바투 다가왔다 멀어지곤 했다. 식물들이 잠에서 깨어난다는 말이 무슨 뜻인지 알지 못했던 날들이었다. 농사가 싫어 집을 뛰쳐나오고 오래 떠돌며 살아온 날들이었다. 땅을 버리고 바다를 품으며 그때의 아버지보다 한결 늙어버린 다음에야 장씨는 어렴풋이 그 말을 이해할 수 있을 것 같았다. 땅이건 바다건 모두 생명을 품고 자라는 것들이었다. 잠든 땅을 조심스레 깨워 초목 한 포기 키워내는 것이 얼마나 어려운 일이라는 걸 겨우 알게 되었다. 뒤척이는 바다를 달래며 조개를 얻어내는 일이 또 그만큼 힘들다는 걸 장씨는 겨우 알게 되었다. 바다를 잃고 바다 곁 포장마차에 얹혀살면서 파도에 실려오는 바다의 여린 신음소리가 밤마다 장씨의 꿈결 속으로 아련히 스미는 듯했다. 그것도 밭이라고 제 손으로 일군 조그마한 밭뙈기가 위안이라면 위안이었다.
　한숨 섞인 위안으로 쓰린 속을 달래며 장씨는 이를 악물어야 했다. 주위의 눈치를 살피며 보상받고 내어주어야 할 배의 기계를 빼돌리고 멍텅구리를 사들였다. 죽어도 더이상은 배에 오르지 않겠다며 큰아들 놈은 자꾸만 생떼를 부렸지만, 바다가 다 막히지 않았으니 문제될 일은 아닐 것 같았다. 늙어 뱃일 놓은 지 오래였지만 그깟 뼈는 좀 사그라들어도 좋았다.

멍텅구리에 기계를 올리고 장씨는 흉내뿐인 고사를 올리겠다고 바다를 향했다. 선실과 기관실에 명태를 먼저 모시고, 돼지머리 앉힐 자리에는 닭 한 마리 대신 올리고 시루떡과 나물 몇 가지를 더했다. 배를 사고 내릴 때마다 넘쳐나던 기쁨은 생기지 않았다. 배 하나 가득 올라와 기쁨을 나누는 사람들도, 이곳저곳 더 매달아둘 곳 없이 빽빽이 들어서 힘차게 펄럭이며 만선과 안녕을 기원하던 축기(祝旗)도 없었다. 심심풀이삼아 따라온 몇 사람과 첫 해화호를 내릴 때부터 간직해온 해지고 바랜 축기 하나가 외로이 펄럭일 뿐이었다. 가도가도 끝이 없을 것 같던 바다가 끝이 날 판이었다.

시커멓게 죽어가는 바다에도 아직 용왕님이 살고 있을는지, 몇해나 더 용왕님의 은공을 받을 수 있을는지 장씨는 걱정이었다. 고사를 지내고 나서 서너 번이나 배에 올랐을까? 걱정할 일은 용왕보다 장씨에게서 먼저 나타났다. 나이를 속일 수는 없는지 아무리 이를 악물어도 빈 그물을 버티기가 힘이 들었다. 무엇보다도 물길이 바뀌어 도무지 어디에 조개들이 숨어 있는지 가늠하기가 어려웠고, 서너 번이면 다시 손에 익을 거라고 생각했던 그물질은 여간해서 나아지지 않았다. 이래저래 계속 허탕이었다.

보상을 받고 배들을 내어준 까닭인지 바다에는 배들이 몇척 떠 있지 않았다. 담배연기 사이로 까치놀이 얼비쳤다. 까치놀이 시작되는 더 먼 곳에서부터 바다는 막혀갈 터였다. 한숨을 토해놓으며 장씨는 그저 까치놀이 지는 쪽으로 배를 몰았다. 놀빛에 젖었던 장씨의 얼굴에 빠르게 어둠이 내려앉았다.

"성님. 물때도 바뀌고 혔는디 인자 들어가십시다."

조개를 고르던 동철이 어느새 다가와 말을 건넸다. 까침바우에 와 처음 배에 올랐을 때도 동철과 함께였다. 쫓겨나듯 서울에서 내려온 길이었지만 그래도 그때는 어떤 희망 같은 것이 가슴속에 자라고 있었다. 바다가 막히면서 바다를 먹고 자라는 희망은 점점 생기를 잃고 말라갔다. 보상이 희망을 대신할 수는 없었다.

"오늘도 글렀나보네이. 여기 소주 쬐금 남은 거나 마저 허고 가세."

"글믄 성님 잠깐만요. 쭈꾸미 몇 마리 올라왔드만 그거 갖고 올께요."

휘적휘적 대충 씻은 쭈꾸미를 씹을 때마다 입안에 모래가 자근거렸다. 입천장에 달라붙은 쭈꾸미를 떼어내며 동철이 걱정스런 얼굴로 장씨를 바라보았다.

"근디, 성님. 혜성이한테 안 맡기고 참말로 성님이 이거 해내겠소?"

"왜, 못 해낼까봐서?"

"할려고 맘만 먹으면 한다지 왜 못한다요. 근디 그게 아니고, 성님이나 나나 나이들어서 무슨 부귀영화를 누리겠다고 이 꼴인가 싶어서요. 글고 솔직히 처음에야 하던 가락이 있은께 이까짓 것이야 했지만 솔직히 말혀서 어디 우리가 작업다운 작업이나 제대로 한번 해봤는감요…… 왜, 혜성이는 참말로 배질 안한다고 하남요?"

"글씨, 나도 그놈 얼굴 본 지가 애저녁이라서. 자네나 같은께 이런 말 하네만, 나가 다 늙어서 그물 버틸 힘도 딸리는 놈이 무슨 부귀영화를 누리겠다고 배에 욕심을 부리겠는가? 혜성이 그놈, 이거 갖고는 바다가 막히는 날까지 부지런히 벌어서 지 노름빚이나 갚으라고 이러는디…… 어이구, 늦었네이. 그물 걷고 언능 가세."

한숨을 접고 아무런 기대도 없이 그물을 걷어올리기 시작했다. 잘

올라오던 그물이 어디쯤부터 무겁게 버티기 시작했다. 손으로 전해지는 느낌으로 장씨는 무엇인가 톡톡히 들어섰다는 걸 알 수 있었다. 오랜만의 풍어에 몸보다 마음이 먼저 바빠졌다. 그물을 잡은 손에 힘이 들어가는 동안 마음은 벌써 배 하나 가득한 조개를 판장에 내리고 있었다. 좋은 값을 받을 생각에 들뜬 마음은 가벼운데 아무리 낑낑거리며 힘을 써봐도 그물은 쉽게 올라오지 않았다. 허리가 찌릿찌릿 아파왔다. 겨우겨우 둥개던 장씨의 마음이 급해졌다. 어차어차, 동철도 힘이 드는지 구령소리가 작아졌다. 숨을 크게 들이마시고 장씨가 구령을 받았다. 어차어차어차, 소리가 커지는 만큼 그물을 잡아당기는 힘도, 허리를 조여오는 아픔도 커져갔다. 어차어차, 어어어…… 구령을 놓고 장씨가 이를 악물었다. 그물을 놓아버리고 싶은 마음이 불쑥 머리를 쓸고 지나갔다. 찌릿거리던 허리가 우드득 틀어지는 것 같더니 수천 개의 바늘이 한꺼번에 허리를 찔러오는 것 같았다.

"성님, 괜찮소? 북대기라도 좀 찢어야지 아무래도 안되겠는디요."

예사롭지 않은 신음에 동철은 나이 때문인지 자꾸 허리가 아프다던 장씨의 말을 기억해냈다. 멀쩡한 허리로도 힘이 드는 그물질이었다. 북대기(그물 옆구리)라도 찢어 안에 든 걸 조금이라도 쏟아내지 않으면 아무래도 들어올리기가 어려울 듯했다.

"개, 개, 괜찮어. 내 몸은 괜찮은게 걱정 말고 쫌만 더 힘 쓰더라고, 다 올라왔는디 괜히 그물 베리지 말고이."

겨우겨우 둥개며 그물을 끌어올렸을 때는 굴신도 할 수 없을 지경이었다. 그물을 풀어볼 생각도 하지 못하고 장씨는 동철에게 키를 맡긴 채 선실에 들어가 몸을 뉘어야만 했다. 어구구, 어구구, 저절로 신음들이 튀어나왔지만 마음은 한없이 흐뭇하기만 했다. 선실 작은 창으로 별들이 흔들렸다.

차창 밖으로 보리들이 하늘거렸다. 옆에 앉은 용근이 주머니를 뒤적거리다 말고 창문을 열었다.

"태호, 나 담배 있음 하나만 주소."

"나, 담배 끊은 지가 벌써 몇년인디……"

"얼라, 그려? 독하네이, 어찌 담배를 다 끊었대…… 글믄 가다가 가게 보이믄 잠깐 세워줘이."

시내를 지나고 들을 지나 다시 작은 시골마을이 서 있는 곳에서 오른쪽 깜빡이를 넣자마자 장씨가 급하게 차를 틀었다. 뒤에 따라오던 차에서 빠앙 경적이 쏟아지더니 젊디젊은 놈이 장씨에게 삿대질을 하며 멀어졌다. 새만금에 배를 내어주고 다시 사들인 배마저 큰아들 혜성에게 넘기고 나서 하릴없이 발룩구니마냥 마을을 이리저리 돌아다닐 즈음에 막내아들 해화가 운전이나 배우라며 생일선물로 운전면허학원 수강증을 끊어주었다. 다 늙어 무슨 영화를 누리겠다고 운전이냐고 했지만 딱히 할일이 없어 장독이나 깨는 마음으로 학원에를 나갔다. 늙어 녹슨 머리 때문에 실기보다 필기에 자신이 없었다. 필기를 대여섯 번이나 떨어지고 나서야 겨우 딴 운전면허증을 지갑에만 넣고 다니다가 포장마차를 시작하면서 운전을 하게 됐다. 서툰 운전이었다. 바다에서는 깜빡이 따위는 필요가 없었다. 부두에 배를 댈 때는 배들이 서로 부딪치는 것은 예삿일이었다. 가끔은 심하게 부딪쳐 배가 부서지기도 하지만 웃는 얼굴로 미안한다는 말 몇마디면 충분했다. 장씨는 쓴 입맛을 삼켰다.

담배를 사러 간 용근이 다른 볼 일이 있는지 시간이 제법 지나도록 돌아오지 않았다. 후면경을 살피며 조심스레 문을 열고 장씨도 차에서 내려 허리를 곧추세웠다. 허리를 두드리다 말고 기지개를 펴며 멀리 바라본 하늘이 건물들에 가려 조각나 있었다. 조각난 하늘 한쪽에서 감춰진 하늘로 구름이 흘렀다. 문득, 장씨는 얼마 지나지 않아 사람들이 하늘도 땅으로 메우려 들지 모른다는 엉뚱한 생각을 해보았다. 동화책을 들고 병원에 찾아와 하늘에 섬이 떠다닌다고 말했던 손자의 말이 머릿속에 바투 다가왔다.

"할아버지, 내가 동화책 읽은 거 얘기해줄까? 하늘에 섬이 떠다닌대. 구름에 가려 보이지 않지만 어쩌다가 맑은 날 자세히 보인다고 하대. 왜, 폭풍 칠 때 가끔 옥상 같은 디 물고기가 있고 그렇잖여 그게 다 그 섬에서 떨어지는 거래. 할아버지 재밌지……"

얼굴 보기가 힘들던 혜성이 병원에 찾아온 건 입원하고 닷새가 지나서였다. 어디서 오는 길인지 혜성은 또 불콰하게 술기운이 올라 있었다. 재롱을 떨던 손자가 장씨에게 받은 천원짜리를 들고 며느리와 함께 장난감을 사러 간다며 병원을 나가면서부터 장씨는 혜성의 얼굴을 피해 옆으로 돌아누웠다. 장씨의 입에서 끙 하고 신음소리가 흘러나왔다. 이번에는 또 무슨 봉변을 놓고 갈는지 반가움보다 걱정이 먼저 찾아들었다. 술냄새만 코끝에 전해질 뿐 한참을 아무런 일이 없었다. 궁금한 마음에 등뒤로 살며시 고개를 빼들었다. 아무런 말도 없이 서 있던 혜성이 그제야 간이침대에 앉으며 몸은 좀 어떠냐는 안부를 건넸다. 끙끙, 아이고, 장씨는 계속 신음만 토해냈다.

"아버지…… 아버지……"

부르는 소리가 전에 없이 정다워 몸을 돌릴까 하다가 장씨는 마지못한 듯 부러 퉁명스럽게, 아 왜에, 짧은 대답을 던져보았다.

"아버지 배 부릴 때 생각하면 안돼요. 인자 여차하면 그렇게 껍데기만 든다니까요. 아무튼 이게 무슨 일이래요, 몸이나 돌보시지……"

한번 찾아든 통증은 걷잡을 수 없을 정도로 커져만 갔다. 배에서 내리기도 힘이 들어 동철의 도움을 받으면서야 겨우 땅에 발을 내려놓을 정도였다. 찜질이라도 받으면 좀 나으려나 온몸에 파스를 붙이고 밤새 뜨거운 수건을 들이댔지만 아무런 소용도 없었다. 이른 새벽 조개를 고르러 갔던 서울댁이 돌아올 즈음에야 장씨는 겨우 들뜬 마음으로 아픈 몸을 달랠 수 있었다. 손끝에 전해지던 가득 찬 느낌을 다시 떠올렸다. 생합은 얼마나 들었을까? 피조개는? 소라는? 제비 기다리는 놀부의 마음인데 서울댁은 오지 않았다. 드디어 기다리던 발소리가 들렸다.

"어이, 많이 들었던가? 뭐가 들었던가?"

"들긴 개뿔이 들었다요. 순 껍딱허고 돌멩이만 들었습디다."

"머, 뭣이여?"

벌떡, 아픈 것도 잊고 세우려던 몸이 다시 한번 와르르 무너졌다.

아이고, 아이고, 이, 이…… 다시 수십만 개의 바늘이 장씨의 허리를 찔러왔다. 몸이 말을 듣지 않았다. 안 그래도 안 좋은 허리를 너무 무리하게 부렸다고 했다. 수술을 하고 물리치료를 받아야 한다고 했다. 다시 뱃일 같은 험한 일을 할 수는 없다고 했다. 그물 가득 싱싱하던 조개들이 껍데기와 돌멩이로 변해 자꾸만 장씨에게 덤벼들었다. 병원을 찾은 혜성이 슬며시 장씨의 손을 잡으며 다시 배를 부리겠다고 했다. 장씨에게 달려들던 돌멩이들이 다시 싱싱한 조개로 변했다. 어찌 마음을 잡았는지 혜성은 뱃일에 열심이었다. 고마운 일이었다.

퇴원을 하고 장씨는 콘테이너 박스를 사들였다. 사람 많이 다니는 방파제에 콘테이너를 놓고 혜성이 잡아온 해물들을 직접 팔아볼 생각

이었다. 경매(競賣)를 하거나 사매(私賣)를 하는 것보다는 훨씬 이문
이 많이 남을 것 같았다. 싱싱한 해산물에 입맛을 다시며 술을 찾는
사람들이 생기면서 소일삼아 시작한 일이 그렇게 포장마차가 되었다.
그리고 얼마 지나지 않아 마지막 보상이 나왔다. 삼천만원이 못되는
돈이었다. 가만히 받아든 돈을 들여다보던 장씨가 혀를 길게 차며 도
리머리를 흔들었다. 평생을 살아온 바다를 내어주고, 평생을 먹여준
배를 내어주고 받은 돈이 고작 이것이라니, 기가 막힐 노릇이었다. 그
돈으로는 빚 한군데도 제대로 갚을 수가 없었다. 무엇을 해야 하나?
아무리 생각을 해봐도 뾰족한 수가 떠오르지 않았다. 한숨만 절로 나
왔다. 문득, 한숨 사이로 막내아들 해화가 떠올랐다. 빚을 갚자는 서
울댁의 말을 뒤로 하고 장씨는 오히려 빚을 조금 더 얻어 삼천만원을
만들었다. 사년짜리 예탁적금을 들고 거기서 나오는 이자로 적금을
하나 들었다. 얼추 헤아려도 사년 뒤면 오천만원은 될 것이었다.

　가게 문을 열고 나오는 용근을 보며 장씨가 허리를 두드리다 말고
차 안에 들어가 시동을 걸었다. 용근이 자리에 앉고 나서도 한참을 출
발하지 못하던 장씨는 후면경에 아무것도 보이지 않자 그제야 가속페
달을 밟는 발에 힘을 주었다. 부앙, 급출발에 담배를 피워물던 용근의
몸이 휘청 흔들렸다.

　"아따, 거 천천히 좀 몰아라…… 오래 기다렸지야. 갑자기 똥이 매
려워서이. 그나저나 날씨가 참말로 좋다이. 마파람이 살랑살랑 도는
것이 모종 심기에는 아주 딱이겄구만."

　"암믄, 누가 잡은 날인디…… 근디, 용근아. 요즘 그 안동네 논 한
마지기에 얼마나 허냐?"

　"왜, 논 사게. 태호 너 돈 있냐?"

"돈은 무슨, 그냥이. 나이가 든게 자꾸만 땅이 그리워야. 용근이 너야 평생 땅질만 허믄서 살았응게 늘상 같은 맘이겠지만 요즘 나가 근다. 허기사 인자 살믄 얼마나 살겠냐마는 그래도 반평생 바다에서 살아온 인생인디 그 바다가 잠긴당게 내 인생이 잠기는 것맨키롬 서운혀야. 서운허면서 하냥 옛날 생각이 자꾸만 나고…… 우리 막내놈 장가가면 전셋집이나 하나 마련해줄라고 보상받은 거 쬐끔 남겨놓은 거 있는디 우선 그걸로 논이나 사두면 어떨까 혀서이."

"얼라. 태호 너 보상받은 걸로 집 사고, 나머지는 니 아들놈들이 노름이며 일 벌려서며 다 날려먹었다드만 여적지 그 보상이 남아 있는 갑다이. 아따, 그놈 참말로 용하다. 그걸 어떻게 견뎠다? 참말로이."

"말도 말어라. 생각하면 할수록 미치고 환장허니께."

차를 산다 집을 고친다 보상이 나오기도 전부터 사람들은 흥청망청 들떠 있었지만 장씨는 도무지 마음갈피를 잡지 못했다. 목돈을 만지는 일이야 백번천번 좋아할 일이었지만 배를 내어주고 나면 어디서 무얼 하고 먹고살아야 할지 걱정이었다. 미장이에 풀빵장사에 백장에 안해본 일이 없는 장씨였지만 다 젊었을 때 이야기일 뿐이었다. 땅내가 구수한 나이였다. 움켜잡을 수만 있다면 좋으련만…… 그러나 장씨가 끙끙거리고 있는 사이 아직 나오지도 않은 보상금은 점점 줄어들었다.

큰아들 혜성이 차를 뽑고 서울댁이 그렇게 소원하던 세탁기며 냉장고를 바꾸는 것까지는 그런대로 억한 마음을 억누를 수 있었다. 보상바람이 젊은놈들 사이에 노름바람으로 번져 혜성도 뱃일은 나 몰라라 노름에만 빠져 있다는 걸 알았을 때, 그리고 서울댁이 이미 장씨 몰래 몇번이나 그 뒤치다꺼리를 하고 난 뒤라는 걸 알았을 때는 그대로 미치는 것만 같았다. 몇날 며칠을 술을 마시며 마을이 떠나가라 악다구니를 지르며 돌아다니다가는 지쳐 잠들곤 했다. 고래고래 내뱉는 소리에 목이 쉬면 고함은 잦아들고 그 자리에 노래가 들어섰다. 불러봐도 울어봐도 못 오실 어어머니를 원통해 불러보오오고 땅을 치며 통곡해요…… 쉰 가락에 한숨과 물기가 젖어들었다. 그쯤 되면 멀찍이서 장씨 주위를 돌던 서울댁이 나타나 잘못을 빌며 장씨를 달랠 차례였다.

겨우 마음을 추스르고 장씨는 서울댁을 앞세워 시내에 집을 보러 다녔다. 욕심을 부려보기로 했다. 가만히 있으면 보상을 받는 족족 기우는 달처럼 마냥 새나갈 것만 같았다. 계약을 하고 중도금을 치를 즈음 다시 한번 혜성이 노름빚을 안고 들어왔다. 험상궂게 생긴 젊은 놈 몇이 혜성의 이름을 들먹이며 빚을 받으러 왔다고 했다. 집안을 흔들던 사람들이 돌아가고 난 뒤, 서울을 벗어나던 일들을 악몽처럼 떠올리고 있을 때 슬그머니 큰아들이 나타났다. 무리를 해서 치른 계약금을 날려먹을 수도, 손이 잘리게 생겼다며 한번만 더 믿어달라고 통사정을 하는 큰아들을 모른 체할 수도 없는 노릇이었다. 노름빚을 받으러 오는 놈들은 쉽게 물러나지 않을 것이었다. 분하고 억울하고 무서운 생각들이 한꺼번에 우르르 몰려들었다. 며느리를 친정에 보낸 뒤 혜성과 서울댁을 앉혀놓고 다시 한바탕 난리를 피우던 장씨가 갑자기 전화를 들었다.

"여, 여보세요. 경찰서지요, 예, 예. 나가 여기 도둑놈 하나 잡아났은게요, 예, 예. 후딱 오시오이. 예, 예."

불러봐도 울어봐도 못 오실 어어머니를…… 전화를 끊고 서툰 가락을 토해낼 뿐 장씨는 말이 없었다. 서울댁도 혜성도 왜 엉뚱하게 도둑이 들었다며 경찰을 불렀는지 의아해했지만 그저 생게명게 장씨를 바라볼 뿐이었다. 황당하기는 경찰도 마찬가지였는지 파출소에서 나온 경찰은 한동안 멍하니 방안을 두리번거렸다.

"아저씨. 안녕하세요. 술 많이 자셨네. 근디 잡아놨다는 도둑은 어딨대요, 그래?"

"어딨긴 어딨어. 저기 무릎 꿇고 앉았구만. 아, 그놈이 노름헌다고 보상이 지 피 빼먹는 것인지도 모르고 그거 조금 받아놓은 거는 말헐 것도 없고 집 문서며 배 문서며 다 도둑질했다가 노름으로 탕진했은게, 그놈이 도둑놈 아니요. 맞지라? 긍게 언능 그놈 잡아가시요이…… 아, 안 잡아가고 뭐헌대?"

서울댁은 어렴풋이나마 장씨의 꿍꿍이를 알 것 같았다. 안될 일이었다. 아무리 자식이 잘못을 했기로서니 어버이된 도리로 자식을 철창에 보낼 수는 없는 노릇이었다.

"당신, 미쳤소. 야가, 인자 다시는 안헌다고 이리 사정을 허는디…… 자식 잘못했다고 경찰을 부르는 부모가 어디 있다요? 참말로, 당신 말대로 노랑신문에 날 일이요이."

큰아들도 펄쩍 뛰며 장씨에게 달려들었다.

"아따, 씨발. 아버지, 지금 나 집어넣을라고 경찰 불렀소. 고등학교 졸업하고 여적지 나가 이 집 다 먹여살렸는디 노름으로 돈 몇푼 잃었다고, 씨발, 뭐, 도둑. 내가 무슨 도둑질을 했는데…… 내가 언제 집 문서랑 배 문서를 훔쳤는데…… 응, 내가 언제 훔쳤어."

"얼라, 얼라. 저놈이 인자 도둑질도 모자라서 아비를 칠려고 하네이. 아따, 경찰양반들 뭐하신다요. 저놈 안 잡아가고……"

경찰로서는 여간 황당한 일이 아닐 수 없었다. 술이 취해 그러려니 넘어가려 해도 장씨는 막무가내였다. 으름장을 놓기도 하고 달래보기도 하던 경찰이 도리머리를 흔들었다.

"거 참 미치겠네. 가봅시다, 가. 암튼 이기 일일이로 신고한 거라 가면 일 커지니까 그렇게만 알아요, 예. 어이 김순경, 이 친구 데려가."

"어, 어. 이거 왜 이래요, 정말. 아니래도요. 아이 씨발. 진짜, 나 아무짓도 안했다니까…… 에이 씨발놈들이 정말. 이거 안 놔. 이거 놓으라니까. 이런 씹새들이……"

끌려가지 않으려고 강탈을 부리는 혜성과 한바탕 난리를 피운 뒤 경찰이 세 사람을 이끌었다. 경찰서에서 조서를 꾸미는 동안 장씨는 술기운을 핑계로 다음날 다시 온다고만 했다. 술이 깨고 나서 장씨는 그러나 투덜거리는 서울댁을 앞세우고 경찰서보다 먼저 빚을 얻으러 다녔다. 다행히 보상이 나올 때라 돈 빌리기는 어렵지 않았다. 받으러 온 사람들은 사천만원을 갚아야 한다고 했고 큰 아들은 천사백만원을 빌렸을 뿐이라고 했다. 이천만원을 빌려 통장에 집어넣었다. 조서를 꾸미러 오라는 경찰의 전화가 사나흘 걸려온 다음 어지러운 발소리가 문을 흔들었다. 문밖을 지키던 장씨가 부엌에 들어가 소주 한병을 단숨에 비우고 방안으로 들어갔다.

찾아온 사람들은 시커멓게 번쩍거리는 구두도 벗지 않고 방에 들어서더니 욕부터 내뱉기 시작했다. 한참을 씩씩거리도록 장씨는 아무런 말도 꺼낼 수가 없었다. 시간이 흐르고 술기운이 머리끝까지 올라왔다. 장씨가 있는 힘을 다해 손바닥을 펴 방바닥을 내리쳤다. 일순, 방안에 정적이 감돌았다. 장롱을 열고 보따리를 꺼내 무리가 서 있는 곳으로 집어던졌다. 무리가 수건에 싼 칼 한 자루와 통장을 살피기를 기다린 다음 장씨가 어렵게 입을 열었다.

"니, 니미. 씨발것. 니들이 보상 몇푼 받을 거 있다고 자꾸 이러는 모양인디. 나가 죽으믄 죽었지 그 돈은 못 줘. 인자는 배며 집이며 그 놈이 다 잡혀먹어서 주고 싶어도 더 줄 것도 없고…… 원금이 천사백 이라니께 그것이믄 이자는 얼추 되겠구만. 어렵사리 만들었은게 그거라도 받고 끝내려면 끝내고 아님 이 자리서 차라리 나를 죽이더라고…… 글고 나 자식놈은 더 찾아봐야 소용이 없어. 며칠 전에 경찰이 와서는 잡어갔구만. 허긴 여기 있어봐야 그놈이 벌써 사람 구실 허고 살긴 글러먹은 놈인게 차라리 잘된 일이구만, 암 잘되고 말고……"

무리 가운데 몇은 남고 몇은 통장을 들고 나가 서너 시간이나 있다가 돌아왔다. 수협에 가서 돈을 찾아주고 차용증을 돌려받고 나서 장씨는 그 자리에 펄썩 주저앉았다. 입밖으로 희미한 한숨이 흘러나왔다. 그렇게 얻기 시작한 빚이었다.

십만원짜리 돈봉투를 들고 찾아간 경찰서에서 한참동안 지청구를 얻어듣고서야 장씨는 혜성을 데려올 수 있었다.

"혜성이 니가 나를 미워허는 맘 잘 알어. 괜한 너를 도둑으로 집어넣었는디 나 같어도 미울 거구만. 니가 무슨 집을 훔치고 배를 훔친다냐. 근디 아무리 생각혀도 그놈들 따돌릴라믄 그 길밖에 없는디 어떡허냐? 사정을 말헌다고 경찰이 옳다구나 너 가둬두지도 않을 거고…… 돈 이천만원 주면서는 나도 가슴이 콩알만혀져 갖고 혼났구만. 니도 알다시피 나가 노름빚에 쫓겨서 서울서 일로 도망을 안 왔냐……"

가까운 식당에서 생두부를 안주삼아 소주를 마시며 장씨는 혜성에게 속마음을 털어놓았다. 부끄러운 일인데도 큰아들이라는 믿음 때문인지 그다지 부끄러운 마음이 들지 않았다. 오히려 그 고백을 통해 다시는 노름을 않겠다는 다짐을 혜성에게 받고 또 받았었다. 그러나 혜성은 몇번이나 더 노름빚을 물어다 날랐다. 쌈질 좋아하는 둘째놈이 그래도 살아보겠다며 유조차를 사달라고 했을 때는 빚을 내어주면서도 아깝다는 생각이 들지 않았다. 바람부는 날 가루 팔러 간다더니 하필이면 그게 또 아이엠에프와 맞물려 잔뜩 손해만 보고 손을 털면서는 다시 한번 억장가슴이 무너지는 것만 같았다.

답답한 마음을 달래려 내린 좁은 창문 틈으로 바람이 우르르 몰려들었다. 며칠 앞까지만 해도 서늘한 기운이 담겨 있던 바람이 상쾌하기만 했다. 흐으음, 깊은 숨을 들이마시던 장씨가 창문을 조금 더 열었다. 가까이 하늘거리는 보리밭 냄새, 멀리 작은 산 소나무들의 냄새, 대숲의 향기, 그리고 하늘과 바다. 바람에 담겨 있던 온누리 수많은 것들이 우수수 차 안으로 몰려들어 장씨의 숱 적은 머리카락을 흔들었다.

"근디, 태호야. 소문 들었냐? 상길이놈이 기어이 혼을 내어놓았다대."

그대로 있기가 버거워 열었던 창문을 슬며시 닫을 때 피우던 담배를 창문 밖으로 튕기며 용근이 장씨를 향해 혼잣소리 같은 말을 뱉어놓았다.

"그게 뭔 소리냐? 누가 죽어?"

"왜, 있잖여. 우리 앞집 살던 상길이놈."

"아, 그 건설헌다던 양반. 그치가 왜? 아적 젊잖여."

"긍게 누가 아니래냐. 자살을 했다는 소문도 있고 빚쟁이한테 칼 맞아 죽었다는 소문도 있고 그런 갑드라. 왜 그치가 새만금 방조제 돌댄다고 몇이서 합작으로 야미도 옆으 돌섬을 하나 안 샀냐. 근디 그것이 환경단체 반대로다가 그대로 안 썩이고 말았냐이. 그게 돈이 좀 많이 들어. 그려 이리저리 얻어다 쓴 빚을 못 갚고 도망을 댕긴다더만, 쉬쉬허는 것이 참말로 그냥은 아니고이 뭔 사연 있게 죽은 모양이더만……"

안동네 박상길하면 부자라고 소문이 짜한 사람이었다. 굴삭기를 몰던 사람이었는데 밤낮을 가리지 않고 일하던 부지런이 건설바람을 타고 부자가 되었다고 했다. 굴삭기 몇대 덤프트럭이 몇대, 크레인이며 기중기 같은 중장비만도 몇억원어치가 된다고 했다. 사람 팔자 뒤웅박 팔자라더니 그런 사람이 어느 날 장씨를 찾아왔었다. 달러 이자를 쳐줄 테니 다만 몇천만원이라도 빌려달라고 했다. 돌섬 일이 잘 풀리지 않아 최악의 사태에 이르면 가지고 있는 중장비를 팔아서라도 갚을 테니 제발 산 목숨을 한번만 구제해달라고 했다. 장씨는 일언지하 거절했었다. 이웃동네에 산다뿐 얼굴 한번 제대로 마주한 적이 없는 사람을 무얼 믿고 돈을 빌려주냐고 했다. 솔깃한 마음이 없지 않았지만 그렇게 거절한 게 다행이었다. 해도 사람 목숨이 안타까워 쯧쯧 혀를 차고 있을 때 용근이 장씨 쪽으로 몸을 틀며 갑자기 중요한 것을 생각해낸 듯 한층 커진 목소리로 말을 이었다.

"아, 참. 너도 상길이한테 돈 다 못 받았지? 어특헌다냐. 살았을 때도 받기 힘든 것이 돈인디 인자 그렇게 폴싹 가버렸으니……"

"그게, 뭔 소리여? 나 그 양반한테 돈 빌려준 적 없는디……"

까닭도 없이 알 수 없는 기분이, 똥 누고 밑 안 닦은 것같이 꺼림칙한 무언가가 장씨에게 달려들었다.

"그냐. 글믄 다행이고이…… 나가 괜한 소리를 헌 모양이다이. 제수씨가 상길이네 집에 들락거리는 게 돈 때문이라더니 아닌갑만."

　시청 직원들에게 끼얹었던 똥물이 장씨에게 날아와 엉겨붙는 것 같았다. 아니겠지 싶으면서도 설마 하는 기분이 장씨를 사로잡았다.

　장씨가 가만히 기억을 더듬었다. 아차, 싶은 마음이 와락 몰려들었다. 어느 달, 예탁금의 이자가 들어오지 않았다. 장씨가 통장을 들고 수협에 갔을 때 과장이 나와 밀레니엄 전산 씨스템 정리 때문에 착오가 있는 모양이라며 다음날 와달라고 했다. 다음날 통장에 돈이 들어오기는 했었다. 정해진 날짜에 꼬박꼬박 들어오던 돈이 그 다음달 부터는 며칠 늦어지기도 하고 며칠 빨라지기도 하는 것이 이상했지만 그게 다 밀레니엄 때문이라는 과장의 말을 듣고 그러려니 별 신경을 쓰지 않았었다. 아무래도 발등을 찍혀도 제대로 찍힌 것만 같았다. 니미럴, 휴우. 뭔가 이상하다고 했더만이, 나가 바보멍청이구만. 니미럴, 똥물에 코나 처박고 죽어야는디. 아니여이. 그럴 리가 없을 거구만. 아무렴, 그럴 리가 없을거이. 참말이고말고. 들쭉날쭉 생각들이 엉키고 꼬이기 시작했다. 수협에 가서 확인을 해보는 게 가장 빠른 해답일 터였다. 가속페달을 밟는 장씨의 발에 힘이 들어갔다. 마음을 달래려 장씨가 닫았던 창문을 다시 열었다. 상쾌하던 바람이 매섭기만 했다.

　문을 박차며 장씨가 수협으로 뛰어들었고 용근이 뒤를 따랐다. 헉헉거리며 달려든 품이 아무래도 심상치 않아 수협 직원 누구 하나 장씨에게 인사를 건네지 못했다. 두리번거리며 과장을 찾았지만 보이지 않았다.

　"누구…… 찾으세요?"

"최과장 없는가? 나가 시방 급히 좀 확인할 것이 있는디이."

"지금 점심식사하러 가셨는데. 앉아서 조금만 기다려주시면……"

"아니여, 됐구만이. 글믄 아가씨가 이 통장 확인 좀 해줘봐."

여직원이 컴퓨터 화면을 바라보며 자판을 두드렸다. 절레절레 고개를 흔들던 여직원이 씩씩거리는 장씨를 슬그머니 바라보며 머뭇머뭇거렸다.

"저기요, 아저씨. 이거 해약한 지 한참 되는데요."

"머, 머, 뭣여. 누가 해약을 해? 다시 한번 봐봐, 다, 다시 한번 봐봐이. 나가 장태호고, 이, 적금 든 사람이 장태호여. 그, 그, 근디, 내가 해약을 안했는디 누가 해약을 해, 누가?"

더듬적더듬적 말을 제대로 잇지 못하던 장씨가 창구 테이블을 손바닥으로 내리치며 악을 쓰듯 목청을 돋웠다. 푸른 칼을 손에 쥐고 있는 것처럼 장씨의 서슬이 수협 안을 시퍼렇게 물들였다. 자판을 몇번씩이나 더 두드리며 해약된 통장이 틀림없다는 여직원의 말에 장씨는 기어이 수협 직원들을 다 잡아먹을 듯이 눈을 부라리며 욕을 뱉어내기 시작했다.

"뭐, 쌍. 해약, 해약이야. 참말로 이런 씨발 개 같은 경우가 다 있다냐이. 이런 씨발것들이, 이 씨발것들아. 나가 해약을 안했는디 누구 맘대로 해약을 해, 해약을. 개 같은 새끼들, 내 돈 내놔. 내 돈 내놔…… 최과장 그 인간 오라고 혀. 씨발 빨리 최과장 오라고 혀."

"야, 태호야. 참어야, 여기서 이런다고……"

장씨의 시퍼런 서슬에 서로 눈치만 보며 수협 직원들 누구 하나 말을 꺼내지 못했다. 용근이 겨우 말리려 들었지만 아무 소용도 없이 오히려 장씨의 화를 더 돋우었다.

"니미, 씨발. 참어, 참으라고? 용근이 너 같으면 참겄냐. 삼천만원이여이. 자식 새끼들이며 마누라한테 지랄 갖은 욕을 다 얻어먹으면서도 남겨둔 돈이여이. 그런 돈이랑게."

그사이, 수협 앞을 지나치던 사람들 몇이 무슨 일인가 싶어 들어섰고 점심을 먹다 만 최과장이 홍시가 된 얼굴로 달려왔다. 까닭을 몰라 장씨가 하는 양만 바라보던 여직원이며 지소장의 눈길이 최과장에게 달려들었다.

장씨의 주민등록증과 도장을 들고 서울댁이 찾아왔다고 했다. 급히 쓸 일이 생겼다며 적금을 해약한다고 했다. 장씨가 알게 되는 날이면 영락없이 죽은 목숨이라며 당분간만 비밀로 해달라 당부했었다.

"니미, 씨발. 이런 법이 어디 있어. 이런 법이 어디 있냐고. 글믄, 글믄, 미, 미, 그려 밀레니엄은 뭔디, 무슨 오류라며, 오류…… 나 몰라. 내가 든 적금 내가 해약한 것도 아니고…… 니미, 씨발. 아무튼 나 모른게, 최과장이 다 물어내. 나, 난, 몰라."

"아저씨도 안 글면 어떡한대요? 여서 십년이 넘도록 근무하면서 아저씨 성질 모르는 것도 아니고…… 아줌마가 매달 자기가 이자 갖다준다고 그렇게 사정을 하는디 어떡해요? 그냥 제가 그런 핑계라도 만들었지요, 뭐. 뻔히 아는 형편에 모른 척할 수도 없고요, 안 그래요…… 아저씨, 그러니 죄송하지만 이양 이렇게 된 거 여기서 이러지 말고요, 우리도 영업은 해야지요, 예……"

수협 문을 밀고 나오는 발길이 깊은 뻘 속을 걷는 것처럼 무겁기만 했다. 장씨는 바닷물이라도 퍼먹고 싶은 심정이었다. 땅을 봐도 모를 일이고 하늘을 봐도 모를 일이었다. 허허 거참. 허허 거참. 시커멓게 죽어가는 바다나 타는 속을 알까? 불같이 화가 끓어올라야 할 터인데 하도 기가 막히고 어이가 없어 그저 허허 웃음만 입밖으로 흘러나왔다.

노랑신문에 날 일이구먼이…… 어므, 노랑신문에 날 일이여.

무거운 발걸음을 이끌고 가까운 슈퍼로 들어갔다. 소주를 한병 사들고 장씨가 슈퍼 앞 평상 위에 주저앉았다. 안주도 잔도 없이 깡소주만 홀짝거리는 장씨를 바라보던 용근이 오징어 한 마리를 구워 왔다. 금세 소주 한 병을 다 비우고 다시 슈퍼로 들어가 소주 한 병을 집어 돈을 치르며 갑자기 그게 아깝다는 생각이 장씨의 머릿속을 스쳐지났다. 그짝을 당해놓고도 소주 한 병 값이 아까워서 벌벌 떨어야, 도리머리를 흔들며 평상 위에 앉은 장씨가 용근을 바라보며 혼잣소리를 뱉어냈다.

"참말로 모를 일이다이. 참말로 모를 일이여?"

포장마차를 하면서부터는 술 한잔 사먹기가 아까워 남들이 남기고 간 술이나 홀짝거리던 터였다. 서글픈 마음은 들지 않았다. 일손이 달리는 겨울철 손을 호호 불어가며 찬물에 설거지를 하거나, 젊은 놈들이 돈푼깨나 있다고 사람을 업신여기려 들 때면 낼모레 칠순될 나이에 이게 무슨 꼴인가 싶다가도 제법 쏠쏠한 벌이에 마음이 풀리곤 했다. 아무렴, 언손이야 불알 밑에 넣어 녹이고, 싸가지야 있든 없든 돈 있는 놈들 똥구멍 살살 긁어 기분 맞추고 그렇게 한 이삼년만 죽은 듯 살아간다면 대추나무 연 걸리듯 엉겨 있는 빚더미를 모두 없애고 그 자리에 토실토실 살 오른 열매를 하나 가득 얻을 수 있을 것만 같았다. 이상한 일이었다. 내외가 함께 배에 올라 험한 바다와 싸우며 아등바등 살아갈 때는 빚이라야 고작 밀린 외상값이 전부였는데 새만금 간척사업에 배 내어주고 제법 솔찮은 보상금을 받은 뒤로는 외려 빚이 눈덩이처럼 늘어만 갔다. 아무래도 모를 일이었다. 모르고 살아가야 할 일이었다. 모르고 살아야 할 일들이 갑작스레 하나둘 툭툭 불거지며 장씨의 뒤통수를 치고 들었다. 열불이 솟고 울화통이 터질 노릇이었다. 잊을 만하면 한번씩 큰아들놈 노름빚이 날아들고 또 잊을 만하면 둘째놈이 사고를 터뜨리고는 했다. 모두 빚이 되어 장씨를 칭칭 옭아맸다. 화병이라도 얻어 덜렁 나자빠질 것을 다행히 포장마차가 살 길을 열어준 셈이었다. 다 늙어 그렇게 욕심은 부려 무엇하냐는 비아냥거림을 뒤로 하고 장씨는 포장마차에 열심이었다. 처음에는 콘테이너 박스가 전부였던 것을 조금씩 조금씩 넓혀 작은 식당 정도로 만들었고, 한쪽에는 잠잘 곳을 만들어 아예 낮밤을 그곳에서 보냈다. 해일을 만난 태풍에 홀라당 날려먹기도 하고, 시청 직원들이 우르르 몰려들어 부수어놓고 가기도 했지만, 장씨에게 포장마차는 바다를 내어주고 얻은 또다른 삶이어서 그때마다 이웃한 누구보다 먼저 이를 악물고 밤낮을 설쳐 다시 세워놓곤 했다.

"용근아, 나가 뭣 땜시 이러냐이. 나가 뭣 땜시 이리도 지지리 궁상을 떠냐고. 참말로, 참말로이. 용근아, 용근아."

빈속에 마신 소주가 세 병이 넘어가면서 술기운이 알딸딸하게 장씨를 붙잡았다. 하소연을 늘어놓던 장씨가 간잔지런해진 눈을 비비다 말고, 불러봐도 울어봐도 못 오실 어어머니를 원통해 불러보오고 땅을 치며 통곡해요, 서툰 가락으로 노래를 부르기 시작했다. 다시 못 올……

"이러고 있을 때가 아니여이. 나 갈란다. 가서 그 쌍년의 창자를 도려내든지 할 거구만."

말리는 용근을 기어이 집에 보내고 장씨가 몸도 못 가눌 정도로 비틀거리며 걸음을 옮겼다. 차에 올라타 시동을 걸고 가속페달을 밟는 순간 차는 뒤에 있던 화단을 들이박고도 한참을 더 붕붕거렸다. 도무지 정신을 차릴 수가 없었다. 숨이 가빠오고 눈이 풀리더니 귀까지 윙윙거렸다. 몰려든 사람들이 무어라 말을 하는 것 같은데 누가 무슨 말을 하는지 알아먹을 수가 없었다. 얼핏 술기운이 화들짝 달아나는 것도 같더니 웬걸 더 아득해지기만 했다. 사람들의 부축을 받으며 겨우 차 밖으로 나온 장씨가 땅바닥에 철퍼덕 주저앉았다. 고개를 푹 꺾은 채 한참을 뭉개던 장씨가 드드득 이를 갈며 벌떡 일어났다.

"니미, 씨발. 다 죽여버릴겨이. 다 죽여버릴 판이랑게. 불러봐도 울어봐도 못 오실……"

보통때 같으면 십분도 안되는 거리를 넘어지고 비틀거리며 삼십여분이 걸려 도착했다. 포장마차에 들어선 장씨는 냉장고를 열어 소주부터 찾아 마셨다. 슬금슬금 장씨의 눈치를 살피며 손님을 받는 서울댁의 귓속으로 니미럴, 니미럴이 자꾸만 파고들었다. 니미럴, 니미 씨발녀러만을 되풀이할 뿐 다른 아무런 말도 없이 소주 한병을 비우고 맥주를 꺼내 마시던 장씨가 마침내 탁자에 맥주잔을 쿵쿵 내리찍으며 서울댁을 욱대기 시작했다.

"니미, 씨발녀르. 니미 씨발녀르. 자네 나한테 할말 없는가?"

장씨의 욕지거리보다 안에서 술을 마시는 사람들이 마음에 걸려 서울댁은 고개를 빼들고 포장마차 안을 살폈다.

"얼라, 이, 쌍년이요이. 왜 대답이 없어? 왜 대답이 없어? 이년이요. 참말로이. 니미, 씨발년이. 니가 나 보기를 개 좆같이 본다 이거지, 니그미…… 니미, 환장하겠는 거. 환장."

"손님들 있는디 참말로 왜 자꾸 이런다요."

메추리알을 삶고 버섯을 볶고, 손님들 상에 오를 찬거리를 준비하고 있을 때 수협에서 전화가 걸려왔다. 숨겨오던 일을 기어이 장씨가 알아버렸다는 말을 듣고 서울댁은 눈앞이 노래지는 것만 같았다. 전화를 끊고도 한참을 우두망찰 아무것도 할 수가 없었다.

서울댁만 있을 때 상길이 다시 한번 찾아왔었다. 장씨가 없다는 걸 확인하고 뒷머리를 긁적이던 상길이 가만히 서울댁을 불렀다. 아직 보상이 남아 있는 집 어디서건 돈을 좀 융통해달라고 했다. 섭섭지 않게 이자를 얹어주겠다고 했다. 귀가 솔깃했다. 2부 이자로 얻어 3부 이자만 받아도 천만원에 십만원이 남았다. 장씨 몰래 이천만원을 1부 5리로 얻어다가 3부 이자를 받으며 몇달 돈놀이에 재미가 붙었다. 그 재미에 이천만원을 더 얻어다 주었다. 몇달 꼬박꼬박 이자를 가져다 주던 상길이 줄행랑을 놓은 건 반년도 지나지 않아서였다. 미칠 노릇이었다. 겨우겨우 장씨 몰래 빌려온 돈의 이자만 갚는데도 힘이 부치는 마당에 먼저 얻어다 쓴 곳에서 딸을 시집보내야 한다며 이천만원을 갚아달라고 했다. 어쩔 수 없이 수협에 가서 장씨가 들어놓은 적금을 해약했다. 먼저 빌려 쓴 이천만원과 나중에 빌려 쓴 돈 가운데 천만원, 그렇게 삼천만원을 갚고 나머지 천만원은 포장마차를 하고서야 겨우 갚을 수 있었다. 그러나 아무리 기를 써도 장씨의 적금은 다시 메워지지 않았다. 어떻게 알고 그렇게 맞아떨어지는지 돈이 좀 모일 만하면 장씨 모르게 돈 쓸 일이 생겨나곤 했다.

망치를 들고 달려들던 지난번보다 한결 더 큰 사건이었다. 난리도 그런 난리 블루스가 없을 것이 썰물 지나면 밀물 드는 것처럼 뻔한 일이었다. 안절부절 아무리 머리를 쥐어짜도 빠져나갈 핑곗거리가 떠오르지 않았다. 며칠 숨어지내면서 제풀에 화가 풀리도록 기다리는 수가 으뜸일 것 같았다. 도망가는 길밖에 없었다. 돈통을 열어 서울댁은 돈부터 챙겨들었다. 진둥한둥 내어놓은 물건들을 다시 안에 들이고 있을 때 손님들이 들이닥쳤다.

"이게 뭐 타는 냄새래. 아줌마, 뭐 타는 냄새 안 나요? 연기가 가득하구만……"

"얼라라, 글고 봉게요."

그제서야 서울댁은 버섯을 불 위에 올려놓은 채라는 걸 깨달았다. 새까맣게 타들어간 버섯을 그냥 버리기가 아까워 프라이팬을 뒤적거리는 사이에 벌써 자리를 잡고 앉은 손님들이 주문을 해왔다. 사정이 있어 장사를 못한다고 말하려다가 그만두었다. 이문이 많이 남는 것들이었다. 그렇지 않아도 손님들 많은 토요일이었고 얼마 안 있으면 점심손님들이 몰려들 시간이었다. 아무래도 포장마차를 비울 수는 없다고 서울댁은 마음을 고쳐먹었다. 설마 죽이기야 하겠어, 아니여 그 인간이 참말로 이번에는 날 죽이려 들지도 몰라이. 어쩐댜, 참말로 어쩐다…… 에이, 몰라. 그냥 죽이라고 혀. 금희야, 금희야. 어차피 한번 죽을 거. 안 그냐, 참말로. 마음을 그렇게 다잡고 나서니 또 그렇게 큰일도 아니었다.

"요요, 씨발년이요이. 쌍년이요이. 손님들이 뭐? 손님들이 뭐? 이년아."

맥주잔으로 성이 차지 않는지 장씨는 불끈 쥔 주먹으로 바닥을 치기 시작했다. 물건을 살피던 손님들이 장씨의 고함소리에 값도 물어보지 않고 다른 포장마차로 걸음을 옮겼다. 그 모습에 서울댁도 버럭 장씨에게 목소리를 높였다.

"아따, 참말로 거 참나. 알았어, 알았당게. 알았은게 이따가 얘기 하자니까 왜 자꾸 그래, 왜? 손님들 다 가는구만, 참말로."

후미, 휴. 목까지 차오른 한숨을 어쩌지 못하고 장씨가 몇해 동안 끊었던 담배를 다시 찾아물었다. 담뱃불을 붙이는 장씨의 몸이 기우뚱 흔들렸다. 몇번이나 불은 불꽃을 그리며 날아다닐 뿐 담배에 가닿지 못했다. 니미럴, 씨발이. 한동안 잠잠하던 장씨가 라이터를 집어던지며 다시 악다구니를 퍼붓기 시작했다.

"이런 씨발년이요. 나가 늙었다고 괄시도 괄시도 유만부동이여, 유만부동. 찢어죽일 년. 창시를 말려서 씹어먹을 년이 나 돈을 돌라처먹어. 니기미, 씨발."

한마디 한마디 목소리에 힘을 주던 장씨가 말을 마치며 맥주잔을 집어던졌다. 챙그랑, 맥주잔 깨지는 소리가 날카롭게 서울댁의 귓속을 파고들었다. 그 소리에 오히려 오기가 붙어 수꿀하던 몸이 풀리는 것 같았다. 모르쇠를 떨어볼 생각이었다. 시치미를 떼면서라도 손님 많은 주말장사는 어찌어찌 해볼 요량이었다.

"자꾸만 무슨 돈을 어쨌다고 그래? 술 처먹었으면 조용히 들어가서 잠이나 자. 손님들 다 놓치고 이게 뭐야, 참말로."

"이 쌍년이, 잘못했다고 빌어도 시원찮을 판에 인자는 오리발을 처내미네이. 이 씨발년을……"

말을 접고 장씨가 갑자기 비틀거리며 서울댁에게 달려들었다. 주머니에 있던 통장을 꺼내 서울댁의 얼굴에 집어던지고 장씨가 말을 이었다.

"이 쌍년의 가시네…… 오냐, 이 씨발년아. 이래도 오리발을 내밀어봐라이. 그때는 참말로 내가 니 배창시를 딸 것인께이."

순식간에 일어난 일이라 서울댁은 피할 생각도 하지 못했다.

"이 통장이 뭐? 이 통장이 뭐?"

"씨발년이 죽어봐야 실토를 하겠구만이. 참말로 죽어봐야 혀. 참말로이."

장씨가 문을 막고 서며 서울댁에게 주먹을 휘두르기 시작했다. 이리저리 피하던 서울댁의 얼굴에 기어이 장씨의 주먹이 와 박혔다. 그때부터는 서울댁도 지지 않고 장씨의 머리채를 낚아챘다.

"왜 때려. 왜 때려, 씨발놈아. 니가 뭔데 때려. 니가 뭔데……"

"얼라, 이거 이거 안 놔. 이년이요, 죽을라고. 통장에 둔 내 돈 다 돌라처먹고…… 이 쌍년아."

다시 장씨의 주먹이 서울댁의 얼굴로 날아들었다. 서울댁의 입술 사이로 붉은 피가 흘러나왔다. 손등으로 입가를 훔치던 서울댁이 다시 한번 날아드는 장씨의 주먹을 피하며 와락 장씨의 팔뚝을 물었다. 서울댁의 얼굴에 시퍼런 멍이 들고 머리카락이 한 움큼이나 뽑혀나갔고, 장씨의 팔뚝에 이빨자국이 남도록 싸움은 멈추지 않았다. 몰려든 사람들이 말리지 않았다면 언제까지고 계속될 것 같았다.

"니미럴 이런 쌍년이요이. 뭘 잘했다고 달려드네이…… 이것 좀 놔봐, 놔보랑께. 저, 저 씨발년 잡어죽여야 헌단게. 오늘은 참말로 배창시를 따야 헌단게."

"그래, 죽여봐. 죽여봐, 이 씨발놈아. 니가 나 못 죽이면 내가 너 죽일 판이여이. 내가 너 잡아죽일 거라고."

"어허, 동네사람들. 아이구 동네사람들. 저년 저년 말하는 것 좀 봐요. 저년이 지 아들놈하고 짜고 내 돈을 돌라먹고는 인자 날 죽일려고 하네이. 늙고 힘 없다고 날 잡아죽일려고 혀. 니미, 어찌 산다요. 어찌."

"그래, 그래, 이 씨발놈아. 내가, 내가 나 혼자 잘먹고 잘살자고 그 돈 다 찾아 썼어. 그래 내가 다 찾아 썼다고. 차라리 잘됐네. 그동안 마음 썩고 살던 거 생각하면 지긋지긋해서 이가 다 갈리는데. 차라리 잘됐어……"

"저, 저 씨발년이요이. 참말로 말허는 것 좀 보소이. 머, 뭐, 잘돼? 잘돼 이년아? 니미, 쌍년을 그냥 팍. 인자 어떡할쳐? 인자 내 돈 어떡할 거냐고?"

"나는 이제껏 공으로 살았간디 자기 돈이야. 내 돈이야, 내 돈. 당신 배 탈 때 나도 배 탔고 당신 죽을 고비 넘길 때 나도 넘겼어. 다 늙어서는 넘들한테 술 파는 것도 억울한데 왜 지랄이야, 지랄이. 당신이 서울서 노름만 안했으면 내가 이런 고생도 안해. 당신 닮은 아들 노름 빚 갚는 것도 이제 지긋지긋하고 아픈 몸 갖고 술 파는 것도 지긋지긋해…… 어떻게 할 거냐고? 그래, 안 그래도 지긋지긋한데 이놈의 포장마차 팔아서라도 돈 만들어주면 될 것 아니야. 응, 팔아서 그 돈 내가 준다고……"

"이런 씨발년을."

탁자 밑에 어박자박 쌓여 있던 맥주병을 들어 장씨가 서울댁을 향해 집어던지며 말을 이었다.

"니가 뭘 잘했다고 지랄이여, 지랄이. 천만번을 빌어도 시원찮을 판에, 뭐, 포장마차를 팔어 이년아? 이걸 내가 어떻게 만들었는디 니가 팔어. 이 쌍년이요이. 찢어죽여도 시원찮을 년이요이. 허 거참, 허허 거참."

서울댁의 얼굴을 스쳐지난 맥주병이 유리창을 깨뜨리며 떨어졌다. 남자들이 장씨를 말리는 사이 여자들이 포장마차 밖으로 서울댁을 이

끓었다.

으스스 몸이 떨려오면서 잠에서 깨어났다. 여자들이 서울댁을 끌고 나간 포장마차에서 남자들 몇과 함께 술을 더 마셨는지 기억이 가물가물했다. 술이 깨려는지 머리가 지끈거리고 목에서는 왈왈한 겻불내가 일었다. 물을 찾아 마시고 냉장고를 열어 술병을 집어들다가 내려놓고 밥통을 열었다. 물에 밥을 말아먹던 장씨가 밥그릇을 한쪽으로 밀어놓았다. 아침상에 올랐던 봄나물을 먹어도 도무지 입맛이 붙지 않았다. 담배를 물려다가 가만히 내려놓고 포장마차 안을 살펴보았다. 눈 뜨고 보기가 민망할 정도로 엉망이었다. 여기저기 깨져 있는 병들과 유리잔 사이 김치며 반찬들이 어지럽게 흩어져 있었다. 쯧쯧, 혀를 차며 고개를 흔드는 장씨의 눈으로 와락 우럭 한 마리가 달려들었다. 피를 빼려 했는지 우럭 곁에 붉은 핏자국이 선명했다. 질끈, 장씨가 눈을 내리감았다. 먹먹하게 몰려든 어둠속으로 우럭 한 마리가 먼지 같은 불꽃들을 일으키고 멀어졌다. 손을 들어 간잔지런한 눈을 비비고 나서 장씨가 말라비틀어진 우럭을 들고 깨진 유리들을 피해 포장마차 밖으로 나왔다. 쏴아아, 쏴아아, 먼 곳으로 썰물을 타고 파도가 멀어지고 있었다. 팔을 들어 힘껏 갯벌 너머 파도가 이는 곳으로 우럭을 집어던졌다. 파도에 닿지 못하고 우럭이 갯벌에 처박혔다. 장씨 몸 속에 오래 스민 밀물들이 서둘러 썰물이 되려는지 불끈불끈 알수 없는 요의가 치밀어올랐다. 막막히 오줌을 누는 장씨의 눈에 별들이 박혀 있는 검은 하늘이 달려들었다. 하늘 밑으로 갯벌이, 먼 곳으로 밀려나간 바다가 담겨들었다. 부르르, 몸을 터는 장씨의 눈 속으로 별똥별 하나 떨어졌다. 별똥별이 떨어진 바다에서 장씨의 작은 밭으로 마파람이 불어왔다. 그러고 보니 낮에 산 모종들은 어찌되었을까? 고추, 오이, 토마토, 가지, 그리고 또 무얼 샀더라? 제대로 되는 것이 하나도 없구만이. 하나도 없당께.

바람을 등에 지고 돌아와 포장마차를 치우던 장씨의 입에서 자꾸만 굵은 한숨이 쏟아졌다. 니미럴, 이게 뭔 꼴이여? 참말로이. 다 늙어 이게 뭔 꼴이냐고. 허허 거참. 허허 거참. 노름 때문에 서울을 등진 게 잘못이었는지, 새만금 간척사업이 잘못이었는지, 보상을 받은 돈으로 노름에 손댄 아들이 잘못이었는지, 장씨 몰래 빚을 내어준 서울댁이 잘못이었는지, 돈을 갚지 않고 죽어버린 박상길이 잘못이었는지, 박상길을 물고늘어졌다는 환경단체가 잘못이었는지 도무지 갈피를 잡을 수 없었다. 한숨을 달래려 장씨가 냉장고를 열어 맥주 한병을 꺼내 들었다. 맥주를 마시던 장씨의 눈에 붉은 김칫물이 묻은 통장이 바투 다가왔다. 멍하니 통장을 바라보던 장씨가 얼추없이 손가락을 들어 숫자들을 헤아리기 시작했다. 단, 십, 백, 천, 만, 십만, 백만, 천만, 동그라미가 일곱, 삼이 하나. 단, 십, 백, 천, 만, 십만, 백만, 천만. 단, 십, 백, 천, 만, 십만, 백만, 천만. 숫자들이 자꾸만 비틀거리더니 마침내 눈앞에서 아지랑이로 하늘거렸다.

——『동강문학』2002년 상반기

탈마법화된 바다, 혹은 바다의 재탄생

류보선

1. 새로운 하위주체의 발견과 그 의미

우리 시대의 신예 중 단연 이채로운 소설을 지속적으로 발표하며 많은 사람들의 관심을 끌던 작가 조헌용이 드디어 첫번째 소설집을 묶는다. 『파도는 잠들지 않는다』가 그것. 그간의 소설들이 한자리에 모이고 보니 그 무게가 만만찮다. 『파도는 잠들지 않는다』는, 제목이 암시하듯 바다에 관한 이야기이며, 동시에 그곳에 깃들여사는 존재들에 대한 서사이다. 즉『파도는 잠들지 않는다』는, 근대성의 중심부에서 보자면 이미 '쓸모없는 실존'(faule Existenz)으로 격하된 주변부적인 영토와 잠들지 않는 파도 속에서 삶의 지혜를 구하는 시대착오적인 인물들에 관한 소설인 것이다. 신예이니만큼 패기가 없을 리 없을 터, 『파도는 잠들지 않는다』는 이 패기로 팽팽하다. 작가 조헌용은 근대성에 의해 의미 없는 것으로 버려진 바닷가의 고유한 풍경과 아우라에서 사물의 진정하고도 매혹적인 현존을 읽어내고 이 주변부적인 삶을 이 시대의 중심부의 논리와 병치시킨다. 그리고 바닷가의 삶에 녹아 있는 시대착오적인 진정성을 통해 오히려 우리 시대가 운동하는 방향, 그리고 그 운동의 방향에 그저 순응하는 삶을 의사-진정성의 삶으로, 불행의 원천으로 순식간에 전도시켜버린다. 한마디로 『파도는 잠들지 않는다』는 주변부적이고 시대착오적인 존재들을 사유의 중심으로 격상시킴으로써 한편으로는 수많은 하위주체들에게 침묵을 강요했던 기존의 보편성을 해체하고 다른 한편으로는 그 기존의 보편성 때문에 전혀 발견할 수 없었던 비개념적이고 비의지적인 혁명적 에너지들에 적극적인 이름을 붙여주는, 그러니까 기존의 문학적 관습을 근본적으로 전복시키려는 패기로 가득 찬 소설집인 것이다. 흔히 문학사의 전환이 개념 바깥으로 떠밀려가거나 아직 개념에까지 이르지 못한 실존들을 시대의 중심에 포진시키는 신예들의 전복적 상상력에 의해 이루어진다고 한다면, 『파도는 잠들지 않는다』 역시 이러한 신예 특유의 의지가 소설집 전체에 꿈틀거리고 있다.

2. 탈마법화된 바다, 혹은 바다의 근대성

『파도는 잠들지 않는다』의 일차적인 문제성은 전적으로 이전의 문학에서 볼 수 없었던 낯선 풍경의 발견과 재현에 있다. 여기에는 좀 설명이 필요하다. 『파도는 잠들지 않는다』는 그 표면에만 주목할 경우 전혀 낯설지도 새롭지도 않으며 오히려 대단히 익숙한 내용이자 형식처럼 보인다. 이 소설집에는 등단작인 「바다에 길을 묻다」(발표 당시의 제목은 「새만금 간척사업에 대한 소고」)를 비롯하여 모두 8편의 중·단편소설이 묶여 있는바, 이 작품들 모두는 무엇으로 환원하기 힘든 고유한 질, 혹은 아우라에 둘러싸인 바닷가와 그 아우라에 현혹되어 바다에게 길을 묻는, 곧 비합리적이며 동시에 비주체적인 존재들에 관한 이야기를 근간으로 하고 있다. 이러한 조헌용의 소설은 우리 시대의 전형적인 상황과 인물을 포스트모던적 징후나 최첨단의 삶의 형식을 좇는 존재들에게서만 구하는 동시대 문학론의 지형에 비추어 보자면 대단히 이질적이다. 하지만 문학사적인 맥락 속에 조헌용의 소설을 올려놓을라치면 사정은 달라진다. 인간의 상상을 뛰어넘는 거대한 힘으로 포효하는 바다와 그 초월적 질서를 거부하다가 결국은 그 앞에 좌절하는 인간 존재의 비극적 삶이라는 모티프는 우리 문학사에서 가장 많이 출몰하는 형식이라 해도 과언이 아니다. 마성적인 바다와 계산 빠른 인간 사이의 운명적이고 운명을 걸기에 비극적인 대립은 멀게는 김기진(金基鎭)으로부터 한승원(韓勝源), 천승세(千勝世), 이문구(李文求)를 거쳐 오늘날의 한창훈(韓昌勳)에 이르기까지 지속적으로 씌어진 바 있거니와, 어떤 점에서 보자면 우리 문학사를 대표하는 형식 중의 하나라고도 할 수 있다. 이런 점에서 보자면 조헌용의 소설은 전혀 새롭지 않다. 아니, 어떻게 보면 이전 소설의 단순한 반복이라 할 수도 있다.

　하지만 『파도는 잠들지 않는다』는 여기서 멈추지 않는다. 이 소설집에는 이전의 소설들에서는 볼 수 없는 고유한 역사지리지, 그러니까 사소하지만 결정적인 차이가 존재한다. 조헌용 소설의 바다에는 우리에게 혹은 우리 문학에 익숙한 바다 풍경과는 본질적으로 다른 풍경이 펼쳐지고 있다는 것인데, 한마디로 그것은 아우라가 빠져나가고 있는, 그러니까 그 특유의 마성적인 힘을 상실하고 있는 바다 풍경이다. 조헌용 소설의 바다는 더이상 범접하기 힘든 크기도 아니며 인간의 상상력을 훌쩍 뛰어넘는 위력을 지닌 외경의 대상도 아니다. 또한 조헌용 소설의 바다는 이제 그 전지전능한 마법을 휘두르지 못하며 그래서 당연히 그곳에 깃들여사는 인간의 운명조차도 틀어쥐지 못한다. 조헌용 소설의 바다에는 이미 '다른 어떤 것'이 그곳의 풍경과 운명을 결정짓는 것으로 그려지고 있다. 바로 근대성, 혹은 시민적 냉정함이다. 조헌용 소설의 바다 풍경은 비유하자면 '만인과 만인이 투쟁'하는 장면의 연속이다. 바닷가 사람들을 더욱더 '땅끝'으로 몰아가는 행정관료들이 있는가 하면, 그렇게 '땅끝'에 몰린 사람들의 악다구니가 드세다. 살기 위해, 아니면 자신만 풍요롭기 위해 영업도 하지 않는 가게를 차려놓기도 하고, 새로 생긴 가게를 밀고하기도 하고, 또 이웃의 불법어로 행위를 행정당국에 고발하기도 한다. 조헌용의 소설은 초월적·마성적인 것의 마지막 거처쯤으로 여겨지던 바다에서마저도 이제는 계산가능성에 의해서 모든 풍물과 풍경의 배치가 다시 이루어지고 있다는 사실을 냉정하게 보여준다. 이러한 조헌용 소설의 바다를 우리는 '탈마법화된 바다 풍경'이라고 지칭할 수 있을 것이며, 이 탈마법화된 바다 풍경이야말로 조헌용의 소설이 우리 문학사에 새롭게 등재하는 장면이라고 해도 과언이 아니다.

이런 점에서 조헌용의 소설은 천승세의 「낙월도」, 그리고 『바다가 아름다운 이유』 『홍합』 『섬, 나는 세상 끝을 산다』 등의 한창훈의 소설들과 닮아 있는 듯하지만 결정적인 차이를 지니고 있다. 천승세 소설의 바다는 마성적이며 절대적이다. 그래서 천승세 소설의 바다에는 합리성 등의 인간적이고 근대적인 가치가 스며들 틈이 없다. 천승세의 소설에서 바다는 인간의 삶을 장악하고 있는 절대적이고 유일한 질서이다. 따라서 당연하게도 이 절대적이고 유일한 인과율을 거부하며 근대적인 가치, 즉 계산가능성에 집착하는 인간들은 하나같이 비극적인 종국을 맞이한다. 한마디로 천승세의 바다 풍경은 제의적인 분위기에 들려 있다고 할 수 있다. 이에 비해 한창훈 소설의 바다 풍경은 마성적·제의적 특성으로부터는 많이 벗어나 있다. 한창훈 소설의 바다 풍경에는 분명 천승세의 바다가 보여주었던 강렬한 마성성이 옅어지며 이 마성성이 빠져나간 그만큼 근대성이 스며들어와 있다. 그래서 한창훈의 소설은 바다의 마법적 성격과 탈마법화의 근대성이 서로를 노려보며 갈등하는 시공간이다. 하지만 한창훈의 소설은 바다의 마법성을 끊임없이 동경하고 추억한다. 더 나아가 바다의 마법성을 절대화하여 탈마법화의 근대성을 사소한 것으로, 의미 없는 것으로 전도시킨다. 예컨대 한창훈은 바다를 휩싸고 도는 아우라에 대한 기억을 절대화하고 그 기억 속에서 근대성을 초월할 수 있는 어떤 가능성을 발견하고자 한다. 하지만 조헌용 소설의 바다 풍경은 분명 이와 다르다. 다를 뿐만 아니라 바다 하면 당연하게 받아들여지던 초월성·마성성·절대성 등의 요소를 근본적으로 해체하는 까닭에 낯설기까지 하다.

　이처럼 조헌용의 소설은 이전과는 다른 낯선 바다 풍경을 발견하고 재현하고 있다. 물론 조헌용 소설의 바다 풍경이 낯선 것은 사실이나 그것은 바다의 신화적이고 영원한 가치를 지나치게 폄훼·축소하는 대신에 계산적이고 일시적인 것을 절대화한 것에 불과하다고 볼 수도 있다. 실제로 조헌용 소설이 집중적으로 그리고 있는 것은 대단히 특수하고 예외적인 경우이다. 이 소설집이 배경으로 하고 있는 곳이 실제로 바다 자체가 소멸하고 있는 영토이기 때문이다. 『파도는 잠들지 않는다』에 수록된 소설들은 모두 새만금 간척사업지역이라는 동일한 공간을 배경으로 하고 있다. 그러니까 소설의 배경 자체가 이제 더이상 바다의 삶이 가능하지 않은 곳이다. 물론 절대적으로 불가능하지는 않다고 하더라도 그곳은 바다의 삶 자체가 불법이 되어버린 공간인 것이다. 자주 등장하는 특수한 공간인 '끝집'이라는 이름을 빌려 이야기한다면, 예전에 그곳은 육지의 끝이자 동시에 바다의 시작이었던 곳이나 이제 바다로의 삶이 차단됨으로써 정말 '끝집'이 되어버린 공간인 것이다. 바다에서의 삶이 차단된 만큼 당연히 바다의 기세는 수그러들 수밖에 없다. 이곳에서의 바다는 어쩔 수 없이 더이상 인간 너머의 초월적이고도 절대적인 질서의 대변자로서 자리할 수 없음은 물론 인간의 운명에 관여할 어떤 길도 차단되고 말았다. 조헌용의 소설은 '끝집'과 그곳에서 살아가는 존재들을 이 시대의 바다 풍경으로, 더나아가 이 시대의 전형으로 선택하거니와, 바로 이 관점에 따라 바다에서 신성성의 영역을 지워내고 있다. 그러니 바다의 삶이 차단된 바닷가의 삶을 그리면서 바닷가에 깃든 신성성의 계기를 거의 백지화하는 것은 바다에 대한 또하나의 은폐에 다름아니라고 볼 수도 있는 것이다.

하지만 조헌용이 재현한 탈마법화된 바다 풍경은 문학적 관습으로는 익숙지 않으나 일상적인 삶의 감각에서 보자면 바로 오늘날의 바다 풍경인 것이 사실이다. 근대성이라는 것은 세계의 구석구석까지를 자신과 동일한 씨스템으로 등가화하는 괴물이며, 그것은 어떠한 고유한 가치도, 비교불가능한 질도, 설명하고 이해할 수 없는 아우라도 용납하지 않는다. 화폐라는 괴물을 앞세운 그것은, 마치 은유라는 수사학이 그러하듯, 모든 사물들의 차이를 지워버리고 자그마한 동일성만으로 모든 사물을 유사한 것으로 만들어버린다. 예외란 있을 수 없으며, 예외가 존재한다 하더라도 그것은 잠시일 뿐이다. 현대의 바다를 둘러싸고 펼쳐지는 삶도 마찬가지일 터이다. 어디라고 근대성의 자장에서 벗어날 수 있을 것인가. 바다 풍경 역시 오래 전에 근대성이라는 블랙홀 속으로 빨려들어간 상태이며, 근대성의 장 속으로 들어서는 순간 바다의 삶만이 유지했던 그 강렬한 아우라는 흔적도 없이 사라졌다고 해야 할 것이다. 따라서 마성적인 바다에 대한 묘사와 기억은 신화적인, 혹은 마법적인 세계에 대한 강렬한 동경일 수는 있어도 현재에 대한 냉정한 응시일 수는 없다. 결국 조헌용 소설의 탈마법화된 바다 풍경은 문학사적으로 대단히 낯설고 새로운 내용이나 일상적인 삶의 감각에서 보자면 대단히 익숙한 풍경일 뿐이며, 조헌용 소설의 바다 풍경은 바다에 대한 오래된 미망과 상상적 거울을 걷어내고 오늘날의 바다가 존재하는 모습을 냉정하게 응시한 결과물이라 할 수 있다.

조헌용의 소설은 이처럼 지금, 이곳의 바다 풍경을 냉정하게 응시하고 서기관처럼 기록함으로써 이전에는 볼 수 없었던 낯선 바다 풍경, 혹은 바다의 낯선 풍경을 찾아낸다. 그리고 더 나아가 자신만의 고유한 역사지리지를 확보한다. 「어머니는 어느 강을 흐르고 있을까」의 작중화자가 어린시절 바깥의 엄청난 소란 속에서도 밖으로 내닫지 않고 마루밑을 지키며 바깥 풍경을 응시하듯 그렇게 소용돌이치는 바닷가의 풍경을, 그 풍경의 변화를 바라보고 기록하는 것이다. 그의 소설은 바깥의 소란에 뛰어들어 온몸으로, 그야말로 온몸으로 헤쳐나가거나 하지 않는다. 그렇다고 바깥에서 벌어지는 일들을 객관적으로 조망한 후 그것에 개입하여 의미있는 방향으로 이끌려고 하지도 않는다. 다만 지켜본다. 그 소란이 끝난 후에 그 모든 것을 보고도 아무런 행동도 하지 못했다는 자괴심에 혹독하게 앓는 한이 있더라도. 작가 조헌용은 실재계를 보려 하기보다는 자신의 상상적 거울 속에 투사된 세계만을 배타적으로 그려내는 작가도 아니고, 그렇다고 자신이 설정한 모범세계를 절대화함으로써 결국 현실 자체를 황폐한 것으로 규정하고 그렇게 황폐해진 현실을 통해 자신의 모범세계를 더욱 가치있는 것으로 제시하는 작가도 아니다. 한마디로 조헌용은 나날이 황폐해지는 현실을 아파하면서도 카메라와 같은 냉정함으로 있는 그대로의 현실을 그리려는 작가인 것이다. 이처럼 조헌용 소설의 탈마법화되고 탈낭만화된 바다 풍경은 전적으로 조헌용 특유의 서기관 정신에 뿌리를 두고 있거니와, 이 서기관 정신 덕분에 우리는 전혀 낯선 바다 풍경, 다시 말해 지금 우리 시대의 실재적인 바다 풍경을 접할 수 있게 되었다.

이런 점에서 조헌용의 소설은 천승세, 한창훈 소설세계의 반복이되 차이가 존재하는 반복이며, 천승세, 한창훈 세계의 연장이되 그 세계에 자신만의 고유함을 끼어넣은 계승이라 할 수 있다. 이처럼 조헌용 소설은 소위 바다를 섬기는 소설들이 일반적으로 보이는 관습적인 구성 원리, 혹은 장르적 구속에서 벗어나 탈마법화된 바다라는 낯선 풍경을 도입한다. 흔히 문학사 전반에 낯선 풍경을 도입한다는 것은 기존의 보편성에 가려 보이거나 들리지 않았던 좀더 진정한 현존, 혹은 또다른 하위주체의 목소리를 문학사의 새로운 항목으로 추가한다는 것을 의미하며 이것이 계속될 때 한 나라의 문학사가 풍요로워진다는 점을 상기하면, 조헌용 소설의 탈마법화된 바다 풍경이 지니는 의미는 결코 적지 않다고 할 것이다.

3. 소란과 침묵, 도박, 그리고 주변부적 근대성

이렇게 『파도는 잠들지 않는다』는 바다에 깃든 마성적인 흔적들과 그것에 대한 미망들을 여지없이 지워버리고 그 자리에 오늘날의 바다 풍경을 펼쳐 보인다. 때문에 우리는 조헌용의 소설에서 바다 하면 연상했던 마성적인 세계나 바다 특유의 아우라, 그리고 그것이 뿜어내는 강렬성 등을 맛볼 수는 없다. 해서, 『파도는 잠들지 않는다』는 얼핏 보면 새만금 간척사업에 따른 삶의 변화를 기록한 보고서처럼 보이기도 한다. 이를 두고 앞에서 우리는 문학사적으로는 낯설고 새로우나 매우 전형적이고 현대적인 바다 풍경의 발견이라고 적극적으로 평가한 바 있지만, 『파도는 잠들지 않는다』에서 이룬 성취가 이것이 전부라면 이 소설집은 그리 큰 의미를 지닐 수 없었을 터이다. 결국 『파도는 잠들지 않는다』는 마성적인 것에 대한 동경이라든가 그것으로 인해 가능한 강렬성이 들어설 자리를 작가 스스로 차단한 만큼 그것을 대신할 무언가가 절대적으로 요청되는 경우라 하겠다. 문학을 문학답게 하는 것은 사실의 단순한 제시가 아니라 사실보다 긴 생명력을 지니는 상징성의 확보이며 동시에 사실내용의 획정(劃定)이 아니라 진리내용의 미적 현현이기 때문이다. 서둘러 말하자면 『파도는 잠들지 않는다』는 바다를 잃어버린 바닷가 사람들의 하루하루에 대한 단순한 보고서가 절대 아니다.『파도는 잠들지 않는다』는 바다를 잃어가고 있는 사람들의 나날의 경험을 대단히 특수하면서도 보편적인 것으로 맥락화함으로써 결과적으로 사실을 넘어서는 상징성을 확보한다. 물론 이때 더욱 중요한 것은 이들의 삶을 보편화하는 맥락이다. 선택한 대상 자체가 그러한 성격을 지녔는지, 아니면 작가의 명민한 응시가 대상을 그렇게 맥락화했는지, 그것도 아니면 둘다인지 알 수 없으나, 『파도는 잠들지 않는다』는 한순간에 탈마법화의 원리 속에 편입되어 극심한 정체성의 혼란에 빠지는 '끝집' 사람들의 삶을 집중적으로 묘사하는바, 이는 또다른 근대성의 경험, 그러니까 주변부의 근대화과정과 상동관계를 형성한다. 일찍이 맑스와 엥겔스는『공산당선언』에서 "부르주아지는 모든 나라의 국민에게, 멸망하고 싶지 않으면 부르주아의 생활양식을 받아들이지 않을 수 없게 만든다. (⋯) 부르주아지는 자신의 모습과 유사하게 하나의 세계를 만들어간다"고 말한 바 있거니와, 이 말이 아니더라도 자본주의체제는 전 세계를 '상업의 자유'라는 단 하나의 원리로 하나하나 통일시켜나간다. 월러스틴(I. Wallerstein)의 용어를 빌자면 '하나의 전체로서의 세계체제'의 구축, 이것이 자본주의체제의 숙명이다. 하여, 선진자본주의국가는 자본주의의 단 하나의 원리인 이윤추구를 위해 나름의 고유한 씨스템을 지닌 주변부를 끊임없이 자본주의체제로 편입시킨다. 그렇게 중심부는 주변부를 자신에게 동화된 준주변부로 만들고, 이 준주변부가 다시 중심부로 편입되는 과정이 반복되면서 근대 역사가 전개된다. 또 이렇게 중심부로 편입된 나라는 그 나라의 또다른 지역을 중심부로 끌어들이고⋯⋯ 이렇게 자기 외의 어떠한 고유성도 인정하지 않는 특유의 등가성의 원리를 통해 자본주의체제는 자신과 다른 씨스템에 의해 움직이는 세계를 자신 앞에 굴복시키고 결국은 세계 구석구석을 자신의 씨스템 속으로 끊임없이 편입시킨다. 그리고 이 악무한적인 자기 확장의 욕망은 대부분 강제적이고 폭력적인 양상으로 이루어진다. 그 때문에 근대성의 또다른 형식, 혹은 또다른 근대성의 경험이 형성된다. 바로 내적 논리에 따라 스스로 변하는 자율적 변화과정을 통해 근대성의 영토로 진입하는 것이 아니라 어느날 갑자기 강제적인 방식으로 자본주의적 씨스템에 편입되는 그런 근대성의 경험 말이다. 이것은 대단히 중요한 근대성의 경험이라 할 수 있으니 사실은 더 많은 나라가 이러한 과정을 거쳐 단 하나의 세계체제에 편입된다. 『파도는 잠들지 않는다』에서 '끝집' 주변 사람들이 겪는 일상적 경험에는 바로 이러한 과정이 각인되어 있거니와, 때문에 좀 확대하자면 이 소설집은 비록 명시적이지는 않더라도 강제적인 방식으로 자본주의체제 속으로 끌려들어가는 주변부 근대성의 고유하면서도 보편적인 경험을 풍부하게 재현하고 있다.

『파도는 잠들지 않는다』는 새만금 간척사업 이후 나타나고 있는 '끝집' 주변의 변화된 풍경, 즉 지금 우리의 표현방식에 따르자면 주변부 근대성의 경험내용을 집중적으로 부각하고 그것을 세밀하게 묘사한다. 『파도는 잠들지 않는다』는 새만금 이후 그곳 사회구성원들의 고통이나 염원 따위와는 무관한 강제적 근대화의 핵심적인 변화로 크게 두 가지를 지목한다. 하나는 침묵과 소란의 악무한적인 반복이다. '끝집' 주변은 항시 깊은 침묵에 빠져 있거나 악다구니와 멱살잡이로 시끄럽다.

1) 길이 좀 넓어지고 건물들이 또 그렇게 좀 커졌을 뿐 어쩔 수 없이 작은 갯마을, 그런데도 고향이 생각보다 한결 많이 변했다고 느껴지는 까닭이 소리 때문이라는 것을 나는 오래 걸은 뒤에야 비로소 깨달을 수 있었다. 언제나 시끌벅적하던 소리들, 이를테면 어느 갯마을에서나 들려야 마땅한 물건 내리는 소리, 경매하는 소리, 그물 깁는 소리, 바다에서 막 배로 올려진 이런저런 싱싱한 물고기처럼 파닥거리는 소리들이 도무지 들려오지 않았다. (『어머니는 어느 강을 흐르고 있을까』 21면)

2) "이런 개새끼가 있나이. 니가 안 참으면 어쩔래, 이 좆같은 새끼야. 글고 니가 뭔디 콩놔라 팥놔라 지랄이냐, 지랄이. 씨벌."

혜성이 옆에 있던 돌멩이를 집어 크레인 기사에게 던졌다. 크레인 기사를 스쳐간 돌멩이가 그대로 날아가 크레인의 유리창을 깨뜨렸다. 더이상 참지 못한 크레인 기사가 혜성과 몸싸움을 벌였다.

(…)

"야, 이놈아. 차라리 이 애비를 죽여라. 이 애비를 죽이랑께. 이놈아. 그래 이 새끼야. 내가 나 잘살겄다고 이 지랄이다. 니미, 이 천하에 노랑신문에 날 놈의 자식을 보게나. 이 노랑신문에 날 놈 좀 보소. 나가 나 혼자 잘먹고 잘살겄다고 이런다이. 나 혼자 잘먹고 잘살겄다고. 그려 오늘 너 죽고 나 죽자……"

일어날 생각도 없이 투정부리는 아이처럼 고래고래 질러대는 장씨의 목소리에 사람들이 하나둘 모여들었고, 언제 왔는지 서울댁이 넘어진 장씨의 모습을 보더니 앞뒤 가리지 않고 아들의 멱살을 잡고 울음을 터뜨렸다. (『바다에 길을 묻다』 41~42면)

소설집 여기저기에서 여러가지 형태로 변주되며 반복되는 장면들이다. 1)에서 볼 수 있듯 '끝집' 주변은 삶의 팽팽한 긴장감 속에서만 가능한 삶의 활력 혹은 활기를 이미 상실한 공간이다. 예전에, 그러니까 새만금 간척사업이 시작되기 이전에는 "시끌벅적하던 소리" 혹은 "싱싱한 물고기처럼 파닥거리는 소리들"로 충일한 곳이었다. 하지만 모든 것을 등가화하고 모든 지역을 하나의 씨스템으로 묶어버리는 자본주의적 논리에 의해 바다로의 길이 차단되면서 이곳의 활력은 순식간에 사라진다. 물론 새만금 간척사업이 시작되기 이전, 그러니까 '끝집' 주변이 고유한 아우라로 차고 넘치던 시절이라고 해서 그곳의 모두가 행복하고 그곳에서 새어나오는 소리 전부가 싱싱한 것만은 아니다. 그때 그곳의 "시끌벅적하던 소리"에도 한편으로는 삶의 희열로 들뜬 소리가 있는가 하면 오히려 고통과 두려움, 그리고 원망에 가득 찬 절규가 있었던 것이다. 아니, 어떻게 보면 자연이, 바다가 인간에게 준 행복은 일상적이고 짧은 순간의 것인지도 모른다. 그러나 자연의 순리, 혹은 거대한 바다의 위용을 거부했을 때 다가온 고통은 죽음과 직결된 것이라서 영원한 것에 속한다. 그러니 그곳 사람들에게 자연과 바다는 은총의 장소만이 아니라 동시에 두려움과 공포의 대상이다. 「뿌리 없는 나무」에서 '석구'의 경우처럼 너무나 순식간에 한 사람의 운명이 결정되어버리니 그곳 사람들은 '용왕'이라는 가상의 존재를 스스로 설정하고 그 존재를 범접할 수 없는 신성의 영역으로 떠받들 수밖에 없는 것이다. 그리고 그 초월적인 질서에 절대적인 헌신과 복종을 맹세한다. 매번 축복을 내려주는 듯하다가도 어떤 결정적인 순간에는 회복할 수 없는 재앙을 내리는 마성적인 바다 앞에서 이곳의

284

존재들은 어쩔 수 없이 하나의 운명공동체가 된다. 이렇게 공동체가 된 그들은 자연의 축복이 누군가에게 내려질 때 모든 사물과 인간이 하나로 묶이는 카니발적 유대감을 경험하며, 또 누군가에게 신의 징벌이 내려질 때 같이 두려워하고 같이 고통스러워하는 끈끈한 연대감을 형성하며 살아왔던 것이다. 결국 이곳 사람들의 고통이나 염원과 관계없이 강제적으로 진행되는 근대화과정이 펼쳐지기 전에는 '끝집' 주변의 존재들은 하나의 사소한 경험에도 축복과 재앙을 경험하는, 그것을 통해 서로가 서로를 감싸주는 그야말로 친밀감과 활력이 넘치는 소리들 속에서 살았던 것이다.

　하지만 새만금 간척사업이 펼쳐지면서, 상황은 달라진다. 사회의 구석구석까지를 자본주의 씨스템 속에 끼어넣으려는 중심부의 논리는 자기 목적에만 관심이 있을 뿐, 그리고 자기 완성에만 관심이 있을 뿐 주변부 존재들의 인간적 가치나 현존에 대해서는 전혀 관심이 없다. 그러므로 근대성의 원리를 구현하는 대변자들은 자신들의 그 엄청난(?) 프로젝트들을 일방적으로 시행하고 그것을 '끝집' 주변 사람들에게 강제한다. 이 근대성의 원리는 현상과 본질 사이에 단 하나의 인과율만을 인정하는 인식상의 폭력을 행할 뿐만 아니라 이 폭력성을 여러 물리적, 제도적, 법적 장치들을 통해 집요하게 실천한다. 이 절대적이고 유일무이한 인과율은 바다를 막아 그 자리를 땅으로 만들면서 우선 '끝집' 사람들이 바다를 통해서만 얻을 수 있었던 충만감에 넘쳤던 삶, 그러니까 "파닥거리는 소리"로 충일했던 삶의 통로를 차단한다. 모든 활력 넘치는 소리들이 사라진 삶의 터전에서 이 주변인들은 자신의 전존재와 자신의 전역사가 무화되는 공포를 맛보지만 일단 그들이 택할 수 있는 방법은 침묵이다. 하지만 그 거대한 프로젝트가 그들을 더더욱 '끝'으로 몰아갈 때, 다시 말해 생존 자체를 불가능하게 할 때 사정은 달라진다. 이때 필요한 것은 목숨을 건 쟁투일 것이며, 그러니 당연히 '끝집' 주변은 갑작스러운 소란에 휩싸인다. 주변인들을 위해서가 아니라 자기 목적의 실현에만 관심이 있는 중심부가 이 소란스러움을 경청할 리 없을 터이며, '끝집' 사람들은 명분이 아니라 생존이 걸린 문제인만큼 이 소란스러움을 포기할 수 없는 터, 결국 양자 사이에는 어떠한 소곤거림도, 대화도, 토론도 불가능하다. 오직 침묵과 소란스러움이라는 양극단만이 가능한 것이다.

이 침묵과 소란스러움, 악무한적인 대치 국면은 단지 중심부와 주변부 사이에서만 이루어지는 것이 아니다. 바로 '끝집' 주변의 사람들 사이에서도 나타난다. 근대성의 원리가 삶에 개입하기 이전 그들은 바다라는 마성적인 권위 앞에서 서로가 서로를 배려하는 삶의 방식을 영위해왔다. 아니 서로가 서로를 배려하지 않을 수 없다고 해야 하리라. 그들의 삶의 터전이라는 것이 누구도 소유권을 주장하지 않는, 그리고 누구도 소유권을 주장할 수 없는 바다라는 광활한 공간이었기에 그들은 서로를 배려하는 그들 고유의 방식으로 삶의 영토와 영역을 분할해왔다고나 할까. 하지만 간척과 더불어 어로활동이 금지되고 그것에 대한 보상금이 지급되면서 사정은 달라진다. 어느 누구의 소유라고 여기지 않았던, 그래서 그렇게 중요하게 여기지 않았던 그 분할선들이 그들의 운명을 틀어쥐는 상황이 벌어진 것이다. 이때 당연히 지금까지 계속 이어져내려오던 그들 고유의 분할기준과 중심부의 메커니즘에 의해 강제되는 기준 사이에 충돌이 발생한다. 이것은 자의성과 명료성, 관습과 실정법, 고유성과 보편성, 마성적인 것과 합리적인 것 사이의 충돌이어서 좀처럼 화해가 불가능한 갈등에 해당한다.

이 순간 주변인들 사이의 운명공동체는 불가능해진다. 그들은 관습과 실정법 사이를 기준 없이 자의적으로 오가기 시작하며 결국 이것은 '끝집' 주변인들 사이의 걷잡을 수 없는 소란으로 표출된다. 어제까지 운명공동체였던 그들은 오히려 어제의 기억 때문에 서로를 더 불신한다. 어판장에서의 자리싸움, 선주들과 양식장 주인들 사이의 밀고 등등 서로에 대한 불신은 극단에까지 치닫게 되고 급기야 부모형제라는 가장 기본적인 유대마저도 흔들리게 된다. 하여 '끝집' 주변의 존재들 사이에서도 역시 오직 침묵과 소란스러움이라는 양극단만이 존립하게 되며, 더 나아가서 소곤거림, 대화, 토론 등 자신의 역사를 포기하지 않으면서도 타자를 배려하는 진정한 의사소통체계 자체가 불가능해지고 만다.

『파도는 잠들지 않는다』에서 침묵과 소란스러움의 악무한적인 반복과 더불어 주변부 근대성의 핵심적인 경험내용으로 주목되고 있는 것은 도박과 내기이다. '끝집' 주변의 존재들은 새만금 간척사업에 따른 보상금을 받으면서 끊임없이 도박의 유혹에 시달린다. 실제로 몇몇 사람들은 그로 인해 아주 심각한 상황에 빠져들기도 한다. 이렇게 극단적인 경우가 아니더라도 '끝집' 사람들에게 도박과 내기는 거의 체질화되어 있는 것으로 그려진다. 생활화된 내기들, 그리고 도박에 가까운 투자 등등. 이는 물론 삶의 방향을 잡지 못한 자의 방황일 수도 있고, 우리 주위에서도 쉽게 볼 수 있는 '한탕주의'에 불과할 수도 있고, 최소한의 투자로 최대한의 이윤창출이라는 자본주의적 가치를 극단적으로 내면화한 결과일 수도 있다. 하지만 그렇게 단순하게 읽어버릴 사안은 아닌 것처럼 보인다. 이 역시 이곳 사람들의 고통이나 염원과는 상관없이 강제적으로 행해지는 근대화과정과 어느정도 연관이 있는 것처럼 보인다. 예컨대 이런 것이다. 『파도는 잠들지 않는다』
에 따르면 '끝집' 주변의 사람들이 노동에 임하는 태도는 전혀 목적의
식적이 아니며 그들의 노동행위 또한 전혀 자율적인 선택의 결과가
아니다. 이것은 근대성이 삶에 깊숙하게 개입하기 이전이나 이후나
마찬가지이다. 그들에게 노동은 물질을 인간을 위한 재화(財貨)로 전
화시키려는 목적의식적이고 전체적인 기획의 입안과 실천과정이 아
니고 또한 노동을 세계변화의 어떤 중요한 과정으로 설정하지도 않는
다. 뿐만아니라 바다에 나가 노동하는 것을 선택가능한 여러 다양한
직업 중에 최선의 것이라고 판단하지도 않는다. 이들은 단지 바다가
눈앞에 있으므로 바다로 나가고 노동을 행할 뿐인 것이다. 이들은 미
지의 세계에 맞서 그것의 구조를 밝혀내고 그것을 인간을 위한 물질
로 변화시킬 수 있는 능률적인 존재로 자신들을 규정하지 않으며, 당
연히 자연 그리고 바다는 이들의 비주체적이고 비합리적인 노동에 의
해 신비와 위엄을 더해간다. 여기서 자연은 절대화되고 자연에 대한
인간의 적극적인 개입, 즉 주체적인 노동은 금기시된다.

다른 건 몰라도 바다만한 벌이가, 특히나 아무것도 가진 것 없는
사람들에게는 그 넉넉한 바다보다 더한 벌이가 없다는 것을 잘 알
고 있었다. 여의도의 백사십배 가량의 땅이 생기는 것을 아는 사람
들이 왜 그만큼의 바다를 잃는다는 것은 알지 못할까? 땅이야 주인
이 있다지만 바다는 그렇지도 않았다. 그저 욕심만 부리지 않는다
면, 어처구니없이 성난 파도에 맞서 싸우지 않는다면, 자연의 순리
대로만 살아간다면 바다는 모자람이 없이 누구에게나 일한 만큼은
갖게 해준다는 것을 왜 모르는 것일까? (「바다에 길을 묻다」 55면)

이들은 그대로 두면 황폐해지고 뒤틀릴 수도 있는 자연에 대한 인간의 개입을 자연에 대한 범죄로 여긴다. 그만큼 바다를 대상으로 한 이들의 노동은 철저하게 비주체적이고 타율적이다. 하여 이들에게 필요한 것은 자율적인 선택을 통한 바다에의 길이었다고 할 수 있다. 그래야만 인간의 발전과 자연의 질서가 조화를 이루는 인간과 바다의 진정한 소통체계가 가능하겠기 때문이다.

하지만 이들의 삶과 무관한 자리에서 입안되고 시행된 새만금 간척 사업은 이 길을 근본적으로 차단한다. 바다와 인간이 조화를 이룰 수 있는 길만을 차단하는 것이 아니라 '끝집'의 존재들에게서 그들의 과거와 미래 모두를 한순간에 빼앗아간다. 아무런 준비도 없는 상황에서 한순간에 세계와 관계를 맺었던 통로를 막아버린 것이다. 그것도 미래까지의 노동량을 환산해서 보상금을 지급함으로써 그들과 바다의 관계를 영원히 단절시켜버린다. 이제 그들에게 남은 것은 몇푼 돈밖에 없다. 미약하게나마 그들의 삶의 방향을 지시해주던 삶의 목적도 그 목적을 향해 치열하게 살아왔던 경험이나 기억도 다 쓸모없는 것이 되어버린 셈이다. 유일하게 남겨진 길은 근대성의 논리에 적응하며 살아가는 것. 그렇기 때문에 이들은 '최소 투자로 최대 이윤의 창출'이라는 자본주의적 가치에 맨몸으로 노출될 수밖에 없으며, 이런 이들에게 도박이나 내기만큼 매혹적인 모험은 없다. 삶의 목적이 없는 상태에서 빠져드는 돈에의 집착은 곧 돈을 삶의 목적으로 받아들이게 할 뿐만 아니라 미래를 향한 기획력의 부재는 이들을 '한탕'에 대한 매혹으로 이끌 가능성이 높은 것이다. 게다가 이것을 더욱 부추기는 것은 어업의 투기적 노동형태이다. "흔전만전 돈 써도 다음날 배질 한번이면 다시 돈을 만질 수 있는 까닭에 사람들이 돈을 아주 쉽게 여기는 동네였다. 동철은 그나마 배 한척에 집 한채나마 있다지만 이 마을에 나서 자란 사람 중에 아직 달세를 면하지 못한 사람도 한둘이 아니었다."(「바다에 길을 묻다」 50면)라는 구절에서 단적으로 확인할 수 있듯 도박은 그들의 예전의 삶의 형태와 강력한 친연성을 지닌다. 이들은 도박과 내기에 빠져들고 망하고 파산한다. 근대사회란 바다처럼 인간을 위해 자신이 가진 것을 무한정 베푸는 곳이 아니기 때문이다. 결국 준비되지 않은 상태에서 갑작스레 행해지는 근대사회로의 강제적 편입은 재화의 획득을 삶의 목적으로 설정하게 하고 그들의 삶 전반을 도박이라는 모험 쪽으로 이끌고 가는 것이다.

『파도는 잠들지 않는다』는 이처럼 침묵과 소란스러움, 그리고 도박에의 매혹이라는 구체적 장면을 통해서 새만금 간척사업이 그곳 사람들의 삶을 얼마나 근본적으로 황폐화시켰는가를 치밀하게 고발하고 비판한다. 그러나 여기서 보여지는 황폐한 삶, 혹은 삶의 황폐화는 단순히 '끝집'의 상황만은 아니다. 사실은 한국이 겪은 근대의 경험이 이러하다. 변화의 필요성에 대한 공감대가 서서히 만들어지는 중이던 어느날 우리 사회구성원들의 고통과 염원과는 관계없이, 그래서 우리의 고유한 삶의 방식이 모두 부정당한 채로 갑자기 세계체제 속으로 끌려들어간다. 그리고 이 갑작스런 세계체제로의 강제적 편입은 이후 한국 사회와 역사 전체를 결정짓는 핵심적인 계기로 작동한다. 사회구성원의 고통과 염원을 고려하지 않은 전국가적 프로젝트들이 펼쳐지면서, 최인훈(崔仁勳)이 광장과 밀실의 분리라고 적절하게 표현했듯 사회의 변화와 사회구성원들 사이의 소통체계가 근본적으로 차단된다. 또한 주체적이고 합목적적인 이성의 위엄을 경험하지 못한 상태에서 도입된 자본주의 씨스템은 돈을 삶의 수단이 아니라 목적으로 삼는 물신화된 가치관을 양산한다. 이런 점을 감안한다면 『파도는 잠들지 않는다』에서 접한 '끝집' 사람들의 경험내용은 우리의 근대성의 경험과 상동관계를 보인다고 할 수 있다. 뿐만아니라 너무 완만하여 쉽게 느낄 수 없었던 우리만의 근대성의 구조를 압축적으로 보여주기에 충분하다. 『파도는 잠들지 않는다』는 단순히 예외적인 바다 풍경을 보여준 소설이 아니라 주변부에서 근대성의 공간으로 끌려들어갔던 한국적 근대화의 특성을 전형적이고 압축적으로 보여주는 상징적인 소설이라 할 수 있다. 하여, 『파도는 잠들지 않는다』는 이전의 바다 풍경에서 자주 볼 수 있었던 맨몸의 운명들이 포효하고 부딪치면서 빚어내는 비극성, 비장미, 혹은 강렬성은 약화되었다 할지라도 우리의 특수한 근대성의 구조와 역사를 압축적으로 제시하고 있다고 볼 수 있으며, 이 소설집의 문제성의 궁극적인 원천도 바로 여기에 있다.

4. 또다른 출발점, 혹은 연민과 냉정 사이

문학사는 항상 신인을 기다린다. 그 신인들에게 바로 한국문학의 미래가 달려 있기 때문이다. 그렇다. 머물기 쉬운, 그리하여 지루한 동어반복만이 계속될지도 모르는 한국문학 전반을 강하게 충격한 것은 항시 신예들이었다. 하여, 우리는 매년 신춘문예를 기다리며 또 매번 신예작가의 첫 소설집을 학수고대하곤 한다. 그곳에서 우리는 종종 앞선 작가들의 성취에 취해 이제 그 계보에 관한 한 더 나은 작품은 불가능할 것이라고 내렸던 판단이 한순간에 허무하게 무너지는 경험을 하곤 한다. 그럼으로써 우리는 그 계보 하면 연상했던 어떤 경향이 사실은 낡은 보편성을 통해 사물을 보았기 때문이라는 사실을 확인하며 비로소 있는 그대로의 사물을 접하게 되는, 아니면 새로운 문맥에 그 사물을 위치시키는 경이로운 경험을 하게 된다. 이처럼 신예들의 패기는 종종 세상을 보는 눈을 근본적으로 변화시키거니와, 우리가 신예들을 기다리는 것도 바로 이 때문이다.

이런 점에서 보자면 조헌용은 우리가 기다리던 바로 그 신예이다. 조헌용의 소설은 우리 문학사에서 이전에 볼 수 없었던 낯선 바다 풍경을 끌어오고 있다는 점에서 우선 주목의 대상이 되기에 충분하다. 하지만 조헌용의 소설이 의미있는 것은 그의 소설에 펼쳐진 바다 풍경이 단순히 예전의 그것과 다르기 때문만은 아니다. 조헌용 소설이 진정으로 의미있는 대목은 한편으로는 바다 하면 연상되던 마성성이나 아우라 등이 사실은 낡은 보편성에 불과하다는 사실을 강하게 환기시켜 결국은 그 낡은 보편성을 해체하고, 다른 한편으로는 그를 통해 오늘날의 바다 풍경, 그러니까 근대성에 의해 장악된 바다 풍경을 재현하는 데 성공했기 때문이다. 예컨대 조헌용의 소설은 기존의 낡은 보편성을 일거에 허위의식의 결과물로 전도시켜 결국은 바다를, 더 나아가 세계 전반을 새로운 관점과 맥락에서 볼 수 있게 하는 소설인 것이다. 이 새로운 개안(開眼)을 가능케 하는 작품을 문제적인 작품이라고 한다면, 조헌용의 소설은 그 말에 충분히 값하고도 남음이 있다.

하지만 조헌용의 소설에 빈틈이 없는 것은 아니다. 조헌용 소설에는 읽을 때마다 짙은 아쉬움을 느끼게 하는 장면, 혹은 경향이 있다. 사실『파도는 잠들지 않는다』에는 근대성에 의해 바다를 빼앗긴 사람들의 황폐하고 뒤틀린 삶에 대한 묘사 외에 또하나의 주요한 요소가 집중적인 관심을 받고 있다. 그것은 작가 자신이 '끝집' 사람들에게 거는 기대 같은 것이다. 『파도는 잠들지 않는다』는 사람들의 뒤틀린 삶 속에서 여전히 살아 있는 잠재적 가능성을 집요하게 찾고자 한다. 해서 이 소설집에는 한편에는 근대성에 의해 강제적으로 바다를 빼앗긴 사람들의 고통에 대한 치밀한 묘사가 있고, 다른 한편에는 그 고통으로부터 벗어날 가능성에 대한 금욕적 탐색이 있다. 이를 통해 『파도는 잠들지 않는다』는 비록 이들이 갑작스레 근대성에 휩쓸려 지금은 타락한 사회 속에서 타락한 개인으로 살아가고 있지만 오랜 기간 바다와 싸우고 대화하며 각인된 이들만의 질긴 삶의 철학이 여전히 그들의 심층에 자리잡고 있으며, 그것이 이 타락한 사회를 개선시킬 것이라고 말한다. 이것에 대한 이 소설집의 기대는 우리가 상상하는 것 이상이다. 하여, 작품들은 사소한 것에서라도 그 가능성을 확인하고 싶어하며, 실제로 아주 사소해 보이는 것에서 그 가능성의 현현을 목도한다. 『파도는 잠들지 않는다』가 전체적으로 삶의 방향을 지시해주던 바다를 잃어버린, 근원적인 고향을 상실한 어두운 정황이면서도 결코 결말이 비극적이거나 비관적이지 않은 것은 이 때문일 것이다.

그런데 문제는 『파도는 잠들지 않는다』가 너무 작은 가능성에 큰 의미를 부여한다는 것이다. 반복되는 이야기지만 이 소설집의 바다 풍경이 황폐해진 궁극적인 요인은 한편으로는 전지구적 자본주의 씨스템에 있으며, 다른 한편으로는 그 체제에 강제적으로 편입된 우리의 근대화과정에 있다. 말하자면 『파도는 잠들지 않는다』의 황폐한 바다 풍경은 마법의 세계를 합리적·주체적으로 탈마법화하지 못한 한국적 근대성의 경험과 관련이 있는 것이다. 따라서 이 황폐한 바다의 삶을 헤쳐나갈 가능성은 바로 우리의 왜곡된 근대를 넘어설 전망과 동질적인 것임은 물론이다. 하지만 『파도는 잠들지 않는다』에서 제시한 잠재적 가능성은 미약한 것이다. 이 소설집에서 제시한 길이란 기껏해야 여전히 바다의 기세에 순응하는 삶이거나 바다에 대한 기억의 회복이기도 하고, 또 때로는 바다와 같은 속성을 지닌 농토에 대한 기대이기도 하고, 같은 곳에서 고생하는 사람들끼리의 운명공동체적 연대이기도 하다. 그 결과 『파도는 잠들지 않는다』는 작품 자체가 제기하고 있는 심각한 문제에 비해 대단히 비현실적이고 본질적이지 않은 답변을 제시하고 있다는 느낌을 지울 수 없다.

여러가지 이유가 있겠지만 아마도 '끝집'이 근대성에 의해 세상 밖으로 떠밀려나갈지도 모른다는 위기의식이 불충분한 까닭이 아닌가 한다. 예컨대 「바다에 길을 묻다」에는 작중화자가 자신과 운명공동체인 '해화호'가 버려진 장면을 찍으러 갔다가 결국은 그 폐선을 카메라에 담아내지 못하고 돌아오는 장면이 있다. 마치 그것처럼 『파도는 잠들지 않는다』의 인물들 사이의 갈등은 화해할 수 없는 어떤 지점까지 치닫지 못하고 중간에 서둘러 화해하고 만다. 작중화자는 폐선을 찍지 못한 것을 연민 때문이라고 말한다. 하지만 연민은 많은 경우 진실을 보지 못하게 한다. 『파도는 잠들지 않는다』의 느슨한 문제해결은 이와 관련이 깊은지도 모른다. 절망의 끝지점에서 보아낸 희망만이 치열하며 결국은 그것만이 이 황폐하기 짝이 없는 바다 풍경을 윤택하게 할 수 있는 것이다.

결국 특유의 서기관 정신으로 우리가 지닌 위계질서를 한순간에 의미 없는 것으로 전도시킨 한 재능있는 신예에게 더 냉정한 시선을 가

져야 한다고 말하는 것인데, 이는 너무 지나친 것일까. 하여간 이제
더 차가워진 그의 시선을 기다릴 차례이다.

柳濬善 / 문학평론가, 군산대학교 국문과 교수